うらんぼんの夜

川瀬七緒

朝日新聞出版

目次

装画　サイトウユウスケ
装幀　片岡忠彦

うらんぼんの夜

「母ちゃん、あたし山谷(やまたに)げさ嫁ぎたくねえよ」

腰を曲げて一心不乱に草刈りしている後ろ姿に声をかけると、母は鎌を持ったまま振り返った。あねさまかぶりの下にある顔は黒光りするほど陽灼(ひや)けし、肌には細かいシワが寄っている。継ぎ当てされた襟(えり)の縫い目にはシラミの卵がびっしりと並び、強い陽射(ひざ)しを受けて灰色に光って見えた。

「あたし町さ出たい。町の人と所帯もって商売したいんだ」

「なあに言ってんだか」

母は鼻にかかるような笑いを漏らした。

「今はそこらじゅうヤミ屋だらけで、まともな商売人なんて干上がってるわ。百姓も供出でお上に米を取られちまうべし、たいへんな世の中なんだど」

「そんなの、戦争が終わればすぐなくなっぺよ」

すると一瞬だけ母の顔に険しさが走った。

「戦争は始まったばっかだ。外部落にも赤紙が届きはじまってんだぞ？　父ちゃんも兄ちゃんも兵隊になってお国のために働くんだ。おめさんは都会さかぶれて勝手なことぬかしてねえで、みんなして家を守んねばなんねえ」

そのとき、子守りのために背負っている弟がむずかり出して背中が生ぬるくなった。はあっとため息をついて草むらでおんぶ紐を解き、赤ん坊を寝かせて濡れたおむつを手早く替える。母は大仰に草刈りを再開し、手を動かしながら喋った。

「だいたいな。町の人間が百姓の娘を嫁にもらうわけあんまいよ。本家ならまだしもうちみてえな分家はな、産まれたときから嫁ぎ先は内部落って決まってんだ」

「んだけど……」と反論しかけたけれども、母は口を挟ませなかった。

「山谷はいくつも山持ってっぺし、昔っから土地持ちで不自由しねえわ。おめさんにとってもこだいい縁組はねえんだぞ。みんな羨ましがってっから見てみい」

「ぜんぜんよくねえよ。村から一歩も出ないで百姓だけやって生きてくなんて嫌だ。女学校も行けねえし、まるで子守りと野良仕事やるために産まれてきたみてえだわ」

おんぶ紐を交差させて素早く弟を担ぎ上げると、母は腰を叩きながら体を起こした。

「いいか？　女は家と村を守るための要だぞ。キミ子はもう十六だ。念仏さ入ってばあさま方から地蔵さまの世話を受け継いでいかねばなんねえ。男衆がいねえ間、女衆が命がけで村を守ってかねばなんねえんだ。地蔵さまのお力を借りてな」

母は重ねて地蔵を強調し、刈った草をリヤカーに積めと言った。絣柄のもんぺについている土を豪快に払っている。

「ここの下刈りをさっさと終わらせて、今日こそは俵編みをしねえとな。千人針と脚絆繕いのほうもやんねばなんねえ。ばあさま方が朝っからかかりっきりだ。おめさんはもう子どもじゃねえ。

夢みてえなことばっか考えてねえで、内部落に尽くさねばなんねえど」

背中で身をくねらせている弟に髪を引っ張られ、キミ子は「痛い！」と声を張り上げて咄嗟（とっさ）に手を強く払った。とたんに赤ん坊は力むように泣きはじめ、またため息をついて適当に体を揺すってあやした。

もしかして、今が地蔵へ願掛けをするときなのではないか。キミ子は刈り取られた草を黙々とリヤカーへ放り投げながら思いを巡らせた。十六歳になったのだから、たったひとりで地蔵と向き合う孤参り（こまい）も許される。そう考えた刹那（せつな）、高揚と畏怖（いふ）の念がいっしょくたになって背中に冷や汗がにじんだ。

村のあちこちで見合い話が持ち上がり、若い娘たちは不安に苛（さいな）まれていた。男たちが戦争で出兵する前に、急いで祝言をあげさせる算段なのだろう。キミ子も例外ではなく、あまりの不意打ちに混乱を極めていた。母が言うように山谷家は土地持ちで、この先何不自由のない暮らしが約束されているとは思う。けれども自分は、この閉塞（へいそく）した村から出て外の空気を思い切り吸ってみたいのだ。たとえ貧しくても自分自身の足で歩いてみたい。

キミ子は手を動かしながら考え込み、飽きて背中でじたばたと手脚を動かす弟に松ぼっくりを握らせた。

夜中にこっそりと地蔵のところへ行こう。さっきから繰り返しこの結論に達しているのに、「願いと災いは背中合わせ」という村の言い伝えが邪魔して迷いが首をもたげてくる。

自分が参ればどっちに転ぶのだろうか……。今まで地蔵のいる藪（やぶ）へ近づいたこともないけれども、ここで行動しなければ自分の一生は決まってしまうだろう。母のように日々果てしのない労働に追われ、村に仕えながら瞬く間に老いていく。

青竹が繁る聖域を思い浮かべ、キミ子はごくりと喉を鳴らした。

第一章　佇む地蔵さま

1

むせ返るほど濃厚な土の匂いと野菜の青臭さ、それに消毒液が放つ生臭さが全身にまとわりついてくる。容赦なく照りつける陽射しは凶悪そのもので、体力や思考力を根こそぎもぎ取られていた。もう何時間も同じ体勢のまま作業しているせいで、背筋が強張り足腰が悲鳴を上げている。遠山奈穂はよろめきながらのろのろと立ち上がり、錆の浮いたハサミを地面に放った。重いハサミは肥沃な土にめり込み、いくつかのアリの巣を壊している。

「暑いし臭いなあ……」

奈穂は腹立たしい思いでそうつぶやき、手にあまるほど大きな軍手を外した。茶色く薄汚れた雨合羽のポケットからスマートフォンを引き出して、画面に指を滑らせて音楽アプリを起ち上げる。リスト化してある英語のリスニング教材がすべて終わったということは、畑に出てからもう二時間半が経っているということだ。時刻は午前十一時半。八月の空は憎らしいほどの快晴で、真上にある太陽が刻一刻と気温を押し上げていた。

奈穂はスマートフォンの英語教材をまた初めから再生し、耳にイヤホンを入れ直した。やたらと喉が渇く。へこんでいるアルマイトの古いヤカンを地面から取り上げ、その口から豪快に麦茶を喉へ流し込んだ。氷はすでに溶け切っているようで、気の抜けた薄い味になっている。奈穂は、顎を伝って落ちる滴を手の甲で振り払った。

仮にも自分は女子高生だというのに、はしたないにもほどがあるだろう。ヤカンを地面に戻して再び軍手をはめた。首に巻いたタオルは重いほど汗を吸っており、水分を補給したそばから体外へ排出されていくのがわかった。

奈穂は全身を炙ってくる太陽に背を向けて屈んだ。作業を続けながらしばらく英文を復唱していたけれども、今日は大好きな英語にすら没頭できなかった。なにせ目の前に広がるのはどこまでも連なるトマト畑で、周りを取り囲むのは暗緑色の陰気な山々だ。加えて鬱陶しいほどの土、土、土。英文の心地よさをかき消すほどやかましいセミと暑さもあいまって、いつになく神経が昂ぶって苛々が止まらなかった。

こめかみを流れてくる汗を軍手の甲に押しつけ、奈穂は拳二つぶんほどもある大ぶりなトマトを手に取った。まるでカボチャのようにごつごつとし、まだらにオレンジ色が差している姿が気味悪い。錆びたハサミで太い蔓を断ち切り、脇に置いたカゴにトマトを入れた。

この不格好なトマトが本当に大嫌いだ。たびたび夢にまで登場するほどで、独特の青臭さも耐え難かった。ここ一帯に作付けされているのは加工トマトと呼ばれ、ケチャップや缶詰などの材料になるらしい。夏じゅう出荷に追われる忌々しい作物のせいで手伝いに駆り出され、夏休みはほぼ毎日が加工トマトの収穫と、機械で掘り起こされたジャガイモ拾いなのだからたまらない。農家に生まれたのが運の尽き……貴重な十六歳の夏が過酷な労働に汚染されていた。

奈穂はカゴに山積みになったトマトを抱え込み、少し離れた場所に置いたプラスチックのケースにひとつひとつ移していった。見わたす限り日陰がなく、野良帽と呼ばれる花柄のやぼったい帽子を通して熱波が伝わってくる。首筋を日光から守るための垂れがついているのだが、見た目が最悪で今の姿をとても人には見せられないと奈穂は警戒していた。安物の雨合羽や長靴もそうだが、すべてが女子高生という括(くく)りの対極に位置している。

ずっしりと重いトマトをケースに移し終えたとき、自宅のある方角から一斗缶を叩く騒々しい音が鳴り響いた。とたんに土手にいたスズメたちが一斉に飛び立ち、霞(かすみ)のような群れが西側の畑へと移動していく。どうやらお昼の時間らしい。祖母はいくら呼んでも聞こえていない奈穂に業を煮やし、いつからか一斗缶を打ち鳴らすようになっている。

奈穂はイヤホンを耳から抜いて思い切り伸び上がり、畑の畝(うね)の間を重い足取りで歩きはじめた。早朝に作業すれば暑さとは無縁だと両親には言われていたが、それよりもなぜ当然のように作業要員になっているのかが疑問だった。ちょっとした手伝いならまだしも、これは悪夢のような苦役だろう。

けれども、それが農家というものなのだと頭ではわかっている。ゆえに、高校卒業と同時に家を出るという願望だけが日々膨らんでいた。今は、福島にあるこの土地から出ることだけが心の支えかもしれない。

畑から農道へ出て、奈穂はきょろきょろと辺りを見まわした。隣近所の人間だったとしても、このみっともない姿を人に見られたくはない。だれもいないことを確認してうつむきがちに小走りしているとき、アサガオの蔓がくねくねと這っている石垣の切れ目から、シワだらけの顔がぬっと突き出された。奈穂はつんのめるように足を止めた。

「ちょっとばあちゃん。びっくりさせないでよ」

目に入りそうな汗をぬぐっていると、みなに八重子おばと呼ばれている祖母はしゃくれ気味の顎を動かして笑った。真っ白になった髪に手ぬぐいをあねさまかぶりし、藤色の割烹着を着けて曲がった腰を叩いている。

「奈穂、おなかすいたっぺ。今日もご苦労さんだったねえ」

「おなかより何より、もう暑くて死にそうだって」

「死にそうだと？　そりゃあたいへんだ。すぐ地蔵さまんとこさ行ぐか？」

「行かないよ。それに『死ぬ』って喩え話だから」

奈穂はため息をついた。

「なんだっぺ。喩え話でも死ぬとか言いなさんな。地蔵さまに怒られっと」

「もういいよ、地蔵は」

奈穂は雑草が飛び出した石垣をまわり込んで自宅の敷地へ入った。

何かあるごとに古い地蔵へお参りし、それさえ欠かさなければ平穏が続くと祖母は本気で思っている。この村の人間は滑稽なほど信心深く、古くからある祠や地蔵、無意味に見えるしきたりを忠実に守って生活していた。まあ、何を信じようが勝手だけれども、それを強要するのだけはやめてほしい。

祖父母と曾祖母が住む隠居へ足を向けると、祖母が玄関先で待っていた。

「裏井戸さタライと手ぬぐい用意してあっかんない。早く手足と顔を洗ってこ。お客さん来てっから」

「お客さん？」

奈穂は、耳が遠くなりはじめている祖母に怪訝な顔を向けた。

「どうせ村内の人でしょ。わたしには関係ないよ。つうか会わないし」

「内部落じゃなくて、奈穂の友だちだっぺよ。こだ遠いとこまで来てくっちゃんだから、待たせたら悪いぞ」

「は？　友だち？」

奈穂が祖母を振り返って警戒心をにじませたとき、母屋のほうから「おーい！」という甲高い声がこだました。その声色に心の底からぞっとし、全身を鳥肌が駆け抜けていった。まさか、本当に友だちが来た？　おそるおそる柿の木のほうへ顔を向ければ、母屋へ続く小径から二人のクラスメイトが歩いてくるではないか。姿を隠そうにももはや逃げ場がなかった。友人たちは奈穂を見た瞬間に目を大きくみひらき、驚愕したように足を止めている。奈穂もどうすることもできずにその場に凍りついた。

「うそでしょ？　え？　ちょっと待って。奈穂だよね？」

「な、なんでいきなり来たの……」

その言葉しか出てこなかった。二人の友人は流行りの服を身にまとい、きれいに化粧をして輝くばかりにかわいらしかった。田畑に囲まれた瓦葺きの古い家にはそぐわず、カラフルな二人だけが浮き上がって見える。

しばらく三人は見つめ合っていたが、急に友人が手を叩いて声を張り上げた。

「ちょっと奈穂！　どこのおばさんかと思った！　何そのカッコ！　ウケる！」

友人の愛美が豪快に噴き出し、空を仰いでけたけたと笑い声を上げている。その横では恵梨香も含み笑いを漏らしており、見てはいけないものを見てしまったようなバツの悪い面持ちを奈穂に向けていた。

奈穂は急いで野良帽をむしり取り、汗で額に貼りついている髪をかき上げた。最悪だ。よりによってこんな格好を同級生に見られるなんて……。この暑さのなかで身震いが起き、背中を冷たい汗が幾筋も伝っていく。なんとか笑顔らしきものを作ってはみたが、ひどく強張ってなかなか口角が上がってくれなかった。

愛美は山々に囲まれた土地をぐるりと見まわし、依然として笑いながら言った。

「何回もＬＩＮＥ入れたのに、ぜんぜん返事ないんだもん。もしかしてここ圏外？」

「こ、ここは圏外じゃないよ、電波は不安定だけどね。ちょっとスマホ見れなかったからさ」

「それにしてもそのカッコ、まさか農作業とか？　なんで晴れてんのにレインコート着てんの？」

矢継ぎ早の質問に言葉に詰まった。農作物の切り口からにじむ白い液や、農薬に触れると衣服はたちまち真っ黒になって汚れる。だから野良仕事には雨合羽は必需品なのだが、今ここでそんな説明をする気にはなれなかった。

愛美は、引きつった笑みを浮かべる奈穂の全身へ執拗に目を這わせた。

「まあ、あれだ。奈穂は偉い。この暑さのなか畑仕事とか考えらんないよ。わたしなんて毎日遊んでばっかだし」

「わたしも家の手伝いなんかしないなあ。せっかくの夏休みなのにね。ていうか、陽灼けヤバくない？　ちゃんと日焼け止め塗んないと将来シミだらけだよ」

友人たちは若干憐れむような顔をし、日光を避けるように隠居の軒下へ引っ込んだ。小さなバッグからピンク色のきれいなボトルを取り出して、モモのようないい匂いのするスプレーを首筋に吹きかけている。自分の家なのにいたたまれず、奈穂は繰り返し身じろぎをした。

「午前中に恵梨香と遊んでたんだけど、急に奈穂んちへ行ってみようってことになったの。サプライズだよ。わたしら暇だったし、ちょっとした冒険みたいな感じで」

「それにしてもここは遠いね。バスで四十分もかかったよ。しかも大百舌村行きのが四時間に一本しかないし」

二人は「ホント冒険だったね！」と言って笑い、「この古い家もアニメに出てくるやつみたい」と言っては笑った。奈穂も二人に合わせてなんとか笑おうとしたけれども、気持ちがまったくついていかなかった。

これから用事があると嘘をついて帰ってもらおうかとも思ったが、町へ出るバスの時間まではまだ三時間以上もある。とにかく二人を家に上げるのが嫌だった。今の時期はそこいらじゅう出荷する作物であふれているし、農作業優先となるため満足に掃除も行き届いていない。むさ苦しく汚れた古民家など、住んでいる自分でさえ辟易(へきえき)しているというのに。

どうしよう……。奈穂は炎天下に立ち尽くし、軽くめまいを覚えていた。高校に入学して、初めて仲良くなったのがこの二人だ。いや、席が近かったから仲間に加えてもらえただけだった。彼女らの兄や姉は東京に進学しており、しょっちゅう遊びに行っているせいか持ち物や身なりのすべてがひときわ垢抜(あかぬ)けて見える。

「あ、あのさ」

奈穂がなんとかして出て行ってもらおうと口を開きかけたとき、隠居から顔を出した祖母が手招きをした。

「ほら、そだとこさいねえで上がらっしゃ。みんなお昼は食べてないんだべ？　おにぎりあっから食べな。キュウリ揉(も)みも冷やしてあっから」

「ばあちゃん！　いいって！　お母さん呼んで町まで車で送ってもらうから！」

「なんでだ？　せっかくこだとこさ遊びさ来てくっちゃのに。それにしても奈穂の友だちはどっちもべっぴんさんだねえ。色が白くて女優さんみてえだわ」

二人は顔を見合わせてくすくすと笑い、スマートフォンを奈穂に向けてシャッターを切った。

「やめてよ！　こんな汚いカッコなのに！」

「いいじゃん。奈穂の私服って初めて見たし」

「私服？　どう見ても作業着でしょ！　とにかくもうあっち行こう。お母さんに送ってもらうから、駅前のサイゼに移動しようよ」

「えー。おばあちゃんに悪いじゃん。せっかくお昼用意してくれたのに。それに学校からも言われてるでしょ？　人混みには近づかないようにって。ウィルス感染したらたいへんだよ。町の感染者第一号とかシャレになんないしさ」

愛美はいささか意地悪さのにじむ笑みを浮かべて奈穂を見据えた。

彼女は、奈穂の家が農家だと知った瞬間から見下していたのはわかっている。いつでも自分がいちばんでなければ気の済まない性格で、ちょっとしたことでも優位に立とうとする嫌な癖があった。着る物や持ち物ひとつとっても「それどこの？」と必ずブランドを問い、奈穂が確実に下であることを知らしめる。

こんな不愉快な思いまでして、なぜ彼女らと行動をともにするのか。話も性格も合わないし居心地もすこぶる悪い。けれども、二人といるときだけは無邪気な女子高生の気分が味わえた。どうでもいい優劣を競うばかばかしいことですら、年相応の輝きがあるような気がして少しだけ満たされるからだ。

「おじゃましまーす」

奈穂があたふたしている隙に、彼女らはあっけらかんと隠居へ入っていく。パニック寸前だった。

「もうやだ……」

奈穂はべそをかきながら裏手にある井戸へ向かい、手足と顔を洗って母屋へ走っていった。急いでTシャツとショートパンツに着替えて隠居へ舞い戻る。

「ほれ、奈穂もさっさと座らっし。おみおつけ冷めっちまうから」

祖母はお茶を淹れて三人の前に湯呑みを置いた。

傷だらけの古い卓袱台の上には、大皿に並べられた焼きおにぎりとおひたしや煮物、漬物など畑で採れた野菜ばかりが並んでいる。どれも彩りが悪くて華やかさの欠片もないし、お世辞にもおいしそうには見えなかった。

奈穂は友人たちの顔を素早く窺った。二人とも夏休みに入ってから髪を染めたようで、柔らかな栗色の毛先がきれいにカールされている。特に愛美はひときわ鮮やかな黄色いチェックのワンピースが髪色や雰囲気にとても合っており、いつまでも見ていられるほど愛らしい。

奈穂は、眩しさを感じて友人たちに目を細めた。物であふれ返る雑然とした茶の間にいる二人だけが、まるで合成されたグラフィックのように見える。羨望と嫉妬、そして重苦しいほどの劣等感で胃のあたりがちくちくと痛くなった。

小皿に載せられた下品なほど大きな焼きおにぎりを割り箸で崩し、愛美はちびちびと口に運んでいる。

「おいしいです。なんていうか懐かしい味がする」

あからさまなお世辞に気をよくした祖母は、銀歯を見せて嬉しそうに笑った。

「懐かしい味かい。そりゃあよかった。あんたんとこにもばあちゃんはいんの？」

「はい。仙台にいるんですよ。うち、母が仙台出身で父は札幌なんです。父の仕事の関係で城山市に引っ越してきたので」

「へえ。どうりで垢抜けてるわけだ。ここいらはみんな先祖代々百姓を継いでるもんばっかだかんね。土地に根を張って生きてんだわ」

祖母が村内や農作業のことを喋りはじめたものだから、奈穂は慌てて遮った。

「ね、ねえ。やっぱりこれ食べたら町へ戻ろうよ」

「なんで？　わたしら今日は、バエる動画を撮りたいんだよね。前に奈穂んちの近くに滝があるって言ってたでしょ。そこ行きたいの。なんと、水着持ってきちゃった」

「いや、とてもそんなカッコじゃ危なくて行けないって。近くって言っても山に入んなきゃなんないんだし」

するとと祖母が後ろの茶簞笥を開けながら口を挟んだ。

「八月は滝とか沢さ行っちゃなんねえよ。うらんぼんの前だし、ご先祖さんもまあだ行ってねえかんね。水に入っと狐さ悪さされっから」

「ばあちゃん、そういう話はいいって」

奈穂は語尾にかぶせて言った。

「今の時期、川の辺りはアブだらけなんだよ。ものすごく飢えてるから、そんなカッコで行ったらたいへんなことになる。クマとかサルが出るかもしんないし」

「マジで？　見たいかも！　子グマとかめっちゃかわいいじゃん！」

「バカなこと言わないでよ。死ぬかもしんないのに」

奈穂の淡々とした言葉を受け、愛美はむっとして唇を尖らせた。

「えー、つまんないじゃん。せっかくこんなとこまで来たのにさ。じゃあ滝のほかにバエる『美しい自然』はないの?」

「ないって。だいたい、人の手が入ってない自然なんか美しくもなんともないんだよ。ただ凶暴でめんどくさいだけ」

奈穂の言葉に、二人の友人は同時に噴き出した。

「何それ。なんか奈穂ってホントにおばさん臭いよね。やけに悟りすぎじゃない」

「だよね。農家を仕切る女将さんみたい。学校では超優等生。学年トップでおとなしいのに、もしかして猫かぶってた?」

奈穂は恵梨香の言葉を適当に受け流した。まさにその通りで、自分は内面や家族のことを他人に知られたくはない。中身がなくても、当たり障りなく仲良くできるだけで満足なのだ。ゆえに、本当の友だちと呼べる者は今まで一度もできたことがなかった。

奈穂は木の椀を取り上げ、祖母が作った自家製味噌の濃い味噌汁に口をつけた。すると祖母は小さなタッパーを開いて卓袱台に載せ、何を思ったのか二人の前に滑らせた。

「ほれ、これも食べな。女っ子はちゃんとカルシューム摂んねばダメだぞ」

奈穂は茶色いものが入ったタッパーを二度見し、頭を抱えたくなった。それはイナゴの佃煮だった。しかも祖母自家製の甘辛イナゴは、醬油の色が薄くて触覚も目玉も見える最悪の出来栄えだ。

二人は短く悲鳴を上げ、顔をしかめてタッパーを押しやった。

「嘘でしょ! ムリ! 虫食べるとかあり得ない!」

「え？　これ味ついてんの？　まさか虫そのまま？　キモすぎる！」

友人たちは口々に捲(まく)し立て、卓袱台から離れて顔をしかめている。しかし祖母は飄々(ひょうひょう)と口を開いた。

「なんだっぺ。イナゴは栄養の塊なんだぞ。それにあんたらが今食ってる野菜だって、虫がいっぱいついてたんだ。穴だらけで出荷できねえやつをうちで食うんだわ」

　愛美は口に手を当て、目を大きくみひらいた。

「とにかくひとつ食ってみらっし。八重ばあちゃん特製の味付けだかんね」

「い、いや、遠慮します」

「いいから食わっし。このイナゴは奈穂が採ってきたやつでな。田んぼさ出て日本産のイナゴばっか三升も捕まえたんだぞ。目えが利くから中国のイナゴは捕まえねえんだわ。奈穂は毎年、酒井商店さイナゴ売って小遣い稼ぎしてっから」

「ばあちゃん！」

　奈穂はタッパーをひったくって蓋をし、顔を引きつらせている二人へ苦笑いを投げかけた。そのとき、家の奥から呻(うめ)くような低い声が聞こえ、友人たちは目に見えるほど体を震わせた。

「おぉーい、出たどー。おぉーい」

　最悪のタイミングだ。奈穂は天井板を仰いで呆然(ぼうぜん)とした。祖母は卓袱台に手をついてゆっくりと立ち上がり、友人たちにシワだらけの笑みを向けている。

「どれ、八重ばあちゃんはおしめ取っ替えてくっかんね。奥の座敷で大ばさまが寝てんだわ。もう七年も寝たっきりでな」

愛美と恵梨香は顔を見合わせ、鼻のつけ根にシワを寄せて複雑な表情を浮かべている。もう限界だ。これ以上は自分の身がもたない。

奈穂は急いで立ち上がった。

「と、とにかく外出よう。お母さんに送ってもらうから帰ろうよ。ね？」

そう言いながらたたらを踏み、奈穂は隠居を飛び出した。そして裏山の畑で作業している母のもとへ全力で走った。

2

田舎の夜は満天の星が瞬き、澄んだ空気に夏草の匂いが溶け込んでいる。木々の間を清々しい風が吹き抜け、小川のせせらぎと混じり合って耳に心地よい。

こんな陳腐なデタラメを吹聴したのはいったいだれなのだろう。

奈穂は汗でべたつくTシャツの袖をまくり、セミロングの髪をひとつに束ね直した。アマガエルの貼りつく網戸越しに、陽の落ちた外を見つめる。

本物の田舎の夜は漆黒の闇に覆われ、集落を見下ろす山々が常に村人を監視している。空気は澄むどころか湿気てじめついており、農道の先に積まれた堆肥の悪臭がひっきりなしに風で運ばれていた。小川のせせらぎなど耳には届かず、一晩中聞こえるのはやかましいカエルの鳴き声だけ。ときには夜も眠れないほどの騒音となり、心地よさなどとは無縁の地だった。

奈穂は勢いよく窓をぴしゃりと閉める。とたんにガラスに映り込む自分と目が合い、自然にため息が漏れ出した。

黒目がちな瞳は絶望を宿しているように沈み、薄い眉尻が下がっていつ見ても情けない風貌だ。幼さが残る顔はどこか垢抜けず、クラスメイトがしているような流行りのメイクは似合わない。親戚が集うと決まって「大おばあちゃんにそっくりだな」と言われるのだが、そんな言葉を嬉しがる人間がいるのだろうか。

「典型的な田舎の少女」

窓ガラスに映る自分に言い放ち、さっと翻って台所へ足を向けた。チェックのエプロンを引っかけた母が忙(せわ)しなく夕食の支度をしており、のろのろとやってくる娘を見て急(せ)き立てるように声を上げた。

「奈穂、お皿出して。ご飯もかき混ぜてよ。もう炊き上がってるから」

「はい、はい」

大振りの炊飯器の蓋を開けると、真っ白い湯気が立ち昇る。奈穂はへらで切るようにご飯を混ぜ、少し取ってからおもむろに口へ入れた。明らかに古米の味だ。本来の米の瑞々(みずみず)しさはなく香りはどこか埃(ほこり)っぽい。

奈穂は炊飯器の蓋を閉めて食器棚の前に立った。茶碗(ちゃわん)や小鉢、平皿などをいくつか取り出してテーブルに置く。

「ねえ、お母さん」

奈穂は手を動かしながら口を開いた。

「たまにはパスタとか食べたい。カルボナーラ」

「そんなのはお父さんが嫌いだから無理だよ。お昼にでも自分で作ったらいいんべな」

「じゃあラザニア」

「奈穂は子どもみたいなメニューが好きだねえ。お父さんとお兄ちゃんが嫌いなもんばっかだわ。二人して和食が何よりも好きだもの」

奈穂は野菜と鶏肉(とりにく)の煮物を鍋から鉢に盛った。甘酢仕立てのようで、つんと鼻に抜ける酸味がある。器をテーブルに置き、味噌汁を味見している母に目を向けた。

「この家はお父さんと兄ちゃんの意見しか通んないの?」

母は味噌を少し足しておたまでかき混ぜ、火を止めてから振り返った。

真っ黒に陽灼けし、頬には大きな醜いシミがはっきりと沈着している。日に日に肉づきがよくなっているようで、首から肩にかけてのラインが脂肪で丸くなっていた。母が化粧をしたところを見たのは、高校の入学式が最後だろうか。髪はぼさぼさでツヤもなく、四十六という年齢以上に老け込んで見える。

母は娘の顔をまじまじと見つめた。

「急につっかかってくっけど、反抗期かね」

「反抗してたら畑仕事なんか手伝うわけないじゃん」

「ああ、そうか。ホントに助かってるよ。奈穂の手がなきゃ夏の出荷はとても間に合わないかんね」

母はコンロで焼いていた魚を素早く裏返した。そしていつもの話をしはじめる。

「いいかい？　奈穂は農家になんか嫁ぐんじゃないよ。野良仕事もそうだけど、姑づとめやら親戚付き合いやら内部落の仕事やら、自分の時間なんてほとんどなくなっから」

そう言って糠床からキュウリとセロリを引き抜いた。水洗いして手際よく切っていく。

「奈穂は町の人と結婚してほしい。そうすればお母さんも町へしょっちゅう遊びに行けるし、一緒に買い物とか食事にも出られっぺよ」

「いつも町を過大評価しすぎ。だいたい食事なんてどこですんの。駅前の小汚い蕎麦屋かファミレスしかないのにさ。ていうか、車なら町なんてすぐそこなんだから好きに行けばいいじゃん」

奈穂が呆れて首を横に振ると、母は夢でも見るような面持ちのまま動きを止めた。

「娘んとこさちょっと出てくっから……。こんな言葉に憧れるよ。しょっちゅう出かけても、娘んとこ行くんならばあちゃんとか内部落のみんなも納得すんべ」

「なんで出かけんのに内部落の許可がいるわけ？　わけわかんないんだけど」

「こういうのが農家ってもんだ。好き勝手なことできないんだよ。奈穂にはお母さんみたいな苦労をさせたくないんだ。町で自由にさせてくれる旦那さんを選びな」

母はしみじみとそう言い、魚の焼き加減を見てから皿に盛りつけた。そして壁の時計へ目をやり、いささか眉根を寄せた。

「お兄ちゃんは今日も遅いんだって。仕事のあとに消防団の寄り合いがあっかんね。まったく、早く嫁さん見つけてほしいよ。そうすればお母さんもちょっとは楽になるんだけど、こないだも村内の縁組だけはやだなんて言っててね」

　母は黒光りしている丸顔を曇らせた。

　いつもながら、母は話が矛盾していることにはまったく気がついていない。娘は農家に嫁がせたくはないが、農家へ嫁に入る女性は切望している。この村でも長いこと嫁不足を嘆き、農業研修マッチングなるよくわからない政策を打ち出していた。けれども、しきたりや農家のあり方を変えるつもりがないのだから見通しは暗いだろう。嫁が苦労してこそ農家というものだ、などと当然のように考えているところが恐ろしい。

「やだやだ……」

　首を横に振りながらつぶやき、フキンをゆすいできつく絞った。家族や村内の話を聞くたびに、この土地から出ていきたいという気持ちが固まっていく。都会への憧れよりも、村に嫌気がさしていた。

「それにしても、奈穂が友だちをうちに呼ぶなんて初めてだね。お母さん、驚いたよ」

　母が唐突に話を変えたとたんに、奈穂は今日何度目かになるため息をついた。

「やっぱり町の子はセンスがいいね。二人とも高そうな服着てたけど、どこの洋品屋で買ったんだろうか。大人っぽくて、とても奈穂と同い歳(どし)には見えなかったよ。お化粧もきれいにしてねえ」

「そうだね」

　奈穂は投げやりにひと言で終わらせた。娘は農作業の薄汚れた見苦しい格好で、そのきれいな子たちの前で縮こまっていたのだ。なぜそれがわからないのだろう。あまりにも暢気(のんき)な母親に奈穂は苛々した。

すると母親が何かを思い出したように手を叩き、奈穂に丸い顔を向けてきた。

「そういえば、内部落の下にある家に越してくる人がいるんだって。松浦げの離れ、奈穂も知ってるんべ？」

「知ってる。あの山際にある陰気臭い平屋のボロ家でしょ」

娘の辛辣な物言いに、母は咎めるように頰を膨らませてみせた。

「そだこと言うもんじゃない。松浦げの正史さんは、役場の空き家事業とか職業体験とかに協力してて偉い人なんだよ。いっつも人のためになることを進んでやってる。家も農地もただで貸してて、お母さんも見習わなきゃって思ってんだ」

「へえ」

奈穂は興味もそそられずに聞き流した。

「それで、松浦げの離れに四人家族が引っ越してくんだって。今週の土曜な。なんでも、末っ子が奈穂と同い歳みたいだよ」

同い歳？　奈穂はぴくりと反応した。

「東京から来るみたいだね。都会もんだわ」

「うそ？　ホントに？」

奈穂は洗い桶の水を流している母親に近づいた。

「わたしと同い歳って、女の子？　町の高校に転校してくんのかな。いや、なんで東京から村に越してくんの？　こんな半端な時期にさ。四人家族って、子どもが二人ってこと？」

　興奮気味に捲し立てている奈穂に、母は首を傾げた。

「詳しいことはわかんないよ。さっき、道で松浦げのキョウばあちゃんと立ち話しただけだから。でも、今の時期に東京から越してくるなんてウィルスとか大丈夫なんだべか」

「まあ、心配は心配だね。それよりどんな子なのかな。引っ越してくる子」

「さあねえ。お父さんならなんか知ってんじゃないの」

　その言葉と同時に、奈穂は居間へ駆け込んだ。テレビではニュース番組が大音量で流されており、ランニング姿の父が座椅子にだらしなくもたれている。瓶ビールを手酌でグラスに注いでいた。

「お父さん、内部落の下にある家にだれか引っ越してくんの？」

　父は赤黒く陽灼けした四角い顔を上げ、白髪混じりの短髪を撫で上げた。

「んだな、一家四人だわ。明後日に引っ越しだと」

「わたしと同い歳の子がいるんだよね？」

「そうらしい。十六で、確か高校も同じだって聞いたぞ。町の青梅女子高だわ」

　奈穂の心拍数が上がった。

「東京の人なんだよね」

「ああ。なんでも母子家庭で、子どもが三人いんだと。母ちゃんが重い病気らしくてな。村の空き家事業を使って静養すんだべな」

「へえ、なんだかたいへんだね。まさか、子ども三人でお母さんの世話をしてんのかな」

父はテレビの音量を下げて頷いた。

「末っ子は奈穂と同じ歳だが、上の二人は成人してる。どんな仕事してたんだか知らんが、自分らの稼ぎだけでやりくりすんのが厳しくなったんだろう。んだから東京から離れたんだべな。都会は息するだけでも金がかかっから」

なんだか複雑な事情がありそうだし、果たして打ち解けられるのかも心配だ。しかし、さまざまな不安よりも期待感がはるかに上まわっていた。なにせ目と鼻の先に同じ高校へ通う女の子が住むのだ。しかも東京で暮らしていたなんて最高ではないか。この村には奈穂の同級生が七人ほどいるのだが、みな別の高校に通っていて特別親しくもなかった。

奈穂はテーブルに手をつき、身を乗り出しながら質問を続けた。

「松浦のおじさんは会ったの？」

「そりゃあ会ってんだろう。空き家事業は、役場に申し込みがあってからもろもろの審査になっからな。正史あんにゃのことだ。子どもらが病気の母ちゃん支えながら暮らしてるなんて事情を聞いた瞬間に、了解したに違いないぞ。人助けが生き甲斐だから」

「うん、うん」

奈穂はかぶせ気味に大きく頷いた。

「無償で空き家と土地を借りんのには、村の消防団さ入るとか百姓するとか自治会に出るとかいろんな条件があるんだが、きっとそのあたりも免除してっぺな」

そのとき、台所から母の声がした。

「奈穂、テーブル拭いて」

　話を中断された奈穂は後ろ髪を引かれる思いで立ち上がった。台所へ行ってフキンを取ると、居間に取って返して丸いテーブルを手早く拭いていく。続けて木製のおぼんに湯気の立つ味噌汁やご飯茶碗を素早く載せて、出来上がった夕食をせっせと運んだ。

「それにしても、正史さんはすごい人だねえ。こないだも実習のベトナム人集めてバーベキューふるまってたんべ。自分よりもまず人を優先するし、仏さまみたいな人だわ」

　炊飯器を抱えてきた母は、いつもの場所に座ってご飯をよそいはじめた。

「ほら、先月も都会もんがキャンプするために山買ったんべ？　米子婆(よねこばあ)んとこの山の一角を四十万ぐらいで売っ払ったって」

「ああ、あれもどうしょもねえな。水源もねえ山を安値で買って、どうやってキャンプなんかやるんだか。あの場所は水引くだけでも一千万近くはかかんだろ。木の伐採だの下刈りだの動物避(よ)けだの、都会もんは自然を甘く考えすぎだわな」

「オシャレなアウトドアみたいな感覚なんだろうねえ。車のコマーシャルみたいな」

　奈穂はご飯茶碗を受け取り、いただきます、とつぶやいた。

　最近は「自分だけのキャンプ場」というのが流行っているようで、この村にも都会から山を下見に訪れる者が激増した。けれども、山を安く買って仲間内でキャンプなどを楽しむのも初めだけだ。日々追われる草刈りや細々とした重労働に音を上げ、数ヵ月もしないうちに荒れた山を放置する。

母はタマネギと豆腐の味噌汁に口をつけ、話を続けた。

「そのキャンプ地の下刈りを、正史さんが手伝ってあげたんだって。刈った草をトラックで運んだり均（なら）しのアドバイスしたり、本来、うちの部落で面倒みることないのに」

「見るに見かねたんだろ。緑山（みどりやま）住宅地の件もあっから」

父がその単語を口にしたとたん、母はさもうんざりしたようにため息をついた。

「緑山は村にとって負の遺産だわ。東京に新幹線通勤できる住宅地の名目で売り出して、スーパーとか病院まで造ってさ。洒落（しゃれ）た豪邸ばっかで村との間に見えない壁ができたみたいだったよ。当時は緑山だけ別世界だった」

「それも長くは続かなかっただろ。破産する若いもんが続出したんだから」

父はビールを呷（あお）ってひと息ついた。

「どう見ても身の程知らずだ。庭つきのでかい家に車にバイクにペットに、都会では手の届かない生活が地方でならやれると思った。まあ、連中も不動産屋の口車に乗せられたんだろう。役場もな、空き家事業なんてやってる場合じゃねえんだよ。緑山がすでに空き家だらけで、ゴーストタウンと化してんだから」

「ホントに、あの辺りは昼間でも通んのがおっかないよ。人の気配がなくて、家の窓にはベニヤが打ちつけられててね。雑草も伸び放題でひどいもんだわ」

母はさも嫌そうに顔をしかめた。ここ最近、両親のお気に入りの話題はこれだ。飽きもせずにこの話を繰り返しているが、緑山住宅地がひどいありさまなのは事実だった。

当初、移住者たちが映画のような暮らしをしていると聞きつけ、こっそりと見にいったことは一度や二度ではなかった。大きな出窓のあるタイル貼りの洋風家屋では、雑誌から抜け出たような洗練された女性がガーデニングに勤しんでいた。

そんな憧れの的だった緑山住宅地も、今や買い手もつかずに荒れ果てている。父は事あるごとに移住者を身のほど知らずだとこき下ろすが、奈穂に言わせれば村のほうに問題があるのではないかと思っている。豪華な住宅地や環境のよさを餌に人を呼び込んでみても、実際に住めばいかに面倒な土地なのかがバレてしまう。

奈穂は黙々と夕食を口へ運び、両親が村の事業にケチをつけているのを黙って聞いていた。そして話が途切れた瞬間を狙って割って入った。

「あのさ。さっきの話だけど。明後日引っ越してくる子のこと」

すると母がすかさず口を挟んだ。

「引っ越しっていえば、松浦げの離れはちゃんと整ってんのかね。天井裏にハクビシンが棲み着いてるって去年だか聞いたけど、一匹残らず駆除したんだろうか」

「ねえ、お母さん。話を取んないでよ」

奈穂は口を尖らせ、母親をねめつけた。

「明後日だけど、何時ぐらいに引っ越してくんのかな。わたし、手伝いにいきたい」

「それはやめといて」

また母が口を出した。

「このご時世、都会から越してくんだからウィルスが心配だよ。さっきキョウばあちゃんとも話したんだけど、ホントは引っ越しだってやめてもらいたいぐらいだ。村にとっては迷惑なんだよ」

「何言ってんの？　東京から来るってだけでバイキン扱いとか性格悪すぎる」

「奈穂。この村は年寄りばっかりなんだよ。村にウィルスが入り込んだら、あっという間に広がって大惨事になる。性格悪いとかそういう問題じゃないでしょ」

母はぴしゃりと返してきたが、奈穂はすぐさま反論した。

「そういうのを差別って言うんだよ。わたしらだって地震のとき、さんざん嫌な目に遭ったじゃん。福島ってだけで白い目で見られて、風評被害で野菜も米も大量に捨てることになったのに」

「それとこれとは話が違うんべ」

「同じだよ。わたしらはいちばん偏見を許しちゃいけない立場なのに、なんであっさり向こう側にいけんの？」

奈穂は自分でもおかしいと思うほど興奮していた。いつもは母の戯言（たわごと）など聞き流しているが、今日はなぜか止まらなかった。

「だいたい、それほど村を守りたいんだったら空き家事業なんかに参加しなけりゃいいだけじゃん」

「それは役場がやってることだわ。反対してる人だっていっぱいいるよ」

「そんなの屁理屈（へりくつ）だって。実際このへんの空き家だって登録してあるから引っ越してくるんだし、役場が勝手にやってるとか言いがかりすぎる」

なんでこんなに熱くなっているのだろうと思ったとき、父が長い咳払いをして奈穂はびくりと肩を震わせた。そして「奈穂」と警告するような低い声を出している。父はビールを注ぎながら目を合わせてきた。

「あのな。世の中ってのは正論だけじゃあ立ち行かない。ウィルスが持ち込まれたら大惨事になんのは事実だ。村の政策として打ち出してる以上、表立って引っ越してくんなとはもちろん言えん。だがな、都会もんには察してほしいんだよ。これは常識の問題だべ」

「いや、そんな常識ある？　ウィルスが問題なら、今は空き家の政策を一時ストップするってのが常識だと思うよ。なのに気持ちを察しないほうが悪いって、言ってることがめちゃくちゃだってみんなわかんないの？」

「奈穂、もういい加減にして。こんなことうちで言い合ったってしょうがないんだから」

　母が父の顔色をちらちらと窺いながら、いつものごとくおざなりで終わらせようとしている。そんな母に無性に腹が立った。

「わたしは、こういう陰でぐちぐち言うのが嫌いなの。周りに合わせて意見は言わないくせに、村のあちこちでこそこそ話して……」

　そのとき、父は呑みかけのグラスを手荒にテーブルに置き、奈穂は心臓が跳ね上がって口をつぐんだ。

「もうやめれ、やめれ！　メシがまずくなる！　子どもがこだ話に口出しすんな。おまえはちっとばかり勉強ができると思って、大人をバカにしすぎだべよ」

「バカになんてしてないよ」

「ともかく、引っ越しの手伝いには行くなよ。うちには大ばさまもいんだから、おまえも現実見て考えろ。きれいごとだけでメシが食えると思うなよ」

むっつりしている父は茶碗を持ち上げ、ご飯をかき込みはじめた。母は奈穂を見つめて顎を引き、唇をぎゅっと結んであからさまな不快感を表明している。こうなるともう話は終わりで、食い下がってもろくなことはない。

奈穂は頭に血が昇り、食事を半端にして無言のまま立ち上がった。

3

結局、引っ越しの手伝いに行くことはできなかった。両親はもとより祖父母と曾祖母、そして兄でさえ東京からやってくる人間とは接触するなと当然のように言う。そこまで避けるならなぜ今の時期の引っ越しを認めたのか……という最初の疑問を口にしたくなるものの、そこへ踏み込めば父の機嫌が悪くなるからやめておけと母に再三注意されていた。

父はいつも、こうやって不機嫌で家族を支配する。怒鳴り散らしたり暴力を振るったりすることはないが、箸の置き方ひとつ、戸の閉め方ひとつ取っても家族は過剰に神経を研ぎ澄ます。軽いため息だけでも周りを緊張させるし、朝から虫の居所が悪いときなどは気配を消すようにして一日を過ごすことになるのだった。

農作業の手伝いも、やらなければ父の憮然(ぶぜん)とした態度が家庭の和を乱すからやっているところが大きい。父が怖いというより空気がぴりぴりと張り詰め、母が顔色を窺っているさまを見ることが耐えられなかった。

奈穂は汗みずくになりながら炎天下の畑で空を仰ぎ、「暑すぎるでしょ、バカじゃないの……」とつぶやいた。三日前から八月に入ったが、夏休みじゅうこれが続くのかと思うと逃げ出したくなる。兄は昔からほとんど手伝いをしたことがないのに、父ですら文句を言わないのは長男信仰の賜物だ。村内では長男は絶対。未だ笑えるほどの男尊女卑がはびこっており、新しいものや変化が大嫌いという閉鎖的な土地だった。

奈穂は暑さのあまり耳からイヤホンを抜き、ザルを抱えて畑じゅうに転がるジャガイモを拾い歩いていた。うちは畑だけでも二十枚以上はあるため、両親も別の場所で同じ労働に勤しんでいる。今日は日曜だというのに、収穫の時期は休みなしだった。

のろのろと歩きながら土にまみれたジャガイモを拾い、ザルが山盛りになったところで米袋へ手荒に移した。作業としてはたったこれだけなのだが、この単純さと暑さが思考力を奪っていく。

「重い」

奈穂は米袋にイモを移し、そのままザルを乱暴に畑へ放り投げた。

そのとき、農道の先にある杉の幹から、小さな老婆がひょっこりと顔を出しているのを見つけて辟易した。頭のてっぺんで白髪を団子に結っているあれは松浦家のキョウばあさんだろう。村の年寄りはああやって年がら年じゅう意味もなく近所を練り歩いており、人を監視することを日課としている。奈穂が畑仕事をさぼっていただの草刈りを雑にしているだの、どうでもいい事実を日々集めているのだ。その手の情報を吸い上げている元締めが曾祖母であり、寝たきりながら常に村を把握して牛耳っている。

ばかばかしい。再び顔を上げて杉のほうを見ると、すでにキョウばあさんの姿は消えていた。首を横に振りながらスマートフォンで時刻を確認した。午後二時十分。まだ二十分しか経っていない。時間経過のあまりの遅さに目を剝き、奈穂は急激にやる気を失った。

「もうやめよう。わたしはじゅうぶんがんばってるよ……」

自身に言い聞かせるようにつぶやき、奈穂は水路をまたいで土手を駆け上がった。農道へ出て自宅へ戻ろうとしたが、ふいに立ち止まって後ろを振り返った。

真夏のかんかん照りの中でも、奥に見える山は鬱蒼としてどこか薄ら寒さを醸し出している。昨日は、あの山裾にある空き家に東京から四人が引っ越してきた。荷物も少なく引越し業者も頼んでいなかったと聞いたが、どんな様子なのだろうか。

そのとき、甲高いエンジン音が聞こえて奈穂は向き直った。白っぽい原付きバイクには腹の出っ張った中年男がまたがり、陽炎の立つ砂利道を重そうに走ってくる。村の駐在だ。バイクは奈穂の脇で緩やかに停まり、いかにも人のよさそうな男が軽く手を上げた。

「いやあ、暑いない。夏休みだっつうのに家の手伝いとは感心だわ。ひいばあちゃんは変わりないかい？」

奈穂は自分の薄汚れた格好を見て恥ずかしくなった。野良帽だけ急いで頭から外す。

「こんにちは。うちの年寄りたちは変わりないですよ」

「そうかい。この暑さだから、寝てるほうも看るほうもたいへんだわな」

駐在はブルーの制服のポケットからくしゃくしゃのハンドタオルを取り出し、下膨れの顔と首の汗をぬぐった。いつ会っても気さくで、必ず声をかけて家族の様子を問うてくる。駐在は再びハンドタオルを胸ポケットにねじ込んだ。

「ちょっと聞きたいんだけども、そこいらで立原のじいさまを見かけなかったかね」

「立原？」

奈穂は小首をかしげた。立原家のじいさんは、認知症でしょっちゅう姿をくらますことで有名だ。

「わたしは見てないですけど、またいなくなったんですか？」

「そうなんだわ。今さっきまで駐在所で喋ってたんだけども、ちょっと目え離した隙にもういないんだ。まだそう遠くへは行ってないと思うんだけどなあ」

「そうなんですか。見かけたら連絡しますよ。家の者にも伝えておきます」

「ああ、頼むわ。大丈夫だとは思うけど、もしなんかあったらたいへんだかんね」

駐在はエンジンをふかし、目礼をしてから走り出す。奈穂は村道へ左折する駐在を見送り、また農道の先に目を戻した。細い道には木々がせり出して影を作り、その先のほうに薄暗い竹藪が見える。

奈穂は好奇心が抑えられずに歩きはじめた。引っ越してきた一家をちょっと遠くから見てみるだけだ。

用水路の水で手を洗い、タオルを濡らして汗まみれの顔を拭った。泥のこびりついた合羽を脱いで、小さく丸めて小脇に抱え込む。点々と散らばっている内部落の家々を警戒しながらすり抜け、青竹が密集している竹林へ入った。とたんにカラカラと竹の鳴る乾いた音が辺りに響き渡ったかと思えば、唐突に藪からぬっとシワだらけの老婆の顔が突き出された。奈穂はびくりとして体が強張った。

「なんだい、風か……」

地味な砂色の割烹着を着た老婆は、奈穂など目に入っていないとばかりに独り言をつぶやき、険しい面持ちで竹藪を見まわしてからのろのろと去っていった。

いったいなんなのだ……。奈穂は藪を抜けていく老婆の後ろ姿を目で追い、にじんだ冷や汗をぬぐった。あれはおヨネおばと呼ばれている藪の裏に住む年寄りだ。一日じゅう、この竹藪を監視していると母が怯（おび）えていたことを思い出す。藪には竹を短冊型に切った板がそこいらじゅうに紐で吊（つ）るされており、ここにだれかが足を踏み入れようものならたちまち音が鳴って村人に知らせる仕掛けだった。竹藪の奥には村の守り神である地蔵があるため、常に気を配っているらしい。だとしても普通ではない。

奈穂は藪のなかに佇（たたず）む地蔵をちらりと見流し、いささか足早に歩を進めた。

昼間でも薄暗い藪には、風化して顔の凹凸（おうとつ）もなくなってしまった地蔵がある。赤いよだれかけが何百枚も首にかけられ、地蔵本体がそれに埋もれてなんだかわからないものとなっていた。見慣れている奈穂ですら直視するのが難しいほどの気配があるのだから、初めて見た者が腰を抜かすという噂（うわさ）もあながち嘘ではないのだろう。まるで赤い布で地蔵を雁字搦（がんじがら）めにし、動き出さないように拘束しているかに見えるのだ。

とにかく重ねられたおびただしいほどの赤いよだれかけは異様だった。よだれかけの数は村人の願掛けの数でもあり、大昔からこっそりとこの場所へ通っては地蔵に念を向けてきた生々しい痕跡だ。今日も内部落の年寄りによって団子やお茶が供えられていた。

背後の気配を断ち切るように竹藪を走り抜け、山沿いの一本道を歩いていった。すると木立の間にぽつんと建つ木造の平屋が見えてくる。遠目から見ても粗末で、家族四人で暮らすには頼りない。しかし傷んでいた屋根はきれいに葺き替えられており、周囲を埋め尽くしていた鬱陶しい葛はさっぱり刈り取られて見通しがよくなっていた。

奈穂は蒼穹にまっすぐ伸びる杉の木の脇で立ち止まり、つま先立ちになって家の方を窺った。黒い軽自動車が庭先に斜めに駐められ、格子戸のはまる玄関脇には段ボール箱がいくつも積み上げられている。もちろん、まだ荷物の整理もできていないだろう。茶色くなった穂垣にはバスタオルやTシャツが無造作に干され、山際にある小さな畑に真新しいスコップなどの道具が転がっていた。

「手伝ってあげればすぐ片付くだろうに」

気の毒に思いながらつぶやいたとき、どこからともなくゆったりとしたメロディが聞こえてきて奈穂は耳をそばだてた。騒々しいセミの声に混じって、微かに音楽が流れてくる。童謡のような民謡のような、不思議な響きのある旋律だった。あの家から聞こえてくる。

しばらく立ち尽くして小さな音を追っていたが、奈穂は短く吐息を漏らしてひとつに束ねた髪を払った。移住者と接触はするなといっても、挨拶ぐらいはしてもいいはずだ。越してきた早々、近隣住人から無視されるなどいたたまれないではないか。何より、同い歳だという女の子に会ってみたかった。

奈穂が心を決めて足を踏み出そうとしたとき、後ろから「あの……」という細い声が聞こえて心臓がぎゅっと縮み上がった。よろめきながら振り返ると、見慣れない顔の少女が立っていた。

ツヤのある黒髪は顎の線で切りそろえられ、薄い前髪から形のいい眉が透けている。切れ長の目は筆ですっと描いたように細く、長い睫毛(まつげ)に縁取られているさまがとても印象的に映った。蒼白(あおじろ)い肌は驚くほどきめ細かい。色素の薄い唇が物言いたげなのを見て、奈穂はあたふたと意味なく前髪をかき上げた。

この辺りに住む者ではないのは、ひと目見ただけでわかる。彼女が東京から越してきた新住人だろう。奈穂が咳払いをして挨拶しようとすると、どこか儚(はかな)い風情の少女は「あ」と声を発してショートパンツのポケットに手を入れた。そして薄桃色のマスクを取り出し、小作りな顔に急いで着ける。

「すみません、さっきまでちゃんとマスクを着けてたんだけど」

とてもきれいな発音だ。東北訛(なま)りや独特の抑揚が一切ないことがことのほか新鮮に感じる。奈穂も慌ててカーゴパンツのポケットに手を突っ込んだけれども、もちろんマスクは入っていなかった。

「ああ、その、わたしマスクは持ってなくて。ええと……」

丸めて抱えている合羽の下からタオルを引き出したが、びっしょりと濡れているうえに土の汚れがこびりついていた。そういえば、さっき用水路の水に浸して顔を拭いたことを忘れていた。ほかに何かマスク代わりになるものはないかとポケットを探っていると、ショートボブのよく似合う彼女はふふっと笑った。そのくすぐったいような抜けた笑い方が、とても妖しく映って奈穂は視線を彷徨わせた。

少女は何を思ったのか大きく一歩飛び退り、上目遣いに奈穂の顔を覗き込んできた。

「このぐらい離れれば大丈夫かもしれない。念のためにハンカチも使いますね」

彼女は、きれいにたたまれた空色のハンカチをマスクの間に入れ込んだ。奈穂は申し訳ない気持ちになり、「ごめんなさい」と頭を掻いた。

「謝らないで。こっちが村のみんなを不安にさせてると思うし、いつもマスクを着けてなきゃいけないから」

「いや、いつも着ける必要はないと思う。もしかして、だれかに言われたとか？」

奈穂が若干探るような声色に変えると、彼女は急いで首を横に振った。

「違う、そんなこと言われてないから大丈夫。今は時期が悪いから注意しなきゃと思ってるだけだから」

彼女はごく自然に時勢を受け入れているようだった。これなら、村の住人からいらぬ難癖をつけられる心配はないかもしれない。

奈穂は少しだけほっとし、再び咳払いをしてぎこちない笑みを作った。

「ええと、あなたが昨日、東京から越してきた人ですよね？」

彼女は後ろで手を組み、にこりと微笑んだ。

「北方亜矢子です。よろしくお願いします」

丁寧なお辞儀をされ、奈穂も倣ってお辞儀を返した。そして自己紹介をしようとしたけれども、亜矢子はそれよりも早く口を開いた。

「あなたは遠山奈穂さんですよね？　家の管理人の松浦さんから聞きました。わたしの同級生が近所にいて、すごく優秀だし働き者のいい子だよって。高校にトップで受かったなんてすごいですね」

奈穂は照れてぶんぶんと首を横に振った。そんな個人的なことまで話さないでほしかったけれども、今は話題作りにはちょうどいいかもしれない。

「それほど優秀じゃないし働き者でもないから。今も手伝いさぼって逃げてる途中だし」

亜矢子は一瞬だけぽかんとし、すぐ噴き出して笑った。とても無防備に笑い声を上げるものだから、奈穂もつられて一緒に笑った。

「北方さんも青梅女子高に通うんですか？」

「うん。編入試験になんとか合格できたの。東京でも女子校だったからホントによかった。七日の登校日に行くことになってるんですよね。あ、ちなみにわたしたち家族は全員ウィルスの検査を受けて陰性だったから安心してください」

「え？　じゃあマスクとかいらないじゃないですか？」

奈穂は何気なく言ったけれども、この村が着けざるを得ない空気で満たされているのだろうとぴんときた。彼女の様子を素早く窺っていると、亜矢子はたびたび家のほうをちらりと見ては神妙な面持ちをしている。そしてさっと視線を戻し、奈穂と目を合わせてきた。

「あの、敬語ってなんだか難しいですよね。慣れないからぱっと出てこないし、わたしたちは同級生だから特に違和感」

「確かに」と奈穂も同意した。「じゃあ敬語はなしにしよう。この村のことはなんでも聞いてね」

「うん」と亜矢子はにこにこして頷いた。奈穂はここ最近ではないほど気持ちが上向きになり、いささか前のめりになって言葉を継いだ。

「じゃあさ、七日の登校日は一緒に学校へ行こう。行き方を案内するよ。御笠(みかさ)の停留所からバスに乗るんだけど、本数が少ないから乗り遅れるとたいへんなの」

「ありがとう、よかった。学校へ行くの、ちょっと不安だったの。こんな時期だし、もしかして行かないほうがいいのかなと思ったりしてたし」

「でも学校からは来るように言われてるんでしょ？　なら堂々と行こうよ」

亜矢子は断言する奈穂を見つめ、安心したようにひとつだけ頷いた。

一重瞼(まぶた)の細い目が、これほど魅力的なのだということを今初めて知った。落ち着きがあって大人っぽく、そしてどこか神秘的だ。今まで、どうにかして目を大きく見せようと躍起になっていた奈穂とは違い、日本じゅうにはびこっている美の固定観念が亜矢子にはなかった。

「引っ越しの荷解きとかたいへんそうだよね」

奈穂が話を変えると、亜矢子は家のほうへ再び目をくれた。そして、今までとは違ってどこか疲れたような声を出した。

「たいへんだったけど荷物は少ないし、大きいものはもうセットしたから大丈夫かな。兄と姉が計画して一気にやったって感じ。わたしは事情があって今日の朝にこっちに着いたから、実はなんにもしてないの」

「そうだったんだ。引っ越し業者も入らなかったって聞いたから、手伝ったほうがいいかなって思ってたんだよ」

会話の流れでそう言ったと同時に、亜矢子がわずかに警戒したのがわかった。今までの笑顔を引き揚げている。そして真正面からじっと見つめていたかと思えば、今度は目尻を下げて苦笑いを漏らした。

「んー……。そうか、そうだよね」

「え？　何が？」

「こういう場所では、いろんな情報がすぐみんなに伝わっちゃうんだなと思って。少しびっくりした」

その言葉を聞いて奈穂ははっとした。村内での情報共有はあたりまえでも、ほかの土地、ましてや東京では考えられないことだろう。まだ越してきて二日目だというのに、初対面の相手に情報が筒抜けなのだから気持ち悪いに違いない。

奈穂はバツが悪くなって目を伏せた。

「ごめん……。詮索しようとかそういう気はないから。ただ、この村では内部落でいろんなことをする決まりがあって」

「内部落？」

亜矢子はすぐさま問うてきた。奈穂は額ににじんだ汗をぬぐって口を開いた。

「大百舌村は年寄りが多くて住人は五百人もいない。昔から小さい区画ごとに細かい決まりがあってね。この辺りは大百舌村大字柳原字川田（おおあざやなぎはらあざかわだ）っていう場所なんだけど、ここらに住んでる九世帯が内部落になる。それ以外を外部落って呼んでるんだよ。要は、大昔から九世帯が家族みたいな濃い付き合いをしてるというか……」

「隣組っていうもの？　それなら聞いたことあるけど」

「まあ、それに近いけどもっと密な関係だよ。しょっちゅう行き来したり、何かあったときは総出で助けたりもする。こういう農業で成り立ってるような田舎では、みんなで助け合わないとやっていけないようなとこあるから」

亜矢子はマスクを直しながら少し考え、くぐもった声を出した。

「わたしは生まれてからずっとアパート住まいだったからぴんとこないけど、大百舌村の中に、内部落っていう家族みたいな共同体がいくつもあるっていうことでいいのかな」

「そんなとこだね。この村では部落単位でいろんなことが動いていくんだよ」

「なるほど。じゃあわたしは、今日から川田の内部落の住人になった。そういうことだよね」

彼女の無邪気な言葉に、奈穂は曖昧に頷いた。内部落というのは、先祖代々この土地を守り継いできた者たちによる共同体だ。当然だが、新参者がそこに迎え入れられることはないし、住みついて何十年経とうがよそ者と呼ばれることを知っている。

奈穂は、病気だという彼女の母親の容態も聞きたかったが、今それを口にすることはやめにした。長年村に住んでいると、あらゆる問題は村人に共有されて当然だと考えるようなところがある。

そのとき、枯れ草を踏むような音が聞こえて奈穂はそちらに目を向けた。通りにじっと目を凝らすと、地蔵のある藪の中に小さな影を見つけた。あれは今さっきも出くわしたおヨネおばではないか。竹藪で身を隠しながらこちらを窺っているようだった。奈穂は小さく舌打ちして亜矢子へ向き直った。今日はやけに年寄りの目が多い。

すると亜矢子は何度もマスクを直し、日当たりのあまりよくない自宅のほうを見やりながらそわそわと指を動かした。

「あの、名前呼びしても大丈夫？　奈穂ちゃんって呼びたいなと思って」

「もちろん。わたしも亜矢子ちゃんって呼ぶね」

「ありがとう。よかった、ちょっと安心した……」

胸にやった白く華奢（きゃしゃ）な手が、微かに震えているのを奈穂は見逃さなかった。彼女にとって、大百舌村への移住は本意ではなかったような気がする。入学したばかりの高校を転出しなければならないほどの理由があったのだ。母親の病気が関係しているのはわかっていたが、彼女は触れてくれるなという空気を醸し出していた。

4

その後、奈穂は畑に戻ってジャガイモ拾いを再開した。あいかわらず農作業の重労働には嫌気が差していたが、亜矢子の存在が不平不満を忘れさせていた。まだ出会ったばかりだし本当の友だちになれるかどうかもわからない。けれども、すぐ目と鼻の先に同級生の女の子がいる。イヤホンから流れてくる英文を、知らず知らずのうちに口ずさんでいることに気がついた。気持ちは久しぶりに凪(な)いでいて、いささか大げさだが未来が楽しみになってきた。

奈穂はザルからジャガイモを米袋へ移し、強張っている腰を豪快に叩いた。

「やっと終わった」

ポケットからスマートフォンを抜いて時刻を確認する。午後三時二十分。さぼっていたせいで時間を無駄にしてしまった。東側の山は鈍色(にびいろ)の雲に覆われ、山肌には靄(もや)がかかって霞(かす)みはじめている。おそらく、三十分と経たずに雨が降りはじめるだろう。それもかなり強い雨脚になるのは、たびたび遠くで響いている雷の不穏な音でもわかった。

奈穂は二十個ほどにもなる米袋の口を手早く締め、日焼け止めなどが入ったポーチを取り上げて農道へ出た。野良帽を外して周囲を窺い、小走りに隠居の裏手へと滑り込む。壊れかけた枝折(しおり)戸(ど)を開けて敷地内に入ると、屋敷の裏手で大量の洗濯物がはためいているのが目に入った。

「ばあちゃん！　もうすぐ雨降ってくるよ！　洗濯物取り込んで！　ばあちゃん！」

開け放たれている玄関に向けて声を上げたが、返事は聞こえてこない。

「ばあちゃん！」

玄関に入って茶の間を覗き込んだが、ごちゃごちゃと物が多い部屋にはだれもいなかった。

「もう……」

奈穂は持っていた荷物を栗材の式台へ置き、裏手にまわって井戸水で手を洗った。そして干されている洗濯物を取り込み、縁側へ放って小山にしていく。竹の物干し竿(ざお)には細長いさらしのような布が大量に干されているのだが、それらを抱え込むのを奈穂は躊躇(ちゅうちょ)した。曾祖母が使っているおむつ布は洗いすぎでごわごわとし、もとの色が白だったのか灰色だったのかすらもわからない。

素早くおむつを取り込んで縁側へと放り投げ、その足で隠居に上がり込んで開いている窓を閉めてまわった。空はずいぶん暗くなっており、時折遠くで稲光が瞬いている。祖父は今日も山で枝打ちをしているだろうが、祖母はどこへ行っているのだろうか。

勝手口を閉めて台所を突っ切ろうとしたとき、奥からくぐもった声が聞こえた。

「だれだんべ。八重子か？　それとも美佐子(みさこ)さんかね」

曾祖母が祖母と母の名前を口にした。奈穂が茶の間の襖(ふすま)を開けてさらに二枚目の襖を開けると、六畳ほどの部屋の中央に布団が敷かれて痩(や)せこけた老女が横たわっていた。テレビもラジオも点(つ)けずに、ただただ天井に顔を向けている。

「あれまあ、奈穂かい。珍しいこと」

麻の葉模様の寝間着を着た曾祖母は、歯のない口をぽっかりと開けて笑った。胸許(むなもと)から覗くあばら骨がごつごつと浮き出し、まるでトタン屋根のようだと奈穂は思った。

「大ばあちゃん。扇風機の風に直接当たったらダメだよ。夏でも低体温になるから」

奈穂は曾祖母の足許にある古めかしい扇風機をずらして、強に設定された風を弱めた。とたんに室内のよどんだ空気が逆流して押し寄せ、悪臭が鼻について奈穂は思わず息を止めた。これはひどい。堆肥などとは比較にならないほどで、鼻をつまみたくなった。

「大ばあちゃん、もしかしておむつ汚れてるんじゃないの」

奈穂が問うと、曾祖母はシワだらけの顔を一層しかめた。

「さっきおっきいほうが出たんだけども、呼んでも八重子が来ねえんだわ。下の林枡(はやします)げさ行ってんじゃねえべか」

「林枡って松浦んち？　ばあちゃんが行くなんて珍しいね」

「んだなあ。もうちょいっとで雨も降ってくっぺし、なあにやってんだかな」

曾祖母は窓のほうへ顔を向け、眩しそうに目をしばたたいた。実に間の悪いときに来てしまったらしい。奈穂は短いため息をつき、窓を全開にしてプラスチックの衣装ケースからおむつ布を引き抜いた。

「わたしが替えてあげる。気持ち悪かったでしょ」

「いやあ、いいから奈穂は帰らっし。大ばあちゃんはだいじょぶだよ。アレもそのうち帰ってくっぺ」

「いいから、お尻がかぶれたらたいへんだよ。前も床ずれとかぶれでひどいことになったじゃん。なかなか治んないで入院したたし」

奈穂がウェットティッシュやビニール袋を用意しながら言った。すると曾祖母は白い眉尻を下げて急に胸のあたりで拝みはじめ、ひとしきりそれをやってからつぶらな目を開いた。

「ありがたいねえ。ひ孫がシモの世話してくれるなんて、大ばあちゃんは幸せもんだ。嫌な顔ひとつしねえで、奈穂は優しい娘っ子だな。地蔵さまにお礼言わねえとなんねえ」

「嫌だけどね、心の底から」

奈穂は聞こえないほど小声でつぶやいた。普段、おむつ替えは同居している祖母がしているが、いないのだからやるしかない。ここで見ぬふりができるほど冷淡にもなれなかった。

夏掛けをまくって寝間着の裾をたくし上げると、臭いは一段と凶悪さを増した。できる限り息を止め、骨張った尻の下にバスタオルを挿し込む。そして奈穂は意を決して汚れたおむつを外し、手早く拭いていった。

こんなことをしている十六歳はいないだろう。奈穂は無心に手を動かしながら複雑な気持ちになった。この村だけが時代から取り残され、まるで自分が過去を生きているような気にさせられる。村では年寄りを自宅で看取ることがあたりまえだ。そうやってずっと家を守ってきたのはわかるけれども、こういう考えが嫁不足と高齢化を加速させているとどうして気づかないのだろうか。村に嫁ぐには介護が必須条件になる。

奈穂はごわごわしているおむつをしばらく手で揉んで柔らかくし、枯れ木のような老女の脚を持ち上げた。驚くほど軽く、その生気のなさに寿命を感じて気が滅入ってくる。

すると曾祖母はかすれた声を出した。

「大ばあちゃんも娘っ子のとき、ばあさまの世話をしたんだよ。シモの世話だの体拭きだの、ごはん食べさせたりな。家族はみんな百姓で忙しかったから、手伝うのはあたりまえだったんだわ。子守りもオレがやったんだど」

奈穂は黙々と手を動かし、曾祖母の話に耳を傾けた。

「大ばあちゃんは女学校さ行けねかったし、野良仕事だけやってた人生だったよ。とにかく家のためにせいいっぱい働いてきたんだわ」

「学校に行きたかった？」

「んだなあ。だけど、簡単に女学校さ行ける時代じゃねかったかんな。戦争だのなんだの、家とお国のために働かなっきゃなんなかったんだ」

曾祖母は目を細めながら語った。

あと二年で百歳を迎える曾祖母は内部落の長老だ。ほんの少しだけ混乱があるけれども、頭は常にはっきりとして論理的に喋る老人だった。

汚れたおむつを入れたビニール袋を二重にし、隠居の裏にある小さな焼却炉に放り込んだ。丹念に手を洗って消臭スプレーを豪快に部屋に撒き、開け放っていた窓を閉めた。すでに雨が降りはじめており、草木がざわざわと揺れている。

「奈穂はホントに賢い娘っ子だな。町の女学校さ一等で入ったんだもんな。村じゅうで語り草だわ。たいしたもんだ。働きもんでめんこい顔してっぺし」

「受験に関してはまぐれだよ」

にやけながら夏掛けを整えていると、曾祖母は奈穂の顔をまじまじと見つめた。

「こないだおめさんの父ちゃんにも言ったんだがな。この家は奈穂が守ってったほうがいいど。婿さん取って采配ふって、内部落を引っ張っていかにゃあならんで」

「なんでわたしが……。兄ちゃんがいるでしょ」

曾祖母は節くれだった手を顔の前で振った。

「ありゃあダメだべ。光成(みつなり)は甘えっ子で機転が利かねえぼんくらだもん」

「急にひどいんだけど」

奈穂は噴き出した。

「光成は野良仕事もやんねえべ？　町の信用金庫さ受かったからって、父ちゃんも母ちゃんもみんなして自慢して甘やかしてなあ。あんなんでは内部落をしょって立てねえよ」

「急にへんなこと言わないでよね。農家なんて継ぎたくないし、婿取りなんて冗談じゃない。ていうか、わたし結婚するつもりないし」

「なあに言ってんだべか」

曾祖母は呆れたように唇をへの字に曲げた。

「女っ子は所帯もって子を生(な)すのが幸せだ。行かず後家なんてもってのほかだど。土地に背いては地蔵さまに申し訳が立たん」

「大ばあちゃん。もう時代は変わったんだよ。それに地蔵に頼ったってなんにもしてくれない。願いなんか叶えてくれるわけないじゃんよ」

「これ、そだこと言いなさんな。地蔵さまの耳に届いっちまうぞ」

曾祖母は半ば慌てて早口で言った。

「届けばいいよ。道は自分で切り開くものなの。わたしは東京出てばりばり働いて生きてくんだから」

「まったく、なじょすっぺ！」

曾祖母はシミだらけの手をバシンと叩いた。

「東京なんかさ行ったら伝染病にかかって死んちまうぞ」

「伝染病って……。新型ウィルスって言ってよ」

「どっちでもおんなじだわ。いいか？　都会の連中は性悪だし、それに染まったらもうおしまいだど。見てみい。外部落の加賀姐んとこの孫。東京さ出てってたちまちならず者だ。オレオレでしょっぴかれてテレビにまで出てなあ。とんだ村の恥晒しだわ」

「それは東京関係ないじゃん。もともとそういう人間性だったってだけの話で」

「いいや、東京に祟られた人間の成れの果てだぞ。だいたい、都会さ行きてえんなら町さ出ればいいんだわ。東京と大差ねえべよ。町の連中もたいがい薄情だが、まだ東京よりはましだっぺ」

奈穂はむっとし、寝たきりの年寄り相手にむきになった。

「なんで福島にあるちっちゃい田舎町が東京と同じなの？　チェーン店とかホームセンターしかないつまんないとこなのに」

「そだことねえべ。町にはいっつも人がいっぱいいて賑わってるわ。ばあちゃんも昔、めかし込んで町さ買い物に行ったんだど。ありゃあ、ホントにいい思い出だ」

曾祖母は窓の外に目を向けてうっとりとした。奈穂は呆れ顔をした。

「いったいいつの話してんの。人の流出が止まんないって先生が言ってたよ。駅前なんかシャッター街だし、大ばあちゃんがここに寝てる間に時代は変わったんだって」

「いや、待て。あだに栄えてたのに、なんで町から人が出てっちまうんだ？」

「なんでかっつうと、魅力も仕事もないからだよ。そんなのに観光でよそから人を呼ぼうとするとか役所もバカじゃん」

すると曾祖母は大げさなほど目を丸くし、拝むように手をこすり合わせた。

「いやはや、まったくおっかねえこと。年端もいかねえ娘っ子が、知ったようなことぬかしてるわ。おめさんの父ちゃんも言ってたど、奈穂は生意気でどうしょもねえって。やっぱり女が学つけっとこれだから始末が悪いべ」

「上等だよ」

捨て台詞（ぜりふ）を残して立ち上がろうとしたとき、曾祖母は顎に手を当てながら口を動かした。

「そういや、下の山際の屋敷さ都会もんが引っ越してきたんべ。奈穂の同級生がいるみてえだが、よくよく気いつけたほうがいいど」

「何を？」

「いやあ、大ばあちゃんの娘時代もこういうことがあったんだわ。東京から疎開してきた若い娘が村じゅうの男をたらし込んでな。部落飛び越えた大騒ぎんなったんだ。ひとりの娘を巡っていがみ合いが起きちまって、大怪我（おおけが）した若い衆もいたんだど」

　奈穂はうんざりして立ち上がった。

「東京から来た人がたらし込んだんじゃなくて、村の男たちが勝手に群がって騒いでただけでしょ。キモすぎるわ」

　冷ややかに言うと、曾祖母は潤いのない乾いた顔を左右に振った。

「おめさんはまあだ小わっぱだからわかんねえかもしれんがな。よそ者は村の和を乱す。昔っから災いを持ち込むのは女とよそ者って決まってんだぞ。それがなんの因果か内部落さ入ってきちまったんだから、よくよく気いつけねばなんねえ」

　清々しいほど排他的な思考だが、およそ百年もこの土地に住み着いてきた人間なら当然の結果だと言えた。大百舌村というより、九世帯しかない川田の内部落以外はすべて敵だと認識している。ごく狭い地域で培った常識や掟（おきて）が、曾祖母をきつく縛って偏屈にしてしまったのだから。

　口滑らかになっている曾祖母は、話し足りないとばかりに早口で言い募った。

「オレは玄孫（やしゃご）を見るまで死ねねえんだ。仲人は北の雅代（まさよ）おばに頼もうと思ってる。顔が広いかんな。奈穂にも働きもんのいい婿さまを連れてきてくれっぺよ」

「はい、はい」

　奈穂はあっさり聞き流して部屋を出た。寝たきりの曾祖母は話相手に飢えており、捕まったら最後なかなか解放してもらえない。ひとりぼっちで気の毒だとは思うけれども、口を開けば村の掟や古い考えを捲し立てるだけでいい加減うんざりしていた。曾祖母の鬼気迫る顔も見たくはないし、自分の意思をもたない両親の生き方にも辟易している。

奈穂は隠居を出て母屋へと小走りした。とたんに雷が眩しいほどの閃光(せんこう)を放ち、雨が激しさを増して古い柿の木にばたばたとぶつかった。

5

十六年間生きてきて、登校日をこれほど待ち遠しく思ったことはない。

奈穂は逸(はや)る気持ちを抑えながら、こんもりと土を盛った細い畦道(あぜみち)を跳ねるように走っていた。朝露に濡れた草がふくらはぎに当たるたび、ひやりと冷たい刺激が心地よく感じる。カエルたちはみな奈穂に道を譲り、一歩踏み出すたびに用水路へ飛び込んでいた。

走りながら目の前に広がる水田に目を細め、穂いもちやカビなどに冒された痕跡がないかと稲穂に目を走らせた。が、すぐにはっとして首を横に振った。久しぶりの清々しい朝に何をやっているのだろうか。稲の病気や発育に気を揉む女子高生などいない。そもそも自分は農業が大嫌いだし、煩わしいこの土地から出て行くことを目標に生きているのだから。

さくさくと草を踏みしめて走り、あみだくじのように細かく畦道を折れながら進む。途中、田んぼの真ん中にある欅(けやき)の大木に駆け寄った。十四、五メートルはあろうかという巨木に守られるようにして、遠山家の墓が固まっている。すでに祖母によっておのおのに花が供えられ、線香の残り香が漂っていた。

奈穂は、苔(こけ)むした古い墓石群の脇にある小さな溜(た)め池の前で立ち止まった。澄んだ水面に映る自分へ目をやり、襟許に結ばれた臙脂色のリボンを無造作に解く。そして少し緩めに結び直し、プリーツスカートのウエストを折り込んで丈を短くした。母が服装にはうるさいため、ここで直すことが日課になっている。奈穂は水面を覗き込み、高い位置でひとつに束ねた髪も整えた。

再び畦道を進んで旧国道で歩調を緩めた。少し先にバス停があるのだが、その脇には見慣れない制服を着た人影が佇んでいる。奈穂はどきどきしながら小走りし、振り返った彼女に笑顔を向けた。

「おはよう、早かったね」

亜矢子は今日も体温を感じさせないほど蒼白い。切れ長の目を一層細めて微笑んだ。

「おはよう。今日も暑くなりそうだね」

そう言って淡い桃色のマスクを直している。奈穂は顔の汗をタオルでぬぐい、ポケットから取り出したマスクで口許を覆った。

「道はわかった？」

「うん。道路に沿って歩いてきたからね。次からは教えてもらった近道を使おうかな」

何気ない会話なのに、今日も聞き惚れてしまうほど美しい発音だ。奈穂はリスニングの要領で、耳から入る言葉を頭で繰り返した。そして亜矢子の全身に素早く目を走らせる。白いブラウスに青いチェック柄のプリーツスカート、そして濃紺のかばんを肩にかけて足許はローファーだ。かばんには、学校名が小さく刺繍されていた。

これが都会の制服か……奈穂はちらちらと何度も盗み見た。自分の通う高校とそれほど変わらないものの、決定的な違いを見つけて思わず身じろぎをした。亜矢子は制服を着崩してはおらず、乱れのない立ち姿がとても洗練されて見える。スカート丈もほどよい膝上で嫌味がなかった。

「バ、バスは六時五十分のに乗り遅れると、その後はもう三時間以上来ないからね」

奈穂はつっかえながら説明し、だらしなく出していたブラウスの裾を急いでスカートにたくし込んだ。なんだか、田舎娘ががんばって「イケてる」感を出しているようで恥ずかしい。すると亜矢子は奈穂をじっと見て口を開いた。

「青梅女子高の制服ってリボンがあってかわいいね。私が通ってた高校は、そういうワンポイントがなくてのっぺりして見えるからかわいくないの」

「いや、ぜんぜん。シンプルですっきりしてて、いかにも都会って感じがする。余計なものを極限まで削って、高度なおしゃれっていうか品があるっていうか」

必要以上に早口になっていると、亜矢子は細い目を伏せ肩を揺らして笑った。

「奈穂ちゃん、おしゃれ評論家みたい」

奈穂は顔が赤くなるのを感じて慌てふためいた。おかしいほど浮ついている自分を亜矢子は静かに見つめ、そして自身の制服に目を落とした。

「この制服は地味で評判悪かったんだよ。校則が厳しい学校だったから、アレンジもできなかったしね。冬服はネクタイがあったからまだいいけど、とにかくかわいくしようがなかったなあ。ごまかしが利かない制服だったんだよ」

まさにその通りだ。奈穂は華奢で伸びやかな肢体の亜矢子に目を細めた。つまり、彼女はごまかさなくてもよい側の人間なのだ。スカート丈を詰めたりブラウスをどうこうしなくても、ただ立っているだけで不思議な存在感を振りまく。すべてにおいて飾り気がないのは自信の表れだ。同い歳なのに揺るぎのない信念があるように見え、奈穂は無性に情けなさを感じた。

ひとり気持ちの波に翻弄されているとき、一本道をバスが走ってくるのが見えた。商店や病院の広告がいくつも貼りつけられたバスは、奈穂たちの前で音を立てて止まる。排気ガスを吸い込んで咳き込み、奈穂はパスケースを出しながら言った。

「バスは後払いだから整理券を取ってね」

二人はバスに乗り込み、中ほどの席に腰を下ろした。そのとき、遠山家の墓がある欅の脇に人影を認めて奈穂は二度見した。緑色のスカーフでほっかむりし、黒っぽいワンピースを着た痩せぎすの老婆がこちらをじっと見つめているではないか。生気を感じない陶器のような顔を見て奈穂はぞくりとした。あれは洋子姐と呼ばれている立原家の年寄りで、徘徊癖のある老人の伴侶だった。走りはじめたバスをみひらいた目で追っており、ここからでもわかるほど能面のようになんの表情もない。

「すごく空いてるんだね。びっくりした」

亜矢子の声に奈穂ははっと我に返った。ここ最近、村のあちこちに薄気味の悪い年寄りが出没しすぎだ。奈穂はエアコンで冷えすぎた空気を吸い込み、気持ちを切り替えて車内に目を走らせた。乗客は杖を持った老人が二人だけで、後ろのシートでうつらうつらと船を漕いでいる。

「基本、田舎はみんな車移動だからね。村で青梅女子に通ってんのはわたしだけだし、男子校の連中はみんな自転車だよ」

「へえ、町まで遠いのにすごいね。雨とか雪の日だけバスなの？」

「いや、寒かろうが暑かろうが、学生は自転車通学みたいな考えが昔からここらへんではあるの。学生は苦労すべきってね。わたしはバカみたいだからやんないけど」

亜矢子は見聞きするものがすべて新鮮なようで、切れ長の目をきらきらと輝かせながら田園風景を眺めている。すると彼女は横から顔を覗き込んできた。

「青梅女子高ってどんな雰囲気の学校？」

彼女がさらさらの短い黒髪を耳にかけると、シャンプーの仄(ほの)かな香りが鼻をくすぐった。

「青梅は、ここらへんの地域で唯一の公立女子校なんだよ。昔は偏差値がめちゃくちゃ高くて県下でも有名だったけど、今はそうでもないかな」

「そうだとしても、トップ入学はすごいよね」

その言葉に対して、奈穂は謙遜せず素直に頷いた。

「家族に歯向かうためにむきになって勉強してる感じ。だれにも有無を言わさないために、わたしは成績で武装してんの。格を上げるには勉強がいちばん手っ取り早いから」

「そういうアクティブな考えを初めて聞いた」

亜矢子はいささかおもしろそうに言った。

「うちは家族全員が学歴とか頭の良し悪しに無関心なの。ああ、家族というより内部落の人たちは、勉強ができるよりも土地に貢献するほうが大事だから。女は特にね」

「でも、松浦のおじさんは奈穂ちゃんのこと自慢してたよ。本当にすごい子だって。まだ高校生なのに頼りになるってね」

「それは作業員として頼りにされてるだけだよ。今んとこわたしも従順だからね。そういうへんな伝統とか掟に反逆しようと思って、密(ひそ)かに計画を練ってる最中」

だれにも話せない秘密を勢いで言ってしまった。ちらりと亜矢子を窺うと、彼女は何かを考え込んでいるように見えた。涼しげな目許が、今さっきよりも鋭く感じる。

「反逆すれば未来は明るくなるのかな」

亜矢子は一本調子に言った。どういう意味かはわからないが、奈穂の考えには同意していないように見える。が、彼女はすぐに目許を緩めて小さく頷いた。

「まだ若いのに、奈穂ちゃんは将来を考えててすごいと思った」

「まだ若いのにって、亜矢子も同じ十六じゃん」

笑いながらそう言ってから、奈穂ははっとしてシートで身じろぎをした。

「ごめん、つい呼び捨てにしちゃった」

「いいよ。今までちゃん付けで呼ばれたことないから呼び捨てのほうがいい」

奈穂は、彼女の言葉のひとつひとつを咀嚼(そしゃく)するように聞き入った。亜矢子と話しているととても緊張する。けれども、形ばかりの友人、愛美と恵梨香に対する緊張感とは質が異なっていた。強烈な負の感情が湧いてこないのだ。

バスはデコボコしたアスファルトの旧国道をひた走り、だれもいない停留所をいくつも通り過ぎていく。奈穂は伸び上がってエアコンの噴き出し口を横へずらし、亜矢子へ顔を向けた。

「話がおかしな方向にいっちゃった。うちの学校の雰囲気は悪くはないと思う。いじめとかも聞いたことないし、男子がいないから開放感があるっていうか」

「開放感？」

「へんに意識してかわいこぶったりする子がいない。でも、しょっちゅうマウント取ってくるような子はいる」

「なるほど」

亜矢子は顎に手を当てた。

「どこの高校でも一緒なんだね。致命的に合わない子が一定数いて、すごく合う子はほんの数人だけ。あとは当たり障りなく仲良くできる子たち」

彼女はどんな子たちと友だちだったのだろう。少なくとも、自分のように合わない人間にしがみついて時間を無駄にしていそうにはなかった。

奈穂は話の先を続けた。

「一年はクラスが三つだけだよ。子どもが少ないから、五年後ぐらいには共学になるような話は聞いた。で、亜矢子はわたしのクラスに入ると思う」

「そうなの？　なんで？」

「家が同じ地域だし、案内役にはぴったりだからね。それに、わたしの成績は学年一位。先生たちは、転校生をぜひわたしにまかせたいと思ってるはず。しかもわたしのクラスの担任は学年主任だから」

亜矢子はしばらくきょとんとしていたが、やがてマスクに手を当ててくすくすと笑った。

「きっとその推理は当たると思う。奈穂ちゃんがついていれば先生も安心できるもんね。もしかして、奈穂ちゃんってわりとしたたか？」

「したたかで計算高くなったのは生まれた家のせい。これだけは自信をもって言えるね」

すると亜矢子は声を上げて笑い、涙のにじんだ目を合わせてきた。

「今確信した。わたし、奈穂ちゃんとはホントの友だちになれる。実は引っ越す前からずっと心配してたんだ。近所の同級生が優しくていい子だったらどうしようって」

「ごめん、意味がわかんない……」

「もちろん優しくていい子は好きだよ。でも正直、一緒にいるとすごく疲れるの。いい子が生きてる優しい世界を壊さないように気を遣わなきゃいけないから」

亜矢子の言葉の意味がわからないようでいて、実はよくわかる気がした。奈穂は、表情の読み取れない彼女の目をじっと見つめた。自分は素直さがなくひねくれていると常々思っているが、彼女もある種、大人びた感覚をもっているらしい。そういう同級生とは出会ったことがないから、とにかく物珍しかった。


それからバスは城山市の駅に到着し、そこから十五分ほど歩いて学校の校門をくぐった。亜矢子をまっすぐ職員室に送り届け、奈穂は1－Aの教室へ向かう。みな汗をかきながらマスクを着け、下駄箱の隅に置かれた消毒薬の前に列を成している。今の時期、ここまでして登校させる意味がわからない。

混み合っている登校口を足早に通過して、一階の奥にあるクラスに入った。

「おはよう」

口のなかでそう言いながら、出入り口に設置してある消毒薬を再び手になすりつける。

「結構ぎりぎりだったじゃん。なんかあったの？」

声のしたほうへ顔を向けると、窓際の席で黒いマスクを着けた愛美と恵梨香が気だるそうに手を振っていた。制服をほどよく着崩しており、とても垢抜けて見える。いや、今まではそう見えていた。けれども亜矢子の隙のない身なりを見たせいか、ひどく時代遅れに感じる。ここ数日間で、自分のなかの価値観ががらりと変わってしまったようだった。

奈穂は後列の自分の席にかばんを下げ、二人のもとへ行った。

「おはよう。久しぶり」

「ほぼ一週間ぶりだよね。先週、サプライズを仕掛けて以来だからさ」

二人は顔を見合わせていたずらっぽく笑った。自分のいないところで、さぞかし笑い者にしていたことだろう。いつもならばおどけて見せるところだが、もうどうでもよくなっていた。愛美は今日もそつなくメイクをし、目を極限まで大きく見せるためにアイラインを念入りに引いている。一重瞼をむりやり二重にしているため、目尻のほうからアイテープが見えてしまっていた。

奈穂は彼女の顔をまじまじと見た。なぜ今まで、こんな不自然な顔を都会的でかわいいなどと思っていたのだろうか。そのうえ自分は真似をして研究し、負けまいと躍起になっていた。きれいに化粧された顔は無個性で魅力が薄い。明るく染めた髪や輝くネイルも含めて、どこか不潔感があるとさえ思った。

「なんか反応薄いね。どうしたの？　朝から畑仕事してきた？」

「そうだね。農家は総出で働かないと食べていけないから。愛美んちと違って」

「ちょっと、何突っかかってんの？」

恵梨香は素早く愛美の顔色を窺い、口を挟んできた。まっすぐの長い髪は彼女のトレードマークだが、薬品で矯正した直毛はナイロン糸のようで不気味だ。

どうしよう。急に二人の粗が見えて止まらない。奈穂は目許をこすってなんとか笑顔を作った。

「睡眠不足かも。なんか最近、眠れなくて」

「勉強しすぎだよ。まだ一年なのに奈穂は本気になってやりすぎ。まったく優等生だなあ。あ、そうそう。あとで夏休みの宿題、答え合わせさせて」

愛美は当然のように言う。答え合わせという名の丸写しだ。奈穂はさらりと返した。

「時間があったらね。なんせ家の手伝いがあるから自由がないんだよ」

農作業をしているひどい姿を見られたのだから、ある意味恐いものがなくなったとも言える。家や家族に劣等感を抱いているのは変わらないけれども、話をはぐらかすことに力を注いでいた生活はもう終わりだ。

いつもとは違う雰囲気を感じ取った二人は、顔を見合わせて目配せをしている。そのとき、前の出入り口から中年女性が入ってきて開口一番言った。

「おはよう。具合悪い人はいないね？」

小太りの担任は白髪交じりの癖毛を耳にかけ、化粧気のない浅黒い顔で教室を見まわしている。

「熱もそうだけど、いつもと違う症状があったらすぐ先生に言うように。家族に何かあった人も名乗り出てちょうだいね。まだ城山市では感染者が出てないけど、どっから入ってくるかわかんないから。第一号がうちの生徒だったらたいへんなことだよ」

学年主任でもある彼女は、当然のように配慮のない発言をした。奈穂はこの担任が苦手だった。生徒思いで親しみやすい豪快なキャラで人気があるけれども、ことあるごとに贔屓（ひいき）と自己保身が見え隠れする。クラスで目立つ愛美タイプの子が大好きで、その他大勢はほとんど目にも入っていない。

生徒たちは急いで席につき、日直の号令で教師に礼をした。そして彼女は出入り口のほうへ向けて手招きをする。予測は的中だ。亜矢子が教室に入ってくるのを見て、奈穂の口許が緩んだ。彼女は教卓の横に立ち、まっすぐ前に視線を向ける。クラスメイトが一気にざわつくと、担任が手をひとつ打ち鳴らした。

「はい、静かに。転校生を紹介します」

担任が亜矢子に手を向けると、彼女は名前を口にし軽くお辞儀をした。

「北方さんは東京から引っ越してきました」

そう声を張った担任は劇的効果を狙うような間を取り、ここぞというタイミングでにやにやして先を続けた。

「はい。今『東京から来たの？　ウィルスは大丈夫だべか？』って思った人」

生徒たちをぐるりと見まわしているとき、愛美が手を挙げて「思いましたー」とふざけた調子で声を発した。担任は大げさに咎めるような仕種をして見せた。

「まったく、あんたはうちのクラス一番の問題児だわ。外で悪さして先生の顔を潰しなさんなよ」

「わかりましたー」

愛美は舌を出して笑っている。いったい、このバカらしい小芝居をいつまで見せられるのだろうか。奈穂がうんざりして貧乏揺すりを始めたとき、愛美とじゃれていた担任がようやく話を戻した。

「北方さんは検査で陰性だったから、みんなも安心していいからね。夏休み明けからこのクラスの一員だから。ええと、それで……」

丸い顔を覆っている灰色のマスクをたびたび直し、担任は教室にざっと目を走らせた。そして視線を奈穂で止め、そのままの状態で先を続ける。

「遠山さんには転校生の案内をお願いしたいんだわ。家が近いから通学路も一緒だし、危険な場所なんかも教えてあげてほしい。やってくれっかい？」

「はい、わかりました」

奈穂は静かに頷いた。すべて自分の予測通りだが、裏を返せば学校や担任の考えることが単純すぎるのだ。

「じゃあ、頼んだよ。みんなも何かあったら遠山さんを助けてやって。北方さんは、そこの前の席に座ってね」

亜矢子はまるで緊張しておらず、いつもの物静かな立ち居振る舞いで席に着いている。クラスのあちこちではひそひそ話が起きており、時期外れの転校生の訪れに興味を掻き立てられているようだった。

それから夏休み後半の注意点などを担任がいくつか話し、大量のプリント類が配られてから解散となった。早速、亜矢子の周りにはクラスメイトが集まっており、そのなかでも愛美は積極的だった。

「北方さんってどこに住んでたの？　わたしのお姉ちゃんは板橋区の三園（みその）ってところに住んでるんだけど知ってる？」

いかにも愛美らしい質問だ。この状況でも、自分が上だと印象づけたいようだった。

亜矢子はメイクの施された愛美の顔をじっと見て、感情の見えない声を出した。

「ごめん、三園っていう場所は知らない。わたしは大田区だったから板橋はちょっと遠いね」

すると、亜矢子を取り囲んでいるなかのひとりが声を上げた。

「大田区って言ったら田園調布とかある場所だよね？　金持ちばっかの街じゃん！」

「そんなことないよ、大田区って広いから。わたしは田園調布には住んでなかったしね」

「でも、なんかすごい都会って感じ。それにぜんぜん訛ってないって不思議だよ。完璧な標準語なんだもん。生まれてからずっと東京だったの？」

「うん」

「わたしらもあんま訛ってないと思ってたけど、こうやって目の前で聞くと違うんだなあ。ていうか北方さんすっぴんなんだ、すごく肌きれいだね」

　みな興奮気味で、次々に質問が飛び交っている。愛美と恵梨香は輪から弾き出されたような格好だったが、存在感を示すように大きく咳払いをした。

「北方さん、なんで東京からこんな田舎に引っ越してきたの？　しかもこんな中途半端な時期にさ。なんかのいわくつき？」

　本当にずけずけと人の内情に踏み入ってくるし、少しでも恥をかかせてやろうという愛美特有の刺々しさが全開だ。奈穂はプリントをかばんに突っ込んで立ち上がり、人垣ができているほうへ声をかけた。

「ごめん、わたしちょっと用事があってすぐ帰んなきゃなんないの。北方さん、悪いんだけど出れる？」

　空気を読めという愛美の視線が痛いが、このまま詮索され続けるのは亜矢子が気の毒だ。彼女は頷いて荷物を手に持ち、クラスメイトに微笑みかけた。

「休み明けからよろしくね。またいろいろと話を聞かせて。じゃあ」

　彼女が立ち上がると、あちこちから「またね」という声が上がる。奈穂は亜矢子に目配せし、教室を出て歩きはじめた。

納戸や土蔵をいくら探しても、よだれかけにできるような赤い布など見当たらない。キミ子は一日でも早く地蔵への願掛けをしたかったが、戦争が始まった今、贅沢なきれいな布など簡単に見つかろうはずもなかった。かろうじて手に入ったのは薄汚れたおむつ用のボロ布だけ。しかし、赤い布でなければ地蔵への祈願は許されていない。

「キミ子、おめさんは夜なべするつもりなんだべか」

母が土間から顔を覗かせる。キミ子は囲炉裏(いろり)のそばでロウソクを灯(とも)して正座しており、長い晒(さらし)布(ぬの)の束が周りに散乱していた。そのすべてに赤い糸で作られた玉が無数に縫いつけられている。

「明日も野良仕事があんだから、あんまり根詰めんでねえど」

「わかってる。でもこの千人針をちょっとでも進めておかねえと、外部落さまわすのが遅くなっちまうよ」

「そだ心配しねえでいいわ。おおかた日を決めて内部落で一斉にやることになっぺ。わらわらやってもしょうがねえって年寄りも言ってたかんな」

母は継ぎ当てだらけの寝間着の前をかき合わせ、眠そうな目をしばたたいていた。よその村から嫁いできた母は、いつまで経ってもよそ者だと蔑まれている。内部落の寄り合いにも顔を出すことは許されず、決められた仕事をただ黙ってこなすだけの日々だった。朝はいちばん早く起きて夜はいちばん最後に寝る。体を壊してでも農家の嫁の務めをがむしゃらにこなし、文句ひとつ口にしたことはない。

キミ子は疲れ切っている母が急にかわいそうになり、複雑な思いで微笑みかけた。

「母ちゃんはもう寝て。あたしもここ片付けたら寝るよ」

「そうかい？　んだら頼むな。おめさんは働き者だで、あの山谷が見初めたんだぞ。器量も悪くねえし、きっとかわいがってもらえっぺ。キミ子は幸せになれるわ」

「うん。わかってる」

キミ子は奥へ引っ込んだ母を目で追い、寝床へ入ったのを確認してからボロ布を尻の下から取り出した。

赤い布など、このままいくら探しても手に入るはずもない。キミ子は千人針で使う赤い糸を針に通して、すすけた布を縫っていった。赤い糸で隙間なく刺せば、汚いボロもやがては赤い布になるだろう。この糸が手許にある今はまたとない好機だった。縁談の段取りが進まないうちに、よだれかけを作り上げて祈願しなければならない。

キミ子は、母や祖母が起き出してこないことをたびたび確認しながら針仕事に没頭した。そうしているうちに、中指にはめている錆びついた指ぬきが擦れて痛くなってくる。こんな些細なことでたちまち集中力が途切れて指を針で突いてしまい、キミ子は咄嗟に布を落として指先を見やった。

赤黒い血が見る間に丸く膨れ上がり、ロウソクの炎に照らされて紅玉のように光っている。キミ子は指先をぎゅっと押して血を絞り出し、おもむろに布へなすりつけた。これでも赤く染まる。かすれた血のシミをしばらく見つめ、キミ子はその上から再び赤い糸を刺していった。

よだれかけの中には、願い事を書いた半紙と小豆を入れるのだと祖母に聞いた覚えがある。一生涯、だれも見ることのできない願いだ。そして裏側には自分の名前を縫い取るのだが、これもめくって見ようものなら災いが起きると言い伝えられていた。キミ子の願いはだれにも知られることなく、死ぬまで地蔵が守ってくれるだろう。

キミ子はボロ布へ縦横無尽に赤い糸を走らせた。ひと針ひと針に念をこめながら、村を出た自分を想像して夜ふけにひとり高揚していた。

第二章　忌作とウランバナ

1

早朝、耳障りな虫の羽音で目が覚めた。

奈穂は蒸し暑さを感じてむくっと起き上がり、ぼんやりと明るい部屋でしばらくぼうっとした。開け放たれている窓辺では、ストライプ柄のカーテンが風に揺れている。目をこすってスマートフォンを起動すると、午前五時二十分という時刻が表示された。そろそろ両親が起き出す時間だが、自分の睡眠はまだこれからだ。

倒れ込むように横になり、夏掛けを首のあたりまで引っ張り上げた。が、また虫が羽ばたく嫌な音が耳に入って小さく舌打ちをした。

「なんなの……」

天井や部屋の隅々にまで目を走らせ、睡眠を妨害する正体を突き止めようとした。しかし飛んでいる虫の姿はなく、警戒心が煽(あお)られる音だけが断続的に続いている。奈穂は首を上げて足許を確認し、何気なくまた窓のほうへ目をやった。そのとき、カーテンの隙間から網戸にびっしりと貼りついている黒いものが目に入り、ひっと声を上げて飛び起きた。

体長三センチはあろうかというアシナガバチが、無数に網戸にとまって翅(はね)を震わせているではないか。奈穂は一瞬で総毛立ち、枕許にあった丸いクッションを反射的に投げつけた。網戸に当たって弾み、その拍子にアシナガバチが一斉に飛び立っている。

「キモすぎる、心臓止まるかと思った……」

奈穂は胸に手を当て、呼吸を整えるように大きく息を吸い込んだ。田舎育ちで農家ゆえに虫の耐性はあるのだが、集合体だけは絶対にダメだ。

奈穂は机の上から殺虫剤を取り上げ、網戸にまんべんなくかけて虫が寄りつかないように防衛した。昨日、取り込んだ洗濯物にハチが何匹もまぎれ込んでいると母が騒いでいたが、嫌なことに今年は大繁殖する周期なのかもしれない。

二度寝しようと思っていたのに、すっかり目が冴えてしまった。奈穂はベッドに座って網戸へ目を向けた。今にも雨が降りそうな空模様で、鉛色の雲が山の頂きをすっぽりと覆っている。今日は雨が降りはじめる前に作業を終わらせておかないと厄介だろう。作物は雨を受けると急激に育つため、出荷の予定が大幅に狂ってしまうからだ。

「ああ、もう。わたしは農業の本職かよ」

起き抜けになぜ自分が畑の心配をしなければならないのだ。苛々しながらもつれた髪を指で梳いているとき、階段の下から母の呼ぶ声がした。

「奈穂、起きてんの？　じいちゃんが来てっから降りてきて」

それと同時に苛立ちが爆発し、奈穂は過剰に声を荒らげて反抗した。

「ねえ！　今何時だと思ってんの！　まだ寝てるに決まってんでしょ！」

「もうすぐ六時になんだから降りてきらっし！　夏休みだからって、いつまでもだらだらと寝てんじゃないよ！　夜ふかしもたいがいにしな！」

「夜は勉強してるんだっつうの！」

奈穂は即座に返して荒々しく立ち上がった。

普通、親は成績がよければ子どもに文句はないはずだが、うちは違う。そもそも学業を褒められたこともないし、進学を望む気持ちも感じられなかった。高卒で就職して数年後には見合い結婚をし、早々と妊娠して孫の顔を見せる。しかも長男が生まれるまでせっついてくるのだろう。そんな親が望むような人生はまっぴらだ。

不機嫌を極めながら階段を降りて台所へ行くと、小柄な祖父が椅子に腰掛けてお茶を呑んでいた。

「奈穂、おめさんはいっちょまえに反抗期か？　こないだまでちっこいわっぱだったのになあ。気い強くてかなわんわ」

祖父は赤銅色の顔にシワを寄せて笑い、湯呑みから音を立ててお茶をすすった。

「母ちゃんの言うことは聞くもんだぞ。女っ子なんだからな」

「じいちゃん、朝っぱらからなんの用？」

奈穂は憮然として話を変えた。だれかに当たらずにはいられない。祖父はそんな孫を窘(たしな)めるでもなく、再び暢気に湯呑みを持ち上げた。

硬そうな白髪を短く刈り込み、黒光りするほど陽灼けした肌との対比が鮮やかだ。白いランニングシャツから覗く腕は老人とは思えないほどたくましかった。祖父は遠山家が所有する山の管理を引き受けており、日々枝打ちや草刈りなどの作業をひとりで担っている。祖父が手掛けた山々は、遠目からでもすぐわかると有名だ。杉の下部分の枝がきれいに剪定され、山全体に新鮮な空気や日光が行き渡るよう緻密に整えているからだ。いつ見ても美しい出来栄えで、隣接するよその山の粗が目立つありさまだった。

　祖父はぼさぼさの白髪眉を引っ張りながら言った。

「奈穂がやってる加工トマトの畑とジャガイモんとこを消毒すっからな」

「は？　今から？」

「んだ。夜盗が出はじまってっから今手え打っとかねばなんねえべ」

　奈穂は盛大にため息を吐き出した。

「ここ最近、確かにヨトウムシは増えてたよ。特にジャガイモんとこね」

「ええ？　そうなの？　それはたいへんだわ。出荷前だってのに、今新芽がやられたら病気でダメんなるわ」

　母の言葉に祖父は小刻みに頷いた。

「五月に薬撒いて数を減らしはしたが、うらんぼん月はまた夜盗が出てくる時期だかんな。今やっておかねえと、秋の彼岸あたりは手に負えなくなんぞ」

「やだやだ。あの茶色い毛虫の姿を見っとぞわぞわすんだわ」

　母は身震いしながら奈穂に目をくれた。

「奈穂、じいちゃんと畑さ出て薬撒いてきて。雨降ってくる前にやんないと」

起きた早々、絶望感しかない。奈穂は両手でごしごしと顔をこすり上げた。

「めんどくさすぎ。眠いしパス」

「奈穂」

母はいつものように唇を引き結び、警告するような目で見据えた。

「年がら年中、生意気なことばっか言ってないでちょっとは素直になりな。そうすりゃみんな気持ちよく仕事できるんだから」

なんで当然のように野良仕事を割り当てるのか。そう反論しかけたが、ぎりぎりのところで言葉を飲み込んだ。もう何を言っても無駄だし、余計なことを口走って父の不機嫌に付き合わされるのだけはごめんだった。自分は計画を粛々と実行し、この家を出て自立すればいい。

それから奈穂はむりやり朝食を胃袋に収め、のろのろと作業着に袖を通して表へ出た。空はどんよりと曇り、生ぬるい湿気た風が草木をざわざわと揺さぶっている。薄汚れた合羽を羽織って隠居のほうへ行くと、庭先では祖父母が屈んで何かをやっていた。軒先には豆腐が入っていたプラスチックのパックやペットボトルを切ったもの、そしてバケツなどが散乱している。それを見て、ますます気分が落ち込んだ。

「米糠トラップもやんの？　もうマジで勘弁してほしい」

奈穂がぼやくと、祖母は腰を叩きながら大仰に立ち上がった。

「夜盗には糠がいちばん効くんだど。そこらで売ってる薬は作物も一緒に枯らしちまうかんない。

それとばあちゃん特製の木酢ニンニク水をかければ完璧だわ」

「めちゃくちゃ臭いやつじゃんよ」

「それがいいんだべ。夜盗どもはころっとおっ死ぬど」

そう言いながら、祖母はまた屈んで自家製消毒液を漏斗でスプレーの容器に移している。祖父は空を見上げたまましばらく固まっていたが、やがて立ち上がってケースに荷物を入れはじめた。

「どれ、畑さやべ。あと四時間ぐれえで雨が降ってくっから」

奈穂はマスクをしてタオルでほっかむりし、祖母が作った消毒薬が髪にかからないよう厳重に対策をした。肌についたら最後、二、三日は臭いが取れなくなる最悪の液体だ。二人は荷物を抱えて奈穂の持ち場である北側の畑へ移動し、黙々と用意を始めた。

「まず先に葉っぱの消毒だ。やり方はわかっぺ？」

「葉の裏側を重点的にスプレーすんでしょ？　で、這い出てきたヨトウムシを袋に入れていく」

農協のキャップをかぶった祖父は、頷きながら作業着の袖をまくり上げた。

「でも、今日は雨降んのに消毒は意味ある？　雨で流れるよね」

「ああ。だからいいんだ。土ん中さ染み込ませて夜盗どもを一網打尽にする。んだから、土にもスプレーしてくいよ。たっぷりとな。それが終わったら糠の罠を仕掛けっと」

「はい、はい」

惰性的に返事をし、軍手をはめてスプレーボトルを取り上げた。まだ収穫の終わっていないジャガイモの苗の前に屈み、一枚一枚葉を裏返しながら念入りに消毒薬をかけていく。とたんに吐き気をもよおすような悪臭が鼻を突き、奈穂は思わず顔を背けて咳き込んだ。あいかわらず、例えようがないほどひどい臭いだ。臭くて汚い重労働の末に生み出される作物も、出荷手数料や市場流通料などを引かれれば、ひと箱数百円にしかならないこともザラだった。とても割には合わないのに、農業を続けようと思うモチベーションはどこからきているのだろうか。

　奈穂は不毛なことを考えながら手を動かしていたが、次の葉を裏返したとたんに黒ずんだ虫の卵の集合体が現れて悲鳴を上げた。

「キ、キモすぎる！　じいちゃん！　まだ孵ってないやつがいっぱいなんだけど！」

「そりゃあ、そんなのもいっぺよ。こんだけ増えてりゃ、あらゆる齢の夜盗がそこらじゅうにいっから」

　祖父が畑の対角線上でのんびりした声を返してくる。奈穂は鳥肌が立っている腕をこすり上げた。

「いや、無理だって！　わたし、こういう集まってるやつがホント無理なの！　集合体恐怖症なんだよ！」

　ジャガイモの苗から飛びすさって大騒ぎをしていると、祖父がむくりと立ち上がって畝をまたぎながらやってきた。

「なあに弱っかしいこと言ってんだか」

　そう言いながら卵を産みつけられた葉をもいで袋に入れていく。

「こんなもんを怖がってるようでは、百姓なんか務まんねえぞ」

「務める気ないから。そもそもわたしは農業に向いてないから！」

力んでいる奈穂に、祖父ははははっと笑って柔和な顔を向けてきた。

「おめさんは頭もいいし機転も利くし、何より百姓を心から理解してる。甘えっ子の光成とは違ってな。奈穂がうちを継いだら新境地が開けっぺよ。娘っ子ながら肝っ玉がデカい。大ばさまも褒めてたど。ひ孫は山谷を救う要だってな」

「何めちゃくちゃなこと言ってんの。悪いけどわたしは家を継ぐ気なんかないかんね！　こっちにだって夢があんだから！」

「夢ねえ。おめさんはどんな夢もってんだべ」

急に切り返されて奈穂は口ごもった。とにかくこの土地を出たいというほかに、これといってなりたい職業や憧れているものはない。奈穂は、手早くジャガイモの葉を摘んでいく祖父の背中に向けて言った。

「ゆ、夢はじっくりと決めることにしてっから。まだ高一だし、いろんな情報を集めてる最中だもん」

「そりゃご苦労さんだ。ちなみにあすこ見てみ」

祖父は顔を上げて、畑の向こう側へ顎をしゃくった。用水路の手前には土手があり、雑草が伸び放題になっている。

「おめさんはしょっちゅうここいらを草刈りしてっぺ。向こうの加工トマトんとこもだが、なんで一ヵ所だけ草を残してんだ？」

奈穂は曇天の下で土手に目を向けた。

「生態系を濃くするためだよ」

「言葉が難しくてかなわん。つまりどういうことだべ」

「きれいに草を刈りすぎっと、生き物のバランスが崩れんの。畑には害虫がつきものだけど、ある程度天敵がいれば数を一定に保つことができる。草むらに棲む虫は多いし、作物に有益なのもいる。つまり、わたしが楽するために虫と共存することに決めたんだよ。しょっちゅう消毒とか草刈りとか死ぬほどめんどくさいし」

　すると祖父は立ち上がり、鼓膜が破れるかと思うほど大きな声で笑った。驚いた鳥が繁みから飛び立ち、セミも一瞬だけ鳴き声を止めている。いったい何事だと奈穂がたじろいでいると、祖父は振り返ってキャップをかぶり直した。

「奈穂。おめさんはオレが考えてるよりずっと賢い娘っ子だ。百姓が嫌いだなんてぬかしてるが、だれより百姓を理解してんだからたいしたもんだ」

「違うってば。野良仕事が嫌で嫌で仕方ないから頭を使ってずる賢く逃げてんだよ」

「いや、いや。土地を知らんでは草を残そうなんて考えは出てこん。現に、おめさんの父ちゃんと母ちゃんは、それはそれはきれいに下刈りしてっと。毎日毎日、少しでも伸びてきたら刈り込んでるわ」

　まったくその通りで、両親が作業している田畑は惚れ惚れするほど美しい。ゆえに、奈穂の草刈りは雑で汚いと日々小言を言われているのだが。

祖父は腕組みして奈穂の顔をじろじろと見まわした。

「奈穂は自然がどんなもんなのかを考える知恵がある。だれに教わったわけでもねえのに、それを試してみて結果が出たわけだろ？　いやはや、たまげたわ」

奈穂は祖父に向けて手をひと振りした。

「現にこうやってヨトウムシが増えてんだから、わたしのやったことは大失敗じゃんよ。お父さんたちがいる畑に虫が出てないってことは、毎日きれいに草刈りすんのが正解だったわけだよ。まったくムカツク」

「いやあ、南の畑はひと山挟んでっからな。ちょうど山が障壁んなって夜盗の産卵を阻んでんだわ。内部落の連中も、北側の畑だけ夜盗が出てるっつってたぞ」

「そうなのかなあ……。それにしても急だよね。先週は虫喰い(むしく)の痕なんてほとんどなかったと思うのにさ」

奈穂はしばらく口を閉じ、頭に浮かんだことをそのまま口にした。

「もしかしてアシナガバチが増え出したのもヨトウムシのせいじゃない？　朝、網戸に大量にとまっててキモかったんだよ」

「何？　アシナガか」

「そうなんだよ。とにかく数が多かった。でも考えてみればハチはヨトウムシの天敵だし、いつもこの辺りを巡回してた気がする。害虫って相乗効果でいろんな種類が増えるから、きっとそのせいだよ」

　祖父は何かを考え込んでいたが、剃り残した白い髭に触りながら口を開いた。

「アシナガが増えたのは、単純にこの暑さのせいだっぺな。河原のアブも尋常じゃねえし、山さ入ればスズメバチが湧いてきて難儀だわ。そのうえ、クマが外部落の永持の辺りまで下ってきてっぺし、イノシシも我が物顔で畑荒らしてるわ。今年はいろんな意味で世の中が変わっちまったわな」

「そっか。まあ、この暑さもいい加減にしてほしいけどね。うちにはクーラーもないし、そろそろ限界だと思う。大ばあちゃんもたいへんでしょ、暑くてさ」

「いやあ、大ばさまぐれえの大年寄りは、もう暑いも寒いもそだに感じねえかんな。そうそう腹も減んねえんだぞ。ほっぽっててもだいじょぶだべ」

「いや、ダメだから」

　奈穂は、あくまでも暢気な祖父に素早く返した。

　家族じゅうが冴えない農業従事者だが、昔から祖父にだけは本音が言えていたような気がする。それもこれも奈穂を認めてくれるからだろう。両親はあれこれ指示するだけで深い会話もなく、常に駄目なところをあげつらってくるばかりだ。それに祖父は自然に対する向き合い方が違う。土地や山を純粋に愛して尽くす祖父の生き方は素直に尊敬できた。

　奈穂は仕事を再開した。この気持ち悪い作業のあとにも、米糠を使った罠をあちこちに仕掛ける仕事が控えている。糠を入れた器に害虫をおびき寄せるものだが、土を掘り返す必要があるため手間暇がかかるのだ。

　果てしのない文句を言いながらスプレーを吹きかけている奈穂の横で、祖父はあいかわらず腕組みしたままつぶやいた。

「おめさんはあなどれねえな、わっぱだがあなどれねえ」

「なんか言った？」

「いやあ、大ばさまもまだまだ目利きだと思ってな」

なんでいきなり曾祖母の話になるんだろう、意味がわからない。奈穂は年寄りの戯言を聞き流して作業に没頭した。

2

翌日は土砂降りの雨で、季節が逆戻りしたかのように薄ら寒い陽気だった。おまけに朝からけたたましい雷が鳴り響き、近くに落ちたことでちょっとした騒ぎになっていた。

「うちの山さ落ちるなんて、なんか不吉で嫌だわ」

母は洗い物をしながら低い声を出した。

「ここいらは雷の道が決まってっから、滅多なことではこんな近くさ落ちないんだよ。わたしがこの家に嫁いで初めてじゃないべか」

「へえ」

奈穂はスマートフォンをいじりながら気のない返事をした。雷より何より、大雨のおかげで今日の野良仕事がなくなったことが素直に嬉しい。

「お父さんも田んぼ見に行くって出てったけど、だいじょぶだろうか。去年、外部落の年寄りが川さ流されて死んだってのに」

「それは台風んときでしょ。あんときはこの程度の雨じゃなかったもん。羽見橋が流される寸前だったし」

「まったくねえ。外部落はヤジんとこも多いし安心できないわ。地震のときも散々だったかんね。それにくらべて川田は地盤が硬いから安心だ。ここいらはホントに土地がいい」

またほかを貶して自分たちを上げている。奈穂は呆れ返っていた。母も父もこの手の話になると必ずよそを引き合いに出し、どうでもいい比較をして悦に入ることが日常だ。奈穂からすれば両親の視野が狭いように見え、ひどく情けない気持ちになってくる。

台所の丸椅子から立ち上がって自室へ向かおうとしたとき、母は水道を止めてエプロンで手を拭った。

「奈穂、ちょっとばあちゃんとこさこれ持ってってって」

母は電子レンジの上から煎餅や飴などの菓子類が入った袋を取り上げる。

「昨日、ばあちゃんに頼まれてたやつを買ってきたんだわ。飴の種類やら煎餅の硬さやら、それはそれは毎回うるさい注文があってな。ホントに細かい人だから」

「そんなのあとでいいでしょ」

あっさり聞き流して階段を上ろうとすると、母は袋を突き出してきた。

「催促される前に持ってってって。今だってじりじりと待ってるに違いないんだよ。そんなのに自分からは絶対に取りに来ないかんね、まったく」

「じゃあ、自分で持ってきなよ。めんどくさ」

奈穂がそっけなくつぶやくなり、母はすかさず返してきた。

「あんたはめんどくさいめんどくさいって、その口癖はやめときな」

「だってめんどくさいもん」

「隠居なんてすぐ裏なんだし、たいした時間はかかんないでしょ。それにお父さんが不機嫌になるからやめといて。めんどくさいって言葉が大っ嫌いなんだから」

奈穂は袋を手荒に引き寄せ、あからさまにため息をついた。

「はい、はい。わたしは家族の下働きだもんね。今日は兄ちゃんだっていんのにいっつも面倒事はわたしなんだから」

「お兄ちゃんは仕事してんの！　たまの休みぐらいゆっくりさせてやりなよ！」

「わかった、わかった。うるさすぎ」

奈穂は捨て台詞を吐き、終わりのない小言を繰り出してきそうな母をかわして玄関へ向かった。つっかけを履いて外に出ると、まるで叩きつけるような雨が草木を揺らしている。奈穂はいちばん大きな傘を選んで差し、ぬかるみに足を取られながら祖父母の家へのろのろと歩いた。途中、激しい稲光が瞬いて首をすくめ、隠居の軒下に滑り込む。

そのとき、遠くで竹がぶつかり合うカラカラという音が微かに耳に入った。地蔵のある藪で、紐に吊るされた竹板が鳴っているらしい。いったいなんのために、あんな不気味なトラップを仕掛けているのかが謎だった。過去に地蔵がいたずらされたなどという話も聞いたことがないし、内部落の人間は毎日花やお茶を供えて大切にしている。ああまでして四六時中、監視しているのは異常だ。

奈穂は竹の音を聞きながら隠居の玄関をくぐったが、横殴りの雨ですでに全身がずぶ濡れになっていた。

「ばあちゃん、お菓子持ってきた。ここに置いとくかんね」

袋を式台に置いて茶の間のほうへ声をかけると、あねさまかぶりをした祖母が障子の裏からひょっこり顔を出した。

「なんだっぺ。こだ大雨んなか持ってきてくっちゃのかい。ご苦労さんだこと。今じゃなくてもよかったんべよ」

「だよね。わたしもそう思うんだけど、今すぐ持ってけって怒る人がいてさ」

奈穂は刺々しく言った。祖母は障子の枠につかまって立ち上がり、洗面所からタオルを取ってきた。

「どうしょもねえ雨だわなあ。ほれ、これで体拭いてお茶でも呑んでけ」

「いや、いい」

「いいから上がらっし。コーヒーもあっと。林枡からカステラもらったんだわ。奈穂も好きだっぺ？　文明堂の高級品だ」

どうやら暇を持て余して話し相手を待ち構えていたらしい。奈穂は髪やショートパンツから伸びる脚をタオルでぬぐい、つっかけを脱いで隠居に上がった。

「じいちゃんは?」

「消防団の連中と山さ行ってるわ。今朝方、裏さ雷さま落ちたっぺよ。まったくなあ。なんにも起こらねばいいけども、うちの山さ雷さま落ちるなんてのはここ何十年もなかったんだぞ。大ばさまも念仏唱えてるわ」

「まさか山火事とか」

「それはねえ」

腰の曲がった祖母は卓袱台の前に奈穂用の座布団を置いた。騒々しく流れていたテレビを消す。

「常日頃からじいちゃんがいいあんばいに木を間引いてっかんな。もし火が入っても一気に燃えることはねえんだわ。しかもこの雨だしだいじょぶだっぺ」

「まあ、そうだね」

奈穂はぺたんこの座布団に座り、卓袱台に出されていた古漬けをつまんで口に入れた。いかにも農家らしい食べ物だが、祖母自家製のショウガを効かせた古漬けはとてもおいしい。これがあればごはんを二膳は食べられる。

祖母は茶渋のついたコーヒーカップを持って座り、座椅子の脇の物入れから小袋を取り出した。どうやらドリップ式のコーヒーらしいが、セットの仕方がわからずうなり声を上げている。

「その紙を折ってカップの縁にかけるんだよ。貸して」

奈穂がコーヒーをセットし、湯を注いでコーヒーがドリップされるのを待った。祖母は後ろの茶箪笥を開けてせっせとカステラや包丁を出している。袋の上でカステラを切り分け、小皿に盛って奈穂のほうへ滑らせた。砂糖壺や粉ミルクも次々と置いていく。

「こないだおめさんは、オレがいねえ間に大ばさまのおしめ替えてくっちゃんだってなあ。すごく喜んでたよ。嫌な顔ひとつしねえできれいにしてくっちゃってな」

「いや、ものすごく嫌だったから」

「奈穂はいい娘っ子だよ。働きもんで気が利くし、ばあちゃんはこれからが楽しみでしょうがねえんだ」

奈穂はカステラに楊枝を刺して口に入れた。祖母は、自分がこの家から出て行くと言ったらどんな顔をするのだろう。孫がこの土地で生きていくと信じて疑っていなかった。それを思うと胸が疼くけれども、自分は外に広がる世界を見てみたい。

甘すぎるカステラを黙々と食べていると、祖母が口を開いた。

「そういや、引っ越してきた都会もん。奈穂はもう会ったみてえだな。洋子姐から聞いたど」

その言葉と同時に、直立でバスをじっと見つめていた老婆を思い出してぞくりとした。

「洋子姐っていえばさ。うちのお墓の脇に突っ立って、わたしらのほうを見てたんだよ。すごい無表情でめちゃくちゃ気持ち悪かったんだけど、あれはいったいなんなの」

「なんなのって、村内を見まわってたんだべよ」

「見まわり？　あれが？　少し前にもキョウばあさんが畦に立ってこっち見てたし、おヨネおばなんて地蔵の竹が鳴ったらものすごい勢いですっ飛んできたんだよ」

祖母は煎餅やら饅頭やらを菓子鉢に盛って奈穂の前に置いた。

「オレら女衆はな。内部落に変わったことがねえかどうかいっつも気い配ってんだど。そうやってるおかげでな、みんな幸せに暮らしていけんだ」

「だったらもっとやり方を考えてほしいよ。にっこりして手を振るとか、フレンドリーに声かけてくるとかさ。普通、黙ったまま凝視する？　夢に出てきそうで怖すぎるんだって」

亜矢子が越してきてから、老婆たちの動きが活発化しているような気がするのは思い違いではないはずだ。祖母は湯呑みの蓋を取って口をつけ、奈穂の疑問には答えずに話を進めた。

「それにしても、越してきた都会っ子は奈穂とおんなじぐれえ賢いんだな。町の青梅女学校さ入ったつうんでねえの」

「学力はあるんだろうね」

「んだからなおさら、あすこんちは礼儀がなってねえからごせやけるわ。林枡のキョウばさまも言ってたぞ。付き合いづれえし鼻持ちならんって」

奈穂はドリップし終わったコーヒーを皿に置き、カップに口をつけた。

「ちょっと待ってよ。そもそも、ウィルスが恐いから手伝いには行くなって言ってなかったっけ。そんなのに今度は挨拶に来ないから怒ってんの？　信じらんないほど矛盾だらけなんだけど」

「そうじゃねえよ。なんかもらったら礼を言う。こんなもんは常識以前の話だべ。じいちゃんがイモだのを持ってったんだが、それっきりありがとうのひとつもねえんだぞ」

「それいつの話？」

祖母は眉間に深いシワを寄せ、土壁にかけてある農協のカレンダーへ目をやった。

「持ってったのは木曜の夜だな。やっぱ都会もんってのは薄情なんだわ。病気だっつっても動けねえわけじゃあんまいし、あすこんちの母ちゃんは一回だって顔出さねえ。いったいどういう神経してるんだか」

この話は亜矢子から聞いていない。奈穂は彼女とLINEの交換をしているし、ここのところ頻繁に会話をしていた。亜矢子は村のしきたりや細かな約束事をしきりに質問してきており、村での暮らしを円滑なものにしたいという率直な気持ちが奈穂には伝わっていた。何かをもらったまま礼をしないというのは考えられない。

「よくわかんないけど、なんか理由があったんでしょ。あんまり最初から目の敵にしないであげてよ」

「ばあちゃんだって目の敵にはしてねえよ。でもな、川田の内部落さ嫁以外のよそもんが入ってくんのは初めてのことだから、オレらは厄介事が起こんねえようにしてえだけだ。そんでなくてもよそもんは面倒を持ち込むかんな」

「それが偏見なんだって」

「いいや、違うど。去年、外部落の山で火事起こしたのも都会もんだべ。キャンプだかなんだか知らねえけど、山肌で直に焚き火するバカがどの世界にいんだ。そりゃあ、杉っ葉伝いであっちゅう間に火がまわっちまうべよ」

「まあ、それはわたしもバカだと思うし、かばうつもりもないけど」

奈穂は濃すぎるコーヒーを呑んで顔をしかめ、砂糖とミルクを入れてスプーンでかき混ぜた。

キャンプ場は火事やゴミ投棄などの問題が次々に起こり、村人が警戒しているのは確かだ。都内通勤を謳った住宅地の失敗もあり、移住者への風当たりは強い。

奈穂は苦くて甘いコーヒーを一気に飲み干し、コーヒーカップや使い終わった皿を台所へ運んで手早く洗った。

「ばあちゃん、ごちそうさま。わたしそろそろ行くから」

「なんだべ。忙しないこと。行くんなら大ばさまんとこさちょいっと顔出してきな。奈穂が行くと喜ぶから」

「ああ、ごめん。ちょっと用事があるからまた今度ね」

奈穂はそそくさと玄関へ向かった。曾祖母と顔を合わせれば、また終わりのない話に付き合わなければならない。申し訳ないが、今はその心構えができていなかった。

引き留めてくる祖母をなんとかいなして外に出ると、先ほどよりも雨脚は弱くなっていた。傘を広げて家の敷地を出る。農道は激しい雨に洗われ、泥や堆肥などの汚れがきれいに流されていた。

奈穂は家とは逆方向へ足を向け、近所の家々を通り過ぎてまっすぐ竹藪に入った。背の高い竹は雨を受けて青々と艶めき、奥にある地蔵の赤いよだれかけとの対比が強烈だ。ますます禍々しさが際立っている。重ねられた古いよだれかけは朽ちるにまかせているけれども、定期的に整理したほうがいいのではないだろうか。下のほうなどは完全に色が抜け、糸がぼさぼさと飛び出して白っぽい苔まで生えている。

足早に通り過ぎようとしたとき、藪の奥深くにあねさまかぶりをした老婆が立っているのに気づいて奈穂はひっと声を漏らした。無数の竹に遮られてよく見えないけれども、あれは先日も見かけたおヨネおばではないか。奈穂は顔を引きつらせながら声をかけた。

「こ、こ、こんにちは」

しとしとと降る雨の音とカエルの声は聞こえるが、いくら待っても老婆からの返答はない。奈穂は雨の中でも微動だにしない老婆に恐怖を感じ、「じ、じゃあ、また」と言って足を踏み出した。なんで返事をしないのだ。いや、耳が遠くて聞こえていなかっただけだ。奈穂は自分にそう言い聞かせ、足早に竹藪を後にした。

途中、何度か振り返りながら山沿いの草地を歩いていくと、木立の隙間に平屋の木造家屋が見えてきた。雨のため辺りには濃い靄がかかり、ひどく世離れして見える。初日にあった黒の軽自動車はなく、がらんとした庭には大きな水たまりがいくつもできていた。

奈穂はポケットからスマートフォンを抜き、かろうじて電波が届いていることを確認してから亜矢子にメッセージを送った。するとほとんど待つことなく、玄関ドアがけたたましい音を立てて開かれる。亜矢子が顔を出してきょろきょろと周囲を見まわし、私道に立っている奈穂に気づいて手を上げた。

ぬかるみに足を取られながら進み、穂垣を介して亜矢子と向き合った。

「急にごめんね。今、大丈夫？」

「うん、どうしたの？」

白いTシャツ姿の亜矢子は、ビニールの傘を差して近づいてくる。太めのヘアバンドで前髪を上げており、秀でた額があらわになっていた。

「ちょっと確認したいことがあるんだ。うちのじいちゃんが木曜の夜に野菜を届けてない？　ジャガイモとかなんだけど」

そう話したとたんに、亜矢子はどこか困ったような面持ちをした。

「ジャガイモとかカボチャは山ほどいただいたけど、あれは全部奈穂ちゃんのおじいさんだったの？」

亜矢子は玄関のほうを振り返り、奈穂に手招きをした。そのまま家の中に入り、戸口から顔を出してまた手を振っている。奈穂は穂垣を迂回して敷地に入り、古めかしい木枠の引き戸のはまった玄関へ小走りした。傘を閉じて「おじゃまします」とつぶやくと、狭い土間に立っていた亜矢子は下駄箱のほうを指差した。

「金曜日の朝、玄関の前にこれが置かれてたんだけど……」

見れば、大振りの麻袋や米袋などがいくつも並んでいる。それは玄関を塞いでしまうほど大量で、奈穂は口をぽかんと開けた。

「何これ。中身は全部ジャガイモなの？」

「お米とかカボチャもあるよ。トマトと葉物野菜は傷んじゃうから台所へ持ってってたんだけど、それもすごい量でどうしようかと思って。とても食べ切れないから」

亜矢子は途方に暮れていると言っても過言ではなかった。これはいただき物が嬉しいというより、もはや迷惑の域だろう。

「ごめん。こんなことになってるなんて知らなかった。つうか、これじいちゃんが全部持ってきたの？　信じらんないんだけど」

奈穂は野菜や米の入った袋を見まわし、口の部分に書かれたマークにぴたりと目を留めた。それだけですべてを理解するにはじゅうぶんだった。

「袋の口に屋号が入ってるね」

「屋号？　お店の名前ってこと？」

「いや、ここらの農家には一軒一軒昔からの屋号があるんだよ。大百舌村は本家と分家があって名字が同じ家が多いから、それを見分けるために屋号があるの。昔から大皿とか塗り物のお椀なんかを貸し借りする風習が村にはあって、屋号を見てどこの家のものかわかるようになってる。ほら、この三角に山が入ったマークは『山谷』って意味でうちの屋号。年寄りは名字じゃなくて屋号で呼び合うから」

「なるほど」

亜矢子は興味深げに袋をじっと見た。

「こっちは六本線に枡って字で『林枡』。いや、ちょっと待って」

奈穂は次々に袋を確認して顔を引きつらせた。内部落の九世帯の屋号が漏れなくあり、それぞれが木曜の夜中に野菜や米を置いていったことになる。しかもこっそりと。

「あのね」と奈穂は慎重に口を開いた。「これはうちのじいちゃんだけじゃなくて、内部落の人全員が置いていったみたい」

「ええと、九世帯だったよね。川田の内部落って」

「そう」

「そうなんだ……。でもなんで夜中に置いていったんだろう。しかもこんなに食べ切れないよね。お店で売る量だよ、これは」

　亜矢子の質問はもっともだった。そして、以前外部落で起きた騒動が思い出されて気持ちが沈んできた。

「あのさ。本当に申し訳ないんだけど、九軒の内部落の人たちに電話を入れてもらえないかな。野菜ありがとうって」

「それはそうだよね、こんなにいただいたんだもん。すぐに電話する。でも昨日、松浦さんのおばあちゃんに偶然会ったときに野菜のことを聞いたの。もしかして松浦さんが持ってきてくれたのかと思ったから。でも、知らないって言われたんだよ」

　その言葉を聞いて、奈穂は小さく舌打ちをした。確か、松浦のキョウばあさんが祖母に「都会者は礼儀がなっていない」と吹聴した張本人のはずだ。まさかわざわざ悪評を撒いているのだろうか。

　悶々（もんもん）と考えているとき、家の奥からか細い声が聞こえて奈穂ははたと動きを止めた。初日にも聞こえた女性の声で、歌っているように音程が定まらない。聞き耳を立てている奈穂に気づいた亜矢子は、まるで言い訳でもするように口を開いた。

「お母さんが歌ってるみたい。ごめんね、出てきて挨拶もしないで」

「ああ、うん。よろしく伝えて。それでえっと……」

まずはこの大量の野菜だ。奈穂はどこか落ち着かない様子の亜矢子に言った。

「さっきも言ったけど、大百舌村では物の貸し借りが日常的なの。それに畑で作った野菜なんかを配り歩くのもあたりまえでね」

「ほとんどみんな農家だし野菜を作ってると思うんだけど、それなのにまた野菜を配って歩くの？」

奈穂は苦々しく頷いた。

「傍（はた）から見たらおかしいよね。実はこの村では家ごとに作っちゃいけない作物が決められてるから、それを補う意味でお互いに配り歩くんだよ」

亜矢子は顎に手を当ててわずかに首を傾げた。まあ、こういう反応になるのもわかる。奈穂は半ばやけっぱちになって先を続けた。

「つまり、作ると災いが起きる作物が大昔から言い伝えられてんの。『忌作（きさく）』って言って、各家で種類が違ってる」

「災い？　実際それが起きたことがあるの？」

奈穂は頷いた。

「昔、その言い伝えを破った家が全員死んだんだって。毒キノコを食べて中毒死。毎年山に入ってキノコ採りしてたベテランなのに、なぜか猛毒のドクツルタケを天ぷらで食べたの。わたしだって見分けられる有名な毒キノコだよ」

「毒キノコの話はニュースにもなるからよく聞くけど、ホントに死んじゃうんだ……。実際、食べたらどうなるの？」

亜矢子はおそるおそるといった具合に問うてきた。奈穂は眉根を寄せて先を続けた。

「ドクツルタケを食べると肝臓と腎臓がすかすかの繊維みたいになって、一週間ぐらいのたうちまわるほど苦しんでから死ぬ。致死量はキノコ一本だってじいちゃんから聞いたことがある」

「たった一本で？　恐いんだけど」

「うん、最悪の死に方だと思う。村では、忌作に手を出したせいで天罰が下って死んだって言われてるよ。バカみたいな話だけど、ずっとこの土地に住んでてドクツルタケを食べるなんて考えられないから」

亜矢子はぶるっと身震いして一層白くなった顔を向けてきた。

「まさかホントに呪い……なのかな」

「呪いなのかバチなのかはわかんないけど、それを恐れて村の人たちは頑なに言い伝えを守って生きてんの。ちなみにうちは先祖代々ゴボウが作れない。わたしは気持ち悪いから一回も食べたことないんだけどね」

いつだれがどういう経緯で決めたのかがわからないしきたりが、この村にはごまんとある。ゆえに災いを回避すべく、川田の内部落ではずっと地蔵を信仰してきた。

物言いたげな面持ちの彼女を盗み見ているとき、水たまりを派手に蹴散らしながら黒い軽自動車が私道に入ってきた。穂垣を巻き込みそうなほどすれすれに左折し、玄関先に横づけされる。そして荷物を抱えた長身の女性がけたたましく小走りしてきた。

「めちゃくちゃ大雨じゃん！　雷もヤバいし田舎コワすぎ！　家の周りにある木に落ちたら終わりだよ！」

　豊かな長い髪が波打ち、目鼻立ちが完璧に整った圧倒されるほどの美人だ。奈穂は口をぽかんと開けて彼女に視線が釘づけになった。化粧はしていないはずなのにくっきりとした二重の目が大きく、若干厚めの唇が柔らかそうで存在を主張している。すべてのパーツのバランスが絶妙で、グレーのTシャツにジーンズという飾り気のない格好が輝いて見えるほどだった。奈穂がいつまでもあっけに取られて彼女を見ていると、こちらに気づいた女は目を丸くした。

「あ、お客さん？」

　そう言ったそばからじっと顔を見つめ、亜矢子にも目をくれてからぽんと手を叩いた。

「もしかしてあなたが奈穂ちゃん？」

　奈穂が慌てて挨拶をするよりも早く、彼女は深く頭を下げた。

「亜矢子がいつもお世話になってます。学校のこととか村のこととか、いろいろと教えてくれてありがとうね。わたしは姉の北方沙知です」

「い、いえ、こちらこそ同い歳の子が近所に越してきて嬉しいというか……。あ、わたしは遠山奈穂です」

　奈穂は気圧されながら自己紹介をした。亜矢子の姉は二十四、五歳ぐらいだろうか。かなり歳の離れた姉妹だし、何よりも驚くのは妹と顔の造作がまったく違うことだ。どちらもそれぞれ美しいのだが、あまりにも共通点がなく姉妹には見えない。

素早く全身に目を走らせた奈穂の考えを読んだように、沙知は目尻を下げて笑った。

「わたしたち、あんまり似てないでしょ」

「あ、ええと、そんなことはないですけど」

「いいから、気を遣わないでね。自分たちもそう思ってるし、歳も離れてるから不思議がられるんだよ」

沙知は軽い調子で喋った。

「わたしたちは三人兄妹なの。わたしともうひとりが双子で顔はほとんど一緒。男なんだけどね」

奈穂は小さく頷いた。彼女と同じ顔立ちなら、さぞかし華やかな容姿の持ち主だろう。こんな田舎では浮き上がって見えるに違いない。しかし町に就職したという話も聞かないし、亜矢子の兄姉が何をやっているのかはわからなかった。するとまた奈穂の頭の中を読んだように沙知はにっこりした。

「わたしと兄はゲームクリエーターなんだよね。二人で起業してるの」

「え、すごい！」

奈穂がかぶせ気味に声を上げると、沙知は顔の前で手をひと振りした。

「ぜんぜんすごくはないんだよ。企画をゲーム会社に売り込んだり、外注で受けた細々とした仕事をこなしたり。収入も安定しないからいろいろとたいへんなの。ただ、時間の融通は利く。リモートでできる仕事だしね」

「だからここに移住したんですね！」

「そう、そう。条件がすごくよかったからそれにつられてさ。三年間は家賃がただだし、五年間住めば家をそのまま譲ってもらえる。しかも無料でね。修繕費がめちゃくちゃかかるんだろうなと思ってたんだけど、この家は古いけどきちんと管理されててびっくりしたんだよ」

奈穂は頷いた。

「とにかくいろいろと助かってるの。仕事はまだ微妙だけど」

「でも、村でそんな仕事をしてるなんてすごいですよ。こんな山んなかで最先端の技術を扱ってるわけでしょう?」

奈穂は、目が輝いていることが自分でもわかった。この村に住む者は農業従事者がほとんどだ。それ以外で一目置かれる仕事といえば、公務員か町の信用金庫の二択だろう。村ではこの価値観が数十年来変わっておらず、まだまだ続くはずだと奈穂は思っていた。そんな凝り固まった地でゲームクリエーターとして起業しているという言葉は、どこか非現実的かつ新鮮でわくわくさせられた。

沙知は奈穂の反応のよさにいささか面くらいつつも、話の先を続けた。

「リモートで仕事してるとは言っても、問題だらけなんだけどね。この場所のネット環境が悪くて在宅で仕事するのがキツい。そのあたり、プロバイダに交渉中なんだ。もちろん工事が必要になるけど、なんとかして通信速度を上げないとね」

「なるほど」

すると黙って話を聞いていた亜矢子が口を開いた。

「ここへ越してくる前、村役場の人にネット環境は大丈夫だって言われたんだよ。もともとわたしたちは、ネットが使える物件を探してたから」

「まあ、普通にネットするならこの程度でもぜんぜん問題はないんだよ。ただ、仕事で使うとなると厳しいってだけで」

奈穂は腕組みして首を傾げた。

「確か村は、サテライトオフィスとか言って移住者を募ってましたよね。それなのに、ネット環境が満足に整備されてないと。これは誇大広告、つまり悪質な契約違反ですよ」

言ったとたんに沙知は噴き出した。

「奈穂ちゃん、冷静すぎるしおもしろい子だね。ネットの問題は、通信速度なんかを事前に確認しなかったのが悪いんだよ。条件のよさに飛びついて即決しちゃったからね」

彼女は寛容だが、どう考えても村の知識不足としか思えない。

「それはそうと、奈穂ちゃんはめちゃくちゃ優秀なんだってね。高校にトップ入学だって？」

「いや、田舎の女子高ではトップだったってだけで……」

そう言い終わらないうちに、沙知は大笑いをした。そして亜矢子の頭をぽんぽんと叩く。

「この子もかなり優秀なんだよ。姉妹なのに頭の出来が違うんだよねえ。きっと、奈穂ちゃんとは気が合うと思うわ」

「ちょっとお姉ちゃん。やめてよ、恥ずかしい」

亜矢子は顔を赤らめ、嬉しいような苦しいような複雑な面持ちをした。

彼女が優秀なのはすでに知っていた。亜矢子の通学かばんに刺繡されていた学校名をこっそりと検索してみたからだ。亜矢子が通っていた高校の偏差値は青梅女子高等学校よりも高く、東京では有名な進学校であることがわかっている。奈穂にとって、彼女は理解し合えるライバルになるかもしれない。

奈穂がひとりで嬉しくなっているとき、また奥の座敷から歌うような声が聞こえて三人はぴくりと動きを止めた。沙知はひどく気まずそうに頭を掻いている。

「ごめんね。母が顔も出さなくて」

「いえ、大丈夫ですから。じゃあ、わたしは帰ります。野菜の件はおじいちゃんに聞いてみます」

奈穂は軽く手を振り、傘を差して外に出た。すでに雨は上がっていたけれども、浮かれた気持ちのまま傘を差して家へ小走りした。

3

まっすぐ祖母の家に戻り、つっかけを脱いでタオルで足の泥をぬぐった。茶の間へ行くと、襖の奥からぼそぼそと話す声が聞こえていた。どうやら祖母は曾祖母のところにいるらしい。

「ばあちゃん」

奈穂は襖を開け、さらに奥にある梅模様の襖を横に滑らせた。とたんに老人と病床と、何かの食べ物を煮詰めたような臭いがして奈穂は思わず息を止めた。祖母は曾祖母の枕許に座っており、二人は無言のまま同時に奈穂へ視線を向ける。その表情を見てぎょっとした。蒼白くのっぺりとし、まるで生気のない蠟人形のようではないか。それなのに目だけがぎらぎらと血走っており、村のあちこちに出没する老婆たちと同じだと奈穂は思った。

「なんだべ、奈穂かい。今日は忙しないこと」

異様に見えた面持ちは一瞬だけで、すぐいつもの祖母に戻っている。奈穂は二人の様子を窺いながら座敷に入り、寝たきりの曾祖母の足許に膝をついた。

「あのさ、じいちゃんが届けた野菜のことなんだけど」

そう言うやいなや、曾祖母がシワだらけの顔をしかめて一層シワくちゃになった。

「まったくなあ。話は全部聞いたど。思った通り、都会もんは無礼で思い上がってんな。そうやって人をないがしろにしてるもんは、この土地では通用しねえ。そのうちバチが当たるべよ」

「いや、違うんだって」

奈穂はまったくだと頷いている祖母に目をやった。早速曾祖母に告げ口をしたようで、話が無駄に大きくなっている。奈穂は間違いを正すべく経緯を説明した。

「内部落の年寄りたちが、一斉に野菜を届けたみたいなんだよ。しかも夜中に軒先に置いてったから、だれからのものかわかんなくて亜矢子たちも困ってたの」

「なあに言ってんだか。袋さ屋号が入ってっぺよ。それ見りゃあ、どこのだれが来たか一目瞭然だぞ。それに玄関さ鍵かってんだから届けようもねえわな。おかしいこと」

「だから、最近引っ越してきたのに屋号なんかわかるわけないじゃん。鍵かけんのはおかしいことじゃなくて常識。ホントに信じらんない」

　奈穂が息巻くと、祖母が呆れたように首を横に振った。

「あのな。新参者が屋号わかんねえことなんぞこっちは百も承知だ。んだから、そこらのだれかに聞けばよかっぺってことを言ってんだぞ。そうすりゃすぐ教えてくれっぺのに」

「んだな。それもしねえで知らなかったじゃ済まねえべよ。だいたいな。端（はな）っからお礼なんかする気もねえから人に聞かねえんだわ。普通は贈り主を必死になって探すもんだべ」

　曾祖母も祖母に加勢し、よそ者はどうしようもないとさも嫌そうにつけ加えている。奈穂は苛々して大きく息を吐き出した。

　何年か前に外部落で起きた騒動とまったく同じだ。亜矢子と同じように東京から越してきた夫婦が、村の人間から爪弾（つまはじ）きにされて数ヵ月も経たないうちに出ていったことがある。のちに彼らがＳＮＳで告発したため、一時、大百舌村は「いじめ村」なる不名誉な名で呼ばれて有名になった。その件も村特有のしきたりと年寄りの頑固さが原因であり、贔屓目に見ても単なる行き違いで済む問題ではない。

　奈穂は冷静になろうと繰り返し自身に言い聞かせた。

「そもそも、この村の取り決めがどうかしてるんだよ。届け物は夜中にこっそりと玄関先に置いてって、届けられた者が贈り主を探すしきたりってなんか意味ある？　笠地蔵（かさじぞう）でもあるまいし、無駄に手間取らせるだけじゃん」

「それは忌作が絡んでっから、おおっぴらに言えねえんだよ。昔っからこっそり陰でやり取りすることで、地蔵さまも大目に見てくだすってんだ」

祖母が当然のことのように腕組みした。すべて信仰に結びつけられれば反論のしようがない。

奈穂は頭を働かせ、どうにかして村の普通でないさまを伝えようと試みた。

「亜矢子は、キョウばあちゃんに聞いてるんだよ。野菜をだれが届けてくれたのか、知ってたら教えてほしいって確認してんの。それなのに、キョウばあちゃんは知らないってとぼけた。これ、おかしいと思わない？」

「キョウばさまがそだこと言うわけあんまい。自分が野菜を袋さ詰めたんだから」

「でも実際にそう言ったんだって。こんなのただの意地悪じゃん。つうか、こうやっていじめるためにわざわざ野菜届けたわけ？」

「なあにバカなこと言ってんだ」

祖母が血管の浮き出た手をひとつ叩いた。

「人の親切をなんだと思ってんだべか。いじめるために野菜くれてやるバカがどこさいんだ。村が新参者に歩み寄ってんだっぺよ」

「だったら、キョウばあちゃんがボケてんだよ。野菜置いたことも忘れてんだから」

「まったく、おめさんは口の減らねえ娘っ子だこと。ばあちゃんらは人をいじめたりなんかしねえし、キョウばさまもボケてねえべ。郷に入れば郷に従えってことなんだ。昔の人は穿（うが）ったことを言いなすったわ」

珍しく祖母が声を荒らげると、曾祖母がはだけている寝間着の襟許を直しながらしゃがれた声を出した。

「まあ、二人ともちと落ち着くんべな。珍しくここさ山谷の女衆がそろったんだかんな」

「お母さんがいないからそろってないじゃん」

奈穂がすかさず割って入ると、曾祖母は入れ歯のない口を開けて空気が抜けるような笑い声を漏らした。それがひどく忌まわしいものに見え、奈穂の顔が引きつった。

「アレは嫁だかんな。大百舌の人間じゃねえし、真吹(まぶき)くんだりから来たよそもんだ」

「ちょっと、まだよそ者扱いなの？　お母さんはここに二十年以上も住んでんのに」

さすがに呆れ返ったが、曾祖母は急に表情筋を引き締めて真顔になった。

「よそから嫁いできたもんは死ぬまでよそもんだ。村の血が一滴も入ってねえ。嫁どもが村に歯向かわねえよう、目え光らせねばなんねえんだぞ」

「もういろいろとヤバすぎるわ。ついていけない」

奈穂は思わず天井を仰いだ。常日頃から町へ嫁げと言っている母の言葉が痛いほど理解できるというものだ。曾祖母や祖父母は内部落の者同士で結婚しているから、確かに身内だと言える。しかし母はまったく違う土地の人間だ。家族のなかでもこうやって仲間はずれにされ、どれだけ尽くしても生涯よそ者と言われるなど自分ならやっていられない。

心の底からうんざりしている奈穂をよそに、曾祖母は恐いぐらいにまっすぐなまなざしを向けてきた。

「おめさんはまだ小娘だから、村の空気が変わったことがわかんねえんだわ。だがな、年寄り連中はみんな気づいてる」

「何に？」

「災いの予感だべ。ここ最近は地蔵さまに団子をお供えすっと、すぐになくなっちまうんだわ」

「いったい今度はなんの話なの……そんなのカラスの仕業に決まってんじゃん」

「いんや、カラスは団子なんて喰わねえよ。これは地蔵さまの知らせだわ」

奈穂は両手でごしごしと顔をこすり上げた。老人との会話は必ずと言っていいほど地蔵や氏子などの思想が盛り込まれるため、いったい自分は何を聞かされているのかわからなくなる。

曾祖母はひどく厳かな調子で先を続けた。

「奈穂はこの土地を継いでいかにゃあならん。この土地には血が通ってて、どっかの土が病気になりゃあこうやってたちまち知らせが飛んでくる。お天道さんも風も雨も虫も動物も、災いの前には必ず知らせを寄こすんだぞ。今朝方の雷もそうだ。いつもとは雷の道が違ったんべ。これは知らせだ」

「んだよ。ほんの小せえ知らせを見逃したらたいへんなことになる。そのあたり目配りすんのが女衆の役割だ。村が生きるか死ぬかの要は、昔っから女どもなんだぞ」

もはやどこから手をつけたらいいのかがわからない。曾祖母は布団にまっすぐ仰臥(ぎょうが)しながら白く濁った目だけを奈穂に向けている。身内とはいえ薄気味が悪く、病床の臭いが嫌悪感を加速させていた。

村はこの手の意固地な老人が牛耳っており、とりわけ長老の曾祖母はさまざまな物事の決定権をもっと聞く。地蔵への願掛けも厳しく管理し、よそ者、とりわけ嫁を警戒してやまなかった。村の発展よりも、歴史やしきたりを重んじる内向的な集団になった理由のひとつは曾祖母にあると奈穂は見ている。

まずは現状を変えることだ。移住者に対し、村のしきたりの押しつけをやめさせるためには、曾祖母を味方につける以外にはない。

奈穂はできるだけ角が立たないよう、言葉を選びながら喋った。

「とにかくさ。今度何かを届けるんだったらわたしにも教えて。だってわたしは土地を知らなきゃなんないんでしょ?」

「まあ、そうだ」

「それに、北方家は家族四人なんだし届ける野菜の量が多すぎるよ。きっとわたしらとは食生活が違うと思う。それに長期間、保存する方法なんて知らないはずだから」

間を置かずに祖母が「都会もんは贅沢に慣れてっから」と横やりを入れたが、奈穂はかまわず先を続けた。

「野菜はもう当分、届けなくてもいいと思う。亜矢子たちを援助したいんなら、相手に何が足りないのかをまず確認しようよ。いや、そのあたりはわたしが確認するからさ」

自分さえさまざまなことを把握していれば、面倒が起こる前に回避できるし丸く収まるだろう。この村は嫌いだが、亜矢子には嫌な印象をもってほしくはない。この矛盾した考えに、最近の自分は振りまわされていた。

するとじっと奈穂を見つめていた曾祖母が、水差しから水を飲ませてもらいながら言った。顎から首筋に水が伝い、枕を濡らしている姿は鬼気迫るものがある。

「なるほど。おめさんは都会もんに近づきてえんだな。若いもんはこだ冴えねえ田舎よりも都会に憧れるもんだ。上っ面の華やかさに惑わされちまうんだわ。まるで火さ集まる虫どもみてえに」

祖母が水で濡れた口許を手ぬぐいで拭き、曾祖母は奈穂を見据えたまま言葉を続けた。

「若い時分の浅はかな考えは、結果として村にも我にも不幸を招く。周りを巻き込むんだぞ。それがどれほど恐ろしいもんか知らねえから、おめさんは簡単に自由を求めんだわ」

曾祖母はしばらく目を閉じて思いを巡らしているような長い間を取り、再び目を開いて奈穂へ顔を向けた。

「いいか？　そう簡単に人に心を開くもんでねえ。こっちが相手に開かせんだ。利用されるな、利用しろ」

「ごめん、わけがわかんない」

奈穂はため息とともに声を出した。

「おめさんは賢いから、大ばあちゃんの言ってることは間もなくわかっぺ。この世界はものすごく広い。見たことも聞いたこともねえような土地がそこいらじゅうにある。だがな、どれほどの人間とかかわっても、世界を知っても、行き着く先は内部落だけだ。たとえ親でもよそもんは信用できん」

曾祖母はことのほか強い口調で言い切った。東京からやってきたたったひと組の家族にここまでの警戒心をもつのだから、大百舌村に長く居着いた移住者がいないのも頷ける。このまま老齢化が進んで過疎になろうが村が廃れようが、よそ者を入れるぐらいなら喜んで破滅を選ぶというわけだ。まあ、ある意味ロックと言えなくもない。

奈穂の口許が自然と緩んだ。

「大ばあちゃんの話を聞いて、気持ちが固まったような気がする。ありがとうね」

「そうかい。内部落の連中はみんな奈穂に期待してっかんな」

奈穂は小刻みに頷きながら曾祖母の部屋を出た。やっぱりこの村を去らなければならない。自分のなかでこの気持ちが強固になった。半径数キロだけの世界で、なおかつどろどろしたしがらみだらけの土地に根を張って生きる意味など何もない。自分の未来を、別のだれかにゆだねるのだけは嫌だった。

外は薄日が射しているものの、まだ近くでゴロゴロという雷の音がくすぶっている。奈穂は自宅の勝手口で無造作にサンダルを脱ぎ、そのまま台所を突っ切って自分の部屋へ向かおうとした。そのとき、茶の間から母の声がした。

「奈穂なの？　ずいぶん時間かかったんじゃないの。ばあちゃんとこでお茶でも呑んできたのけ？」

奈穂はくるりと翻り、戸口から顔を出した。

「コーヒー呑んできた。あとカステラ」

「それはよかったね。あんたはカステラ好きだから」

母は白いものが交じる髪を無造作に束ね、陽灼けしてシミだらけの顔に笑みを浮かべている。スキンケアも満足にしておらず、美容院で髪を切ったのはいつのことだったのかも思い出せない。いつも襟首の伸びている古びたTシャツを着て、身なりにはまったくかまわなかった。朝から晩まで働き詰めで、楽しみはテレビドラマと取り留めのない噂話ぐらいだろうか。自分の人生に不満はないように見えるが、本当のところはよくわからない。

「ねえ、お母さん。この家に嫁いで幸せだった？」

奈穂が戸口にもたれながら言うと、母はいささかきょとんとした。

「幸せだけど、なんなの急に」

「なんとなく。この村はめんどくさいし、寝ても覚めても野良仕事ばっかでストレスたまんないのかなと思って」

「まあ、お母さんの実家も農家だからね。子どもの頃からずっと生活は似たようなもんだったし、別にストレスはないよ。きっと会社勤めしたほうがものすごいストレスだわ。机に向かってじっとしてる仕事なんて考えらんないから」

母は目尻に深いシワを寄せて笑った。未だよそ者として家族にすら疎外されていることを、母が知らないはずはない。けれども、そういう込み入った事情を見て見ぬふりし、深入りしないほうが楽なのだろう。そんな混沌とした日常が幸せだと言ってしまえる母を、奈穂は哀れに思った。

「お母さんが学生んとき、東京とか仙台とか、そういう都会に出たいとは思わなかったの？」

奈穂は突っ立ったまま質問を続けた。母は硬い煎餅を派手な音を立てて割り、欠片を口へ運んでくぐもった声を出した。

「都会さ遊びに行くことはあったよ。原宿とか渋谷とか、叔母さんにつれてってもらってたまげたもの。あんまりにも人が多くてさ。でも、そこに住んで暮らそうなんてことは夢にも思わなかったね」

「なんで？」

「だって、どうしたらいいかわかんないんべ。田舎から上京して、山も川もねえような場所で何やって暮らすんだか。高い家賃払って狭っこい部屋さ住んで、大勢の人に埋もれてたったひとり生きてるとこ想像したらぞっとするよ」

母は煎餅をがりがりと音を立てながら食べ、麦茶をひと息に喉へ流し込んだ。

「そりゃあ百姓はたいへんだけど、都会で生きんのは別の意味でたいへんだわな。同級生でも、東京でやっていけなくて戻ってきた子はいっぱいいるわ」

「そうなんだ。なんかもったいない」

「人には領分ってもんがあっかんね。まあ、奈穂は町さ出て市役所にでも勤めればいいんべ。成績もいいんだし、郡山（こおりやま）の短大さ行って先生になんのもいいかもしんねえな」

どちらもまったく好みではないうえに、娘が福島を出ていく可能性を微塵（みじん）も考えていない母は能天気すぎる。

奈穂は自室へ行こうとしたが、聞こうとしていたことを思い出して立ち止まった。

「そういえば東京から越してきた北方さんだけど、あそこんちのお母さんってなんの病気なの?」

母は傷だらけのヤカンから麦茶をグラスに注ぎ、口をつけてから顔を上げた。

「どうも心の病気みたいだね。お父さんからちらっと聞いたけど、松浦げの正史さんが行ったとき、声かけても奥の座敷から絶対に出てこないんだって」

母は麦茶にちびちびと口をつけた。

「子どもらもたいへんだしかわいそうだわ。いちばん下は奈穂と同級で、上二人もまだ若いんべ? 家のことはどうやってんだかねえ。どんな容態なのかはわかんないけど、あんまりよくないみてえだな」

「そっか」

小さく頷き、うっかり病気の話に立ち入らなくてよかったと心から思った。亜矢子の表情から察するに、母の病気を知られたくないのは明らかなのだから。

4

八月十三日は朝から忙しかった。祖母が朝の四時台から起き出して、ぶつぶつと何か独り言をつぶやきながら隠居と母屋の庭を行き来しているのがわかる。これは、お盆だというのにいつまで寝ているのだという母に対する無言の圧力だ。我が家には目に見える嫁いびりなどはないものの、こういう遠まわしなせっつきはしょっちゅうだった。そして、そのシワ寄せはいつも奈穂のところにやってくる。

「奈穂、もうそろそろ起きてね」

母が部屋のドア越しに小声を出した。

「盆棚作んなきゃなんないから」

「あとでやる……」

奈穂は夏掛けに顔を埋(うず)めながら返事をした。すると母は部屋のドアを細く開け、くぐもった声を出した。

「もうばあちゃんが外さ出てっから、行って手伝ってきて。まだ暗いうちからああやってずっと待ってんだわ。お母さんは蕎麦茹でたり供え物作んなっきゃなんないし、すぐには出れないかんね」

「じゃあ兄ちゃんに言ってよ」

「お兄ちゃんは昨日、夜遅くまで仕事の勉強してたんだよ。信用金庫さ勤めんのはたいへんなんだから。それに、昼から盆踊りの櫓組(やぐらぐ)みさ行かねばなんねえんだよ。若衆の務めだとはいえ、疲れてるとこかわいそうに」

「何がかわいそうなんだか」

小さく舌打ちし、枕許に置いたスマートフォンに目をやった。まだ五時を過ぎたばかりだ。奈穂はむくっと半身を起こし、戸口へ目をやった。そこには腫れぼったい目をこすっている母がいる。

「今日は盆さま迎えなきゃなんないし、内部落の墓さ順繰りに花供えなきゃなんねえ。山さ入って花も採ってこなきゃなんないよ」

「わざわざ山に入んなくても、ばあちゃんが裏庭で毒々しい花育ててるじゃん。あのド派手なグラジオラス。あれを盆用に飾ればいいよ」

「ダメだわ。あれはばあちゃんがそれはそれは大事に育ててんだよ。切り花になんかするわけねえもの」

母は祖母に対する苛立ちをわずかににじませた。

「とにかく墓場に花供えんのが先だわ。出遅れたらみっともねえから」

「別にみっともなくないよ。花を供える順番を競うほうがどうかしてる」

「そうは言っても、空っぽの竹筒がいつまでも墓場さ刺さってんのほど恥ずかしいことはないんべ。屋号でバレっちまうのに。それに、今年は外部落の添田（そえだ）さんとこが新盆なんだわ。お父さんはそっちのおよばれがあっから、今日は人手が足りないんだよ。夕方には善子（よしこ）ちゃんらも来んだから」

奈穂は大あくびをした。この村でお盆は一大イベントだ。家々には身内や親戚が帰省してくるし、結局のところ自分たちがもてなさなくてはならない。

「あんたはじいちゃんとばあちゃんの仕事手伝って。奈穂は二人に特別かわいがられてんだし、二人も喜ぶかんね。じゃあ、頼むよ」

自分が行きたくないものだから、あれこれと理由をつけて祖父母絡みの仕事を奈穂にまわしてくるのはお見通しだ。ベッドに座ってしばらくぼうっとし、奈穂はカーテンを開けた。夜明けとともにセミがやかましく鳴いており、外の熱気がすでに部屋の温度を押し上げている。

「ああ、だるい……」

そうつぶやいたとき、スマートフォンが短く着信音を鳴らした。見れば、亜矢子からメッセージが入っている。こんな早朝から珍しい。奈穂はスマートフォンのアイコンに触れてアプリを起ち上げた。そこには、戸惑いを示すようなスタンプと一文があった。

「お盆にわたしがやることはある？　それに『うらんぼん』って何？　村の老人たちが口々につぶやいてるんだけど……」

おおかた早朝から村民が出歩いているせいで、北方家も寝ていられないのだろう。奈穂は何かあったら連絡する旨を返信し、ベッドから立ち上がった。ボーダー柄のTシャツにデニムのショートパンツを穿いて部屋の外に出る。そのまま洗面所で身支度を整え、台所で麦茶を一杯呑んでから庭へ行った。

早朝といっても清々しさはなく、今日も湿った風が山の木々を揺さぶりながら集落に降りてくる。土と草木の匂いはむせ返るほど濃密で、代わり映えのしない一日を予感させるにはじゅうぶんだった。奈穂は麦わら帽子をかぶってつっかけのまま隠居のほうへ行き、庭先でナタを握っている祖父に声をかけた。

「じいちゃん。朝早いにもほどがあるんだけど」

白いランニング姿の祖父は黄緑色の若竹の枝をナタで払い、自分の背丈に合わせて一発で竹を分断した。

「日の出前に採りに行かねえと、竹の活きが落ちっかんな。地蔵さまの後ろさ生えてる竹を、今年もありがたく授かったんだど」

祖父は枝ぶりを見ながら葉を間引いていく。これは盆棚の両脇に据えるもので、この村でのお盆には必需品だ。最終日には川へ流す船となり、さまざまな霊をあの世へ送り帰すのだという。

「ホオズキ採った？」

奈穂が問うと、祖父は顔を上げて額の汗を手の甲でぬぐった。

「まあだ採ってねえべな。ばあちゃんは作業場さ提灯(ちょうちん)下ろしに行ってっから」

「じゃあわたしが採ってくるよ。ついでにウランバナも」

「そうか？　んだらおめさんに頼むべか。マムシさ気いつけろ。あの辺りにゃあヤマカガシもいっから」

「うん。長靴履いてく」

奈穂は隠居の裏へまわり、井戸の脇にある泥だらけの長靴に足を突っ込んだ。錆びた花鋏(はなばさみ)片手に敷地を出て、山際にある小川を目指す。都会や町に住む人間はお盆で使うものをスーパーかどこかで買うのだろうが、この村ではすべてが手作りだ。材料を山や川で調達して歩く作業は手間がかかるけれども嫌いではない。日常の労働とは違い、どこかゲームのようでわくわくする。

小川へ向かう道すがら、奈穂は落ちていた長い木の枝を拾い上げた。振りまわしてしなり具合を確かめ、鼻歌を口ずさみながら獣道へ入る。そのとき、ふいに人の気配を感じて奈穂は振り返った。蛇行する一本道のずっと先には竹藪があり、さらさらという涼しげな葉音がここまで届いている。どうせまたおヨネおばが藪に潜んでいるのだろう。奈穂は警戒しながら音に聞き入っていたが、人の声がしたような気がして足を踏み出した。

藪のほうへ歩を進めていると、今度はぼそぼそとつぶやく声がはっきりと耳に届く。密集する竹の隙間に目を凝らしたとき、意外な人物が垣間見えていささか驚いた。黒いタンクトップを着た亜矢子が小さくしゃがみ、地蔵の顔に触れて目を閉じているではないか。声をかけることがはばかられるほど真剣な様子に、奈穂は思わず足を止めた。

いつもは少しの風でも竹板がやかましい音を鳴らすのに、今は見事に無風だ。まっすぐに天へ伸びる竹は微動だにせず、まるで静止画のようだった。その中心には大量の赤いよだれかけを着けられた地蔵と亜矢子が佇んでいる。あまりの神々しさに瞬きをするのも忘れる光景だ。

言葉を失いただ見つめることしかできなくなっていたとき、亜矢子がすっと立ち上がっておもむろに振り返った。急に現れた奈穂に驚くでもなく、泣き顔にも笑顔にも見える複雑な表情を浮かべている。そして華奢なサンダルをぱたぱたいわせながらやってきた。

「おはよう」

今さっきまでの近寄り難い雰囲気は消えており、同い歳の女の子に戻っている。奈穂はいささか混乱しつつも、平静をよそおって挨拶を返した。

「おはよう、早いね」

「うん。目が覚めちゃったから散歩しようかと思って」

亜矢子はいつもの澄んだ声で言った。黒いタンクトップにホワイトデニムを合わせただけのそっけない普段着なのに、なぜこれほど垢抜けて見えるのだろうか。奈穂はいかにも安物に見える派手なTシャツを見下ろし、ひどく子どもっぽく感じて恥ずかしくなった。

「奈穂ちゃんも散歩？　えっと、その木の棒は何？」

太めのヘアバンドで前髪を上げている亜矢子は、奈穂の手にある木の枝を不思議そうに見ている。思わず枝を後ろにまわして苦笑した。

「なんかへんなとこ見られちゃった。これでヘビを追っ払おうと思ってさ……」

そう言うやいなや、亜矢子は「え？　ヘビ！」と声を上げて周囲を見まわした。「ヘビがいるの？」

「ああ、このへんは大丈夫だから心配ないよ。いても小さいシマヘビとかカラスヘビだからたいしたことないし」

「ちょっと待って！　たいしたことあるよね！　わたし、ヘビを生で見たことないし！」

亜矢子は一重の目を大きくみひらいている。どうやらヘビが苦手らしいが、まあ、こんな場所に住んでいなければそう滅多に見るものではない。

「大丈夫だよ。たいがいのヘビは人がいれば近づいてこない」

もちろん気性が荒くて襲いかかってくる種もいるけれども、奈穂は不必要に怖がらせないようにヘビの話を終わらせた。

「それより地蔵に触ってたけど、だれかに何か聞いた？」

「ああ、うん。内部落の守り神だって松浦のおじさんから聞いたの。村のみんながすごく大切にしてるって。だからわたしもお菓子をお供えしたよ」

奈穂は感情をできるだけ表に出さないように、亜矢子と向き合った。

「あのね。気を悪くしないでほしいんだけど、あの地蔵にはこの土地の者以外は近づいちゃいけないんだよ。大昔からそう決まってるんだって」

「え、そうだったんだ。ごめん、勝手なことして」

「いや、亜矢子が謝らないで。うちのお母さんですらあの地蔵には一歩も近づけないんだよ。よその村から嫁いできたって理由で、生涯向き合っちゃダメなの」

奈穂は恥を承知で打ち明けた。亜矢子が地蔵に参っている姿を年寄りに見られれば、それはそれは大騒ぎになっただろう。風がなくて本当によかった。願掛けは老人たちによって厳しく監視されており、とりわけ曾祖母は地蔵に関して異常なほど目を光らせている。

それにしても、日々藪に出没しているおヨネおばがいない。風がないから気づかなかったのだろうが、あの不気味な姿の老婆に亜矢子が見つからなくてよかったと奈穂はひとまずほっとした。

「ホントにわけわかんない決まりだらけだけど、年寄りたちの地蔵信仰は本気なんだよ」

そこまでを話し、奈穂は曾祖母が言っていたことを思い出した。ここ最近、地蔵の供え物がすぐなくなるという話だ。

奈穂は軽く咳払いをし、鼻の頭に汗を浮かべている亜矢子と目を合わせた。

「もしかして、昨日もお供えしてくれた？」

「ううん。今日が初めて。あのお地蔵さん、すごい迫力だね。怖いとか言ったら失礼だけど、ちょっと脚が震えたよ」

「まあ、わたしだって直視したくないからさ。でも真剣に祈ってくれてたよね」

奈穂がそう言うなり、亜矢子は一瞬だけ笑みを引き揚げた。あまり立ち入られたくはないらしい。わずかに蒼褪めた顔を見て、母親のことを祈願していたのは察しがついた。

奈穂は間を置かずに話を変えた。

「へんな決まりが多くてごめんね。そういうことだから、今後地蔵は無視してほしい」

「わかった。わたしたち移住者は、できるだけ角が立たないようにしないとね」

「普通に暮らしてるだけで角が立つようなら、それは亜矢子のせいじゃないよ。なんかあったら言って。おかしな誤解はわたしがなんとかする」

亜矢子はようやく柔らかく微笑み、「ありがとう」と頭を下げた。黒いタンクトップから伸びる細い腕が白蛇のようにしなやかに動く。奈穂は顔を上げた亜矢子に笑いかけた。

「さっきのＬＩＮＥだけど、特に内部落の手伝いはないからね。それに『うらんぼん』っていうのはお盆のこと。村の年寄りはこっちの言葉を使うんだよ。なんか気味悪い響きなんだけどさ」

「方言なんだ」

「方言ともちょっと違うかも。お盆の正式名称は『盂蘭盆会』って言って、そこからうらんぼんに変化したらしいよ。大ばあちゃんから聞いた」

「盂蘭盆会？　初めて聞く言葉だよ」

亜矢子は首を傾げた。

「語源はインドで、逆さ吊りって意味があるらしい。これも薄気味悪いけど」

わずかに身構えた亜矢子に奈穂は苦笑した。

「お盆は村にとって特別で、審判の日でもあるって聞いてる。悪人には恐ろしい裁きがくだるんだってさ」

「恐ろしい裁き……」

そう繰り返した亜矢子は、不安げに目を合わせてきた。

「まあ、みんな言い伝えだよ。恐怖で人をまとめるみたいな戒めだね」

亜矢子はしばらく何かを考え込んでいたが、やがて気持ちを切り替えるようにゆっくりとまばたきをした。

「みんな夜明け前から竹とかお花を持って歩いてるから、何か手伝ったほうがいいのかなってお姉ちゃんがそわそわしてるの。うらんぼんって不思議な言葉も聞こえたしね」

「今日は夕方に迎え火をするから、それまでに盆棚を作るんだよ。これは各家のことだし、村総出で何かやることはないから心配しないで」

亜矢子は興味をもったようで、右の眉尻をわずかに上げた。

「盆棚って何？　仏壇みたいなもの？」

「読んで字のごとく、お盆専用の棚だよ。木と竹を組んで作る簡単な棚。先祖を迎える舞台だね。そこに位牌(いはい)とかお供えものを置くの。精霊馬(しょうりょううま)とか」

「ああ、それは知ってる。ナスとキュウリのやつ」

奈穂は頷いた。

「ナスとキュウリが忌作の家は、藁(わら)で作るんだよ。亜矢子の家でも、もちろん盆さまを迎えるんでしょ？」

「正直、こういうことをやったことがないの。おじいちゃんとおばあちゃんはわたしが生まれる前に亡くなってるし、両親の田舎へ帰省したこともない。うちは離婚してるから父方とも疎遠だし」

「そうなんだ」

奈穂は当たり障りなくを意識しながらひと言で答えた。東京に住んでいれば盆棚などは用意のしようもないだろうが、亜矢子の家族は蓮（はす）型の落雁（らくがん）やくだものなどを買って供えることもしていなかったらしい。自分からすれば考えられないけれども、これが都会というものなのかもしれない。

地蔵のある藪のほうを気にしていた亜矢子は、奈穂に向き直って出し抜けに言った。

「わたしにもうらんぼんのやり方を教えてほしい。今日、死んだ人の魂を家に迎え入れるんだよね？」

「まあ、そうだね。亜矢子の家のお墓は東京にあるの？」

「えっと、ごめん……それもわからない」

「え？　墓参りにも行ったことない？」

奈穂が驚いて問い返すと、亜矢子は苦笑いして手の指をもじもじと動かした。

「お母さんの実家は東京なんだけど、なんていうか、若いときに家出してそれきりになってるみたいなの。父の実家は佐賀だって聞いてるけど、一度も行ったことなくて」

奈穂は恥じているような彼女の顔をじっと見た。考えていた以上に複雑な家庭で育っているらしい。そのうえ母親は心の病になり、縁もゆかりもないこんな寂れた村に越して来ざるを得なかった。彼女は、幼いころから大人の事情に振りまわされているようだ。

「ちょっとここで待ってて」

彼女にそう告げ、急いで来た道を取って返した。祖父母の家の裏手へまわり、見栄え的にまだいけそうな長靴を取り上げ亜矢子の許へ走る。農道を右に折れると夏草のなかで立ち尽くしている彼女の脇に、小さなバイクにまたがっている駐在がいた。

上がった息を深呼吸で整え、二人の許へ行った。

「おはようございます。早いですね」

「ああ、今日は朝から村が騒がしいかんね。うらんぼん迎える準備で人が出てっから、そこらを巡回してんだわ」

「そうですか、ご苦労さまです」

奈穂が軽く会釈をすると、駐在は汗を流しながら亜矢子と奈穂を交互に見やった。

「二人は仲いいのけ？　まあ、同級生で青梅女子高だし同じ部落だから当然か」

「奈穂ちゃんにはいろいろと教えてもらってるんです」

亜矢子が言うと、駐在はずり落ちているマスクを直しながら頷いた。

「なんかあったら言ってな。この村は難しい年寄りも多いから、いろんな苦労もあんじゃねえかな。面倒が起きたら自分が間に入っから」

駐在はにこにこしながらそう言い、原付きバイクを出して藪のほうへ走って行った。

奈穂は抱えていた青い長靴を亜矢子の足許に置いた。

「これに履き替えて。ちょっと汚いけど、この先は長靴じゃないと危ないから」

「え？　危ないって何が？」

「マムシの生息域」

　亜矢子の白い顔がたちまち引きつった。

「一緒にうらんぼんの用意しよう。本当はお墓へ行ってお線香あげて、その火を持ち帰って家の前の松明（たいまつ）に移すの。これが迎え火。ご先祖さんが迷わないで帰って来られるようにね。でも、亜矢子の場合は家の前で火を焚（た）くだけでいいんじゃないかな。宗派はわかんないけど、あの世から帰ってくる目印にはなるでしょ」

　大雑把な物言いに、亜矢子は思わずくすりと笑った。

「奈穂ちゃんがいると心強いよ。いつも前向きで引っ張ってくれるし、安心していられる」

「そうでもないよ。前向きどころか不平不満ばっかだし、家族には口減らずで生意気だっていつも怒られてる」

「でも手抜きがない。ホントに尊敬するよ。勉強も家の手伝いも村の仕事も、全部理解して動いてる。とても同い歳とは思えないもん」

　それはこちらの台詞だった。亜矢子に感じるすべてを超越したような静けさは、とても同年代が出せる空気感ではない。そして近くにいるのにとても遠く思えるのは、彼女が奈穂にほとんど心を許していないからだということも知っていた。

　亜矢子は片足を上げてサンダルの留め具を外し、薄汚れた長靴に素足を挿し込んだ。そしてどこか苦しげな面持ちをして奈穂を見上げた。

「素朴な疑問なんだけど、死んだ人はお盆に帰ってきて何するんだろう」

「さあね。ばあちゃんは家族が健やかかどうか見にくるって言ってたけど」

「それは幸せに亡くなった人だよね。でも、恨みをもって死んだ人はどうなのかな」

亜矢子は突拍子もないことを言った。

「いつも思うんだ。お盆に迎えてくれる家がない魂は、恨む人のところへ行くのかなって」

「どうなんだろう。でも、死んでも恨んでるレベルなら、そもそも成仏しないんじゃないの。お盆とか関係なく、きっと憎い人の後ろで四六時中睨(にら)みつけてるよ」

とたんに亜矢子はぶるっと体を震わせ、反射的に後ろを振り返ってよろめいた。奈穂はそれを見て噴き出し、顔の前で手をひと振りした。

「大丈夫だって。そういう悪霊が村に入ったとしても自由には動けない。なんせ、そこらじゅうにある地蔵とか稲荷(いなり)とかが見張ってるからね。これは大ばあちゃんの説だけど、当たってるような気がするよ」

奈穂は、草むらに隠れるような格好で佇んでいる小さな地蔵に目をやった。この地蔵は頭が真っ二つに割れてほとんど風化しているけれども、花が供えられて大切にされている。

「村の年寄りは地蔵を心から敬ってるし、一年間、休まずに掃除して花を供えてるよ」

「奈穂ちゃんも言い伝えを信じてるの?」

「どうかな。よそ者は地蔵に参っちゃいけないとか、村人も十六になるまでは手を合わせちゃいけないとか、そこまでする合理的な理由がないよね。もしかして実際に何かがあったのかもしれないけど」

「災いが起きたってこと?」

「そういうことは大ばあちゃんも喋りたがらないんだよ。だから、わたしの代で地蔵の世話をやめることはできないとは思う。呪いが怖いとかじゃなくて、人の気持ちがめちゃくちゃ入って煮詰まってるだろうから」

軽い調子でそう答えたけれども、亜矢子は神妙な面持ちでしばらく考え、やがてぽつりと言った。

「わたしは人の気持ちよりも呪いのほうが怖いよ」

どうやら、非現実的なものを恐れる質(たち)らしい。奈穂は、不安が顔に出ている亜矢子に問うた。

「どうする? 一緒に行くのやめる?」

「ううん、行くよ。ひと通り体験してみたい。この村を知りたいんだ」

奈穂は頷き、亜矢子が脱いだ白いサンダルを草むらのなかに隠した。そしてちょうどいい長さの枝を手折り、亜矢子に差し出した。草だらけの小路を指差して、奈穂が先頭切って分け入っていく。木の枝で足許を叩きながら進んだ。

「これでヘビを追い払うんだね。わたしは後ろを守るから、奈穂ちゃんは前をお願い」

亜矢子は勇ましくそう言って夏草を叩きまくっていたが、奈穂は肩越しに振り返って首を横に振った。

「これで普通のヘビは逃げていくけど、マムシだけは近づいてくるんだよ」

「え?」と言ったまま、亜矢子は聞き間違いではないかと耳を近づけた。

「マムシは危険を感じたら逆に襲ってくるほど気性が荒いの。殺られる前に殺るタイプのヘビだからね」

「殺られる前に殺るタイプのヘビってなんなの……」

亜矢子はびくびくと周囲に視線を這わせている。奈穂はあいかわらず枝で草むらを叩きながら大股で進んだ。

「何人かで一列になって歩いてると、決まって三番目の人が襲われる。じいちゃんいわく、真ん中からひとりずつ殺って皆殺しにするんだってさ」

「う、うそでしょ？」

「まあ、迷信だよ。マムシは熱を感知してから近づいてくるから、何人か通り過ぎたあとをたどるんだと思う。で、三番目の人が咬まれると」

亜矢子は咄嗟に奈穂の腕を掴み、右手にある枝で激しく草を打った。とても冷静ではいられないようだ。さらには、押し殺した震え声で質問した。

「今さらなんだけど、山にはク、クマも出るって松浦のおじさんから聞いたよ。今、こんなところで出くわしたらどうするの？　武器も大人もいないのに」

「まだ内部落にクマは入り込んでないから大丈夫だよ。そのへんの情報網はすごいから。それに、クマはそれほど怖くない」

「いや、怖いでしょう！　何暢気なこと言ってるの！」

亜矢子が甲高い声を上げると同時に、水場から赤ん坊のような金切り声が上がった。彼女はている。奈穂は周囲に目を配りながら淡々と言葉を送り出した。

「今のはアオサギの鳴き声。それに山でいちばん危険なのはサルだからね。集団で襲ってくるし、素早くて上下左右の攻撃パターンが読めない。出くわしたらある程度大怪我を覚悟しなくちゃならないよ。外部落で、サルにやられて失明した人もいるし」

「こ、怖すぎるよ……。というか、なんで奈穂ちゃんはそんなに落ち着いていられるの？　信じられない」

「生まれたときからここに住んでるんだから、そりゃあ慣れはするでしょ。あ、そうそう。スズメバチが出たら全力で走って逃げるからついてきて」

亜矢子はもはや言葉を失い、奈穂の腕をぎゅっと握って及び腰になっている。その体勢のまま進んでいくと、ちょろちょろと小川が流れる場所に到着した。クレソンやワサビなどが自生し、夜にはホタルも舞う村の名勝だ。が、危険と隣合わせでもある。

奈穂は周囲の草を手荒にむしり、自分たちの周りに空間を作った。

「亜矢子はここにいて。もしマムシが出ても、長靴履いてれば問題ないから」

「待って、どこ行くの？」

亜矢子の顔は不安でいっぱいになっている。奈穂は小川の向こう側を指差した。

「あそこにホオズキが生えてるでしょ。あれを採ってくる。あとオミナエシも少し採ろうかな。盆棚に映えるから」

奈穂は言うより早く土手を滑り下り、小川を飛び越えてホオズキが群生している場所へぴょんと飛んだ。まだ完全には色づいておらず、黄色味の強いオレンジ色をした提灯状の実がずらりとついている。奈穂は花鋏で何本か切り、そこらじゅうに生えている白いタカサゴユリやガマ、そして黄色いオミナエシを次々に採っていった。あとは庭先に咲いている花を適当に活ければサマになる。花を抱えて土手を上がると、亜矢子が遠くを見ながら憂いを含んだ顔をしていた。

「どうしたの？」

奈穂が問うと、彼女は細い目をなおさら細めて口を開いた。

「きれいな場所だね。真っ白いユリが咲き乱れてすごくいい匂い。秘密の花園みたい。こんな立派なユリが自然に生えてるところを見たのは初めてだよ」

「このユリは村でウランバナって呼ばれてる。これが大量に咲く年はよくないことが起こるんだってさ」

「え？　じゃあ、今年はよくないの？」

彼女の言葉に奈穂は苦笑いを浮かべた。

「このウランバナが地蔵のある竹藪で一斉に咲いたときに戦争が始まったんだって。うちの大ばあちゃんが若いころ、一回だけ敷き詰めたみたいに咲いたことがあって、それがちょうど開戦の年だったから今の迷信が生まれたんだと思う」

彼女は何かを考え込むように動きを止め、無言のままユリの花を見つめた。

「亜矢子のぶんも採ってきたから、家に飾ったらいいよ。花瓶に活けると華やかだから」

「ありがとう。ホントにきれいだけど、不吉の象徴なんだよね？」

亜矢子はユリの花に顔を近づけ、いささか濃厚すぎる香りにむせていた。

「ウランバナは切り花にすることで浄化できるんだってさ。これがたくさん咲いた年は、うちのばあちゃんなんて片っ端から刈り取ってるよ」

「へえ。なんだかここは不思議な土地だよね。古くからの言い伝えが今でも生きていて、村の人たちはそれを守りながら静かに暮らしてる。東京とはまるで別世界だよ」

「そう。だからこそ時代から取り残されてんの」

それから二人は木の枝をふるいながら来た道を戻り、農道へ出て額の汗をぬぐった。

「これからうちで一緒に盆棚を作る？」

長靴からサンダルに履き替えている亜矢子に言うと、彼女はさほど考えずに首を左右に振った。

「ご迷惑だからいい。でも、作り方だけ教えてもらいたいな」

「それはいいけど、うちは別に迷惑じゃないよ？」

「うん。でも、自分たちで作ってみたいから」

もしかして、母親も交えて作業をしたいと思っているのかもしれない。奈穂は食い下がらずに今しがた採った花を亜矢子に渡した。

「簡単な図にしてあとからＬＩＮＥするね」

「ホントにありがとう。あともうひとつだけ聞きたかったんだけど、青梅女子ってバイトはＯＫの学校？」

「ダメ。バイト禁止だよ。見つかったら問答無用で停学になるみたいだから」

そうか……と亜矢子は花を抱えたまま難しい顔をした。もしかして家計が苦しいのだろうか。兄姉が会社を興しているとはいえ、越してきたばかりだしまだ軌道に乗り切れていないのかもしれない。

奈穂はおせっかいかとも思ったが、彼女の様子を窺いつつ提案することにした。

「もしよければだけど、わたしの畑で働いてみない？」

亜矢子はきょとんとして首を傾げた。そういう反応になるのもわかる。奈穂は匂いの強すぎるユリの花を遠ざけながら先を続けた。

「わたしさ。実は畑を三枚借りて内職してるんだよね」

「畑で内職？」

「うん。わたしがひとりで育てたわたしだけの作物があるわけ。お盆明けに収穫しようと思ってたんだけどどうかな。まあまあ稼げると思うよ」

亜矢子はまっすぐ目を合わせ、しばらく口をつぐんだ。それがあまりに長かったものだから、提案は失敗かと奈穂は慌てた。けれども彼女は澄んだ目をきらきらと輝かせた。

「なんだろう。すごくおもしろそう。自分だけの畑で内職だなんて予想もできないことだもん。でも、わたしが行ってもいいの？」

「もちろん。自分の畑に人を招くのは初めてだよ」

もっとも、一緒に畑で収穫しようなどと言い出せる友人が自分にはいなかった。でも今は違う。

田舎暮らしを悲観することなく、クラスメイトには笑われそうな知識を躊躇なく口にすることができるようになっていた。

5

翌日は福島市に住む従兄弟(いとこ)たちが帰省し、遠山家は一気ににぎやかになった。

例年ならお盆と正月には親族が集まり泊っていくのだが、今年は日帰りになるという。奈穂は雑用が減ったことにほっとしていた。というのも親類が集まれば昼間から酒盛りが始まり、女は酒と料理を途切れなく用意して酔っぱらいの世話までさせられるからだ。しまいには内部落の家々を巡る騒ぎになるからたまらない。上げ膳据え膳の男は楽しいだろうが、女性、とりわけ嫁と娘たちはもはや女中と同じだった。ほかの村のことはわからないけれども、大百舌村は完全なる男社会で女は年老いてからやっと発言権を得るようなところがある。

親戚の集まりがなくなって喜んでいたのもつかの間で、この日、奈穂は昼前から隠居を訪れていた。内部落の習わしに従わなければならなくなったのだ。

「なんだっぺ。奈穂はそだ寝間着みてえなカッコして」

祖母は三和土(たたき)に突っ立っている孫の全身に視線を走らせた。着古したTシャツに短パンというい つもと同じ格好なのだが、よそゆきらしい縦縞(たてじま)のワンピースを着ている祖母はひどく不満げだ。

「ばあちゃん、今日はイヤリングまでしてんじゃん。それ、ネックレスと指輪とおそろいなの?」

「んだよ。大昔のことだ。熱海さ新婚旅行に行ったときに、珊瑚(さんご)があんまりにもきれいだったから思い切って買ったんだわ。じいちゃんのネクタイピンもそろいなんだぞ」

「へえ。一張羅だね」

奈穂の言葉に頷き、祖母はとても嬉しそうにして耳許に触れた。腰が曲がってシワだらけになっても、着飾ってきれいだと言われたい気持ちは変わらないようで、奈穂はなぜか安心した。今日はいつになくめかし込んでおり、カーラーで白髪も巻いていて口紅までつけていた。

祖母は後れ毛を耳にかけ、あらためて奈穂の全身に目を這わせた。

「みんなおしゃれしてくんのに、ホントに奈穂はなんだっぺ。そだ粗末な服着て。今年はうちが回り宿なんだから笑われっと」

「何、回り宿って」

「数珠まわし念仏をやる家のことだわ。内部落で持ちまわりで変わるんだ。今年一年はうちが仕切んだぞ」

そういえば聞いたことがあったが、興味もないから頭に残っていなかった。祖母はいつになく張り切っている。

「とにかくおめさんは着替えてくっといい」

「いいよ、めんどくさい。だいたいおしゃれな服なんて持ってないもん」

「女学校の制服があっぺよ」

奈穂は廊下に上がりながら手をひと振りした。

「やめてよ。休みの日まで制服なんか着たくないって。これでじゅうぶんだよ」

「まったく頑固だこと。んだらばあちゃんの服貸してやっか？　若いときに着てた花模様のツーピースがあっと？」

「いや、いい。遠慮じゃなくて本気でお断りする」

祖母はぶつぶつと文句を垂れているが、それよりもきれいに着飾った嬉しさが上まわっているようだった。

「しょうがねえ。どれ、じゃあ奥さやべ。もうみんな集まってっかんな。大ばさまの布団も奥座敷さ移動させたんだど。そこがいちばん広いから」

奈穂はため息をついて祖母のあとについていった。縁側をまわった南側の座敷の障子を開けると、そこには寝たきりの曾祖母を取り囲むように四人の老女が座っていた。年季の入った女たちはみな深いシワを顔に刻み、棒きれのような腕には幾重にも数珠が巻かれている。背中が丸くなって子どものように小さい姿が、まるで木彫りの置物群そっくりで座敷を薄気味悪いものに変えていた。みなそれぞれに着飾り、白粉（おしろい）の匂いを振りまいている。

奈穂は思わずむせ返り、後ろを向いて咳き込んだ。古びた化粧品の匂いもさることながら、老人特有の乾いた匂いが鼻につく。二台の扇風機が首をまわしており、よどんだ空気をただただかきまわしていた。

「なんだあ？　奈穂ちゃんは小わっぱみてえなカッコしてっこと」

白い髪をてっぺんで団子に結っているキョウばあさんが、前歯の欠けた口を開けて笑った。この老婆による亜矢子たちへの意地の悪い言動は奈穂の耳にも届いている。鮮やかなブルーの紗（しゃ）の着物を着て、白檀(びゃくだん)の扇子で顔を扇(あお)いでいた。

「美佐子さんも年頃の娘がいんだから、キレイな服のひとつも買ってやればいいべのに。山谷は今年の回り宿だってのになあ」

「まったくだわ。娘ほったらかしで息子にばっかかまってっからこのざまだ。これから村を陰支えすんのは娘のほうだってのに」

　顔をテカらせた小太りの老女も口を挟んだ。これは光枝(みつえ)ばあさんと言ったか。いつものことだが、勝手なことばかり言っている。すると祖母が曾祖母の枕許に座布団を置き、奈穂に座るよう手招きをした。

「いくら言ったって聞かねえんだわ。だれに似たんだか奈穂はごうじょっぱりでなあ」

　祖母が呆れたように言うと、ほかの老女たちがしゃがれた声で一斉に笑った。

「まあ、若い娘っ子は飾らんたってきれいだからいいんべな。それに、気い強いぐれえでねえと内部落の陰支えは無理だど。なあ、奈穂ちゃん」

　これが内部落のいちばん北に住む立原家の洋子姐だ。先日、奈穂と亜矢子を無表情のまま睨んでいた老婆だが、そのときの面影がまるでないほど朗らかだ。年がら年じゅう家を抜け出しては村を騒がせている、徘徊癖のある認知症のじいさんの伴侶ともなると大変だろうに。

　奈穂は老婆たちの戯言をまとめて聞き流し、曾祖母の枕許にある座布団に座った。布団に寝ている曾祖母もぱりっとした紫色の着物に身を包んでおり、地肌が透けるほど薄い髪にはきれいに櫛目(くしめ)が通っている。今日は入れ歯を入れているせいか、とても若返って見えた。そして落ち窪(くぼ)んだ目を足許のほうへ向けながら口を動かした。

「おヨネおばの黒真珠はいつ見ても見事だな。大粒で輝きが違う」

「そうかい?」

首から二連のネックレスを下げた老女は気恥ずかしそうに真珠に触れた。

「これは母ちゃんから継いだネックレスだかんね。町の宝石商から買ったんだと。うちは娘がいねえし、オレが死んだらバラして内部落のばさまらに形見分けで配っかなと思ってんだ。嫁にだけはやりたくねえかんな」

この中ではいちばん優しげな顔をしているものの、考え方はほかと同じで言葉には棘(とげ)がある。それにこの老婆が地蔵を四六時中監視しており、竹藪の中で息を潜めている姿に何度驚かされたことかわからなかった。

奈穂は座敷に寄り集まった年寄りを順繰りに見ていった。お盆や彼岸などにおこなわれる内部落の数珠まわし念仏は女性だけの集会であり、この日だけはめいっぱいおしゃれをするというのが古くからの習わしだ。農家で働き詰めの女性たちが、男性の目を気にせず唯一解放される集まりらしい。が、よそから嫁いだ嫁などは立入禁止で、当然、母は一度もこの光景を見たことがない。

そのとき、曾祖母がまっすぐ天井に目を向けて一本調子の声を出した。

「さてと。そろそろ始めっか。川田の内部落も、ひとり、またひとりとお迎えが来てあの世さ旅立った。男衆も女衆も、九人で集まることはもう叶わない。だが、去年からひとりも欠けねえでここに集まれたのは幸いだな。地蔵さまに感謝せねばなんねえ」

その言葉と同時に、老女たちは数珠を鳴らしながら手をすり合わせた。

「十六になった奈穂には、今年のうらんぼんから数珠まわしに入ってもらう。十六は人生でいちばん大事な歳だ。川田のしきたりを継ぐ娘っ子だが、皆の衆、異論はねえか？」

老婆たちは口々に同意の旨を伝えているが、奈穂には異論がありすぎる。が、とにかくこういう場は適当にやり過ごして波風を立てず、時がきたら行動すればいい。

祖母は畳でとぐろを巻いていた桑材らしい数珠を引っ張り、老女たちにぐるりとまわしていった。長さは五メートルほどはあるだろうか。奈穂にも数珠の輪が渡されたがずしりと重く、どれだけの年月を使われてきたのかひとつひとつの珠が摩耗して黒光りしている。輪の中心に横たわった曾祖母は鈴を持ち、手首を上げて甲高い音を鳴らした。

「奈穂はみんなの真似すんだぞ。念仏の文句は口伝えだから、耳で聞いて覚えんだ。難しくねえかんな」

「はい、はい」

奈穂は内部落に代々伝わる念のこもった不気味な数珠を持ち、歌うように節をつけながら念仏を唱える老婆たちの動きに合わせて右にまわした。

「うらんぼんの仏のおんためにー、地蔵さまのおんためにー、水あげ花立て香ともすー、南無阿弥陀仏ー、南無阿弥陀ー」

どうやらこれが一節らしく、短い節を唱え終わるたび数珠を右へ送る。赤い房に当たった者が大きく一礼し、数珠が一周すると祖母が皿に盛られた小豆を布の巾着袋にひと粒入れた。まわす数をカウントしているのだろう。皿にある小豆を見るに、おそらくは百八つだと想像がつく。煩悩の数だけ同じ文言の念仏を繰り返すらしい。

奈穂は無心になって単調な作業を続けていたが、やがて突然襲ってきた睡魔と闘う羽目になった。微妙な節のある低い声の念仏が眠気を誘うし、ひっきりなしに焚かれている線香や鈴の音も眠りに誘う材料だ。途中、隣に座る祖母に何度も肘で小突かれ、なんとか意識を保ったまま百八回の数珠まわしを終えることができた。

「奈穂、運ぶの手伝ってくいよ」

念仏が終わるよりも早く、祖母はさっと立ち上がって台所へ引っ込んだ。ぼうっとした頭でのろのろとついていくと、テーブルの上には八人ぶんのお膳が用意されていた。色とりどりの野菜や煮物、天ぷらがきれいに盛りつけられている。

「何これ。どっかの仕出し屋に頼んだの？」

「いやあ、全部ばあちゃんがこさえたんだよ。昨日、夜遅くまでかかって煮つけだの茶碗蒸しだの仕込んだんだわ」

「これも回り宿の仕事？　負担がすごいんだけど」

「たいへんだけども、ばさま方をもてなして送り出すまでが回り宿の仕事だかんな。用意したお膳が貧相だと、その先ずっと内部落で語り草になっちまうんべ？　そんな恥は晒せまい」

村内の行事には、いつもこの手の優劣がつきまとうから心底鬱陶しいと思う。何をやるにも暗黙の了解があり、そして何食わぬ顔で人を出し抜こうとする。まるで奈穂が通う高校のクラスメイトと同じだった。たった半年の付き合いでさえ辟易しているのに、これを死ぬまで続ける村の女たちはどうかしている。

奈穂はお膳を重ねて持ち上げ、すでに数珠や香炉などを片付けている老女の前へ次々に置いていった。

「いやはや、さすがに山谷げは豪華だな。出来合いがひとつもねえし、隅々にまで手えかかってる。煮こごりがうまそうだこと」

キョウばあさんがうなり声を上げると、祖母は盛大に笑いながら謙遜した。

「いやあ、うちは手抜き料理だわ。恥ずかしいこと。とてもよそさまにはかなわんよ」

上機嫌の祖母は温め直した汁物を運び、お膳にひとつひとつ据えていく。そして寝たきりの曾祖母がちょっとした挨拶をしてから、女だけの閉塞した食事会が始まった。

「しかし、今年は伝染病でえんがみたわ。いつまでこんな状態が続くんだかなあ」

「まったくだわ。都会の食いもん屋が軒並みダメで、野菜の出荷も急に減ったんべ。外部落の三橋(みつはし)げなんか、ハミレスとの契約を急に打ち切られたみたいだわ」

「そりゃあたいへんだこと。今年はどの野菜も豊作だってのに、これから出荷できねえんでは話になんねえな。ますます山だのを切り売りする家が増えっぺよ」

老女たちは背中を丸めながら喋り、時折お椀の汁を音を立ててすすっている。奈穂はささげとこんにゃくの白和(しらあ)えに箸を伸ばしながら、曾祖母を囲む年寄りたちを盗み見た。障子を閉め切った薄暗い座敷に集う六人の老婆とひとりの女子高生。なかなかパンチの利いた絵面ではないか。

奈穂は味の薄い料理を黙々と口へ運び、早くお開きにしてくれとじれったく思っていた。

「今年は世界じゅうで試練が起きてんな。信仰心がないとっからぐずぐずに崩れていってるわ。都会なんか見てみぃよ。なんか起きるたんびに大騒ぎして、自分らで傷口広げてっから。買い占めだのなんだのな」

祖母の介助を受けながら食事をしている曾祖母は、さも蔑んだような物言いをした。

「ここは地蔵さまが守ってくださる。オレらは感謝を忘れてはなんねえど。震災んときも、川田だけはなんの被害も出なかったべ」

「んだな。外部落では、地面から泥水が噴き出してたいへんなことだった。川田の守りは神懸ってっけど、ここで伝染病が出たら終いだべ」

祖母が神妙に相槌を打つと、小太りの光枝ばあさんが二重顎を上げた。

「んだけども、昨日あたりも朝見川さ千葉ナンバーの車が駐まってたって父ちゃんが言ってたぞ。盆休みで、都会もんが性懲りもなくほっつき歩いてんだわ。うらんぼんに川遊びなんかやってっと、脚引っ張られてあの世さつれてかれっちまうのにな」

「まったくな。お上がこんだけ家にいろっつったって、堪え性がねえぼんくらどもが出歩くんだから始末に負えん。大百舌の役場も本腰入れてよそもんを締め出さねえと、にっちもさっちもいかなくなってからでは遅いべよ」

曾祖母が眉根を寄せてさも憎々しげに言った。まさに悪いことはすべてよそ者のせいという思考で、ウィルスがあろうがなかろうが文句の中心はすべてよそ者だ。

すると黒真珠で飾ったおヨネおばが箸を置いて隣に顔を向けた。

「話は変わっけど、山際さ越してきた都会もん。アレはだいじょぶなんだろうか」

キョウばあさんも箸を置き、白髪の結い髪を掌（てのひら）で撫でつけた。

「こだ時期に空き家事業なんて、オレもやめとけって言ったんだわ。んだけど正史がきかねくてなあ」

「ああ」と老婆たちが一斉に頷いた。

「正史くんは人助けばっかしてっかんな。昔っから困ってる人をほっとけねえんだ。地蔵さまの息がかかってんじゃねえべか」

「んだなあ。ちっこいころからホントに優しい子だったよ。次男坊とは大違いでな。オレの誇りだ。んだけど、悪党はそこさつけこむんだわ。かわいそうに」

キョウばあさんは息子を思って眉尻を下げた。しかしすぐに勝ち気な目をぐるりとみなに向ける。

「離れさ越してきた北方げは、とにかく全員がすかしてるわ。まあだ小わっぱなのに田舎を見下してるしな」

「嫌だねえ。いちばん下なんてまあだ十六だべ？」

「んだ。ありゃあ見るからに性悪だど。男衆はよくよく気いつけんとなんねえな。やがて色香で惑わしてくっぺから」

「あのさ」

奈穂はたまらず口を挟んだ。侮辱するにもほどがある。老婆たちが一斉に濁った目を向けており、空洞のような瞳が薄気味悪かった。

「亜矢子はものすごく気を使ってるよ。村のしきたりを覚えようとして、苦労しながら盆棚まで作ったんだから。地蔵にも真剣にお参りしてたしね」

勢いのままそう口走ってしまい、奈穂はしまったと思って老婆たちの顔を盗み見た。みな石像のように固まっており、目を大きくみひらいて驚愕の表情を浮かべている。よそ者が地蔵へ近づくことを禁忌とする年寄りにとって、自分のひと言はあまりにも不用意すぎた。

奈穂は慌てて言い訳した。

「あの、ええと、亜矢子は何も知らずに近づいたんだよ。村に馴染(なじ)もうと思って一生懸命だっただけだから。あ、悪意なんてひとつもないしさ」

必死な申し開きをすればするほど、年寄りたちの顔が見る間に険しくなっていく。これはまずいと思いはじめたとき、横になっている曾祖母が口を開いた。

「よそもんのわっぱは地蔵さまさ何を祈ったんだ？」

「わ、わかんないよ。ただ、村で大切にされてる地蔵だって聞いたからお供え物をしただけだと思うし」

「ホントにそうだべか」

曾祖母はかっと開いた目を下から奈穂に向けた。その迫力に気圧され、奈穂は思わず視線をさまよわせた。これはまずい。自分の言葉は思っていた以上に重大だったらしい。老婆たちは横たわる曾祖母を一心に見つめ、次の言葉を今かと待ちわびている。曾祖母はしばらく目を閉じて身じろぎもしなかったけれども、やがて目を開いて低い声を出した。

「よそもんはこうやって村さ染み込んでくる。腹んなかにあるもんを隠して、従順なふりしてじわじわと染み込むんだ。いずれ禁を破って災いを撒き散らすべよ」

そう言って言葉を切り、曾祖母はおヨネおばを激しくねめつけた。

「竹板はなんで鳴んなかったんだ？　おヨネおば。おめさんはぼけっと何やってたんだ。よそもんが藪さ入ったのに、どこで油売ってた？」

曾祖母の厳しい口調におヨネおばは震え上がり、目に見えて顔色が悪くなっていった。奈穂はひどく責任を感じ、慌てて口を挟んだ。

「あ、あのときは風がぜんぜん吹いてなかったんだよ、びっくりするほどの無風だった」

「なんだって？　おめさんは風が止んだと言いやるか？」

曾祖母は奈穂に目を向け、詰問する口調で言った。自分の言葉ひとつひとつがみずからの首を絞めているようだった。奈穂はあたふたとして必死に場の空気を変えようとしたけれども、老婆たちにはまるで届かず、おヨネおばは消え入りそうな声で「申し訳ねえ」と繰り返しつぶやいていた。

「どうすっぺか……」

キヨウばあさんが業を煮やしたようにかすれ声を出すと、老婆たちが次々に不安を口にした。

地蔵への祈願をなぜ厳しく制限しているのかは奈穂にもわからない。が、年寄りらの表情を見るに、単なる言い伝えを守っているという次元を超えているような気がした。過去に本当に災いが起きた事実があるからこそ、ここまで掟で縛ることになったのではないのか……。

老婆たちは気を揉んで落ち着きをなくしているのに、どこか歯切れが悪くだれも本質を語ろうとはしない。奈穂がいたたまれなさを感じているとき、曾祖母が長い咳払いをしてから口を開いた。

「いい機会だからここで言っておくべか。奈穂。おめさんは、あのわっぱと金輪際かかわってはなんねえぞ」

「は？　なんで」

「あの小わっぱは、体ん中に悪いもんをいっぱい溜め込んでる。都会からもってきた汚物をこの内部落さ持ち込んだんだ。小わっぱだけじゃねえ。あすこの一家はみんな同じだ」

奈穂は不愉快をあからさまに顔に出した。しかし曾祖母はじっと目を合わせたまま先を続けた。

「オレはおめさんの何倍も生きてきた。今まで、内部落の気配を読んで災いを切り抜けてきたんだ。ここさ集まったばあさま方も同じだ。そういう先人の言うことは聞かねばなんねえ」

「そうだぞ。あの一家が越してきてから、村にはいろんな暗示が出はじめてる。今まで、こだに周りが騒がしいことはねえんだわ」

祖母も加勢し、年寄りたちは奈穂に突き刺すような視線を浴びせていた。まるで以前テレビで見た洗脳と同じだ。こうやって大勢でひとりを追い詰め、混乱させて思考力を奪う。けれども自分には効かない。なにせ村の排他性を嫌になるほどよく知っているし、こういう負の団結で移住者を追い出してきたのを実際に見ている。結局、自分が生まれ育った内部落もよそと同じなのかと落胆し、奈穂は恨めしい目を周囲に向けた。

　するとキョウばあさんが腕組みし、歯の抜けた口をもごもごと動かした。

「あすこんちの母親は、うらんぼん明けにも入院するみてえだな。上の娘がそだこと言ってたわ。たったの一回も顔出さねえまんま、今どきどこの病院さ入んだか」

「頭おかしくなってるみてえだかんな。しょっちゅう歌うたってなあ。家の外にまで聞こえてくっときがあるわ」

「おお、やだこと。役場の審査もどうなってんだかわかんねえわ。村興しだかなんだか知らねえが、こんなんではただ厄介もんを背負い込むだけだべ。あまつさえよそもんが地蔵さまに近づくとは、とんでもねえことが起きちまった」

　もう聞くに堪えない。奈穂は汁物を一気に掻き込み、箸を置いてお膳を持ち上げた。

「ごちそうさま。わたし、勉強があるからもう行くよ」

「なんだっぺ。まあだお開きになってねえんだど」

　キョウばあさんが非常識だとばかりに声を上げたが、奈穂は有無を言わさず立ち上がって台所へ行き、洗い物を済ませて外に駆け出した。この土地は本当に気味が悪い。人やしきたりも含めて、すべてが異常だった。

キミ子は暇を見つけては地蔵に願掛けするよだれかけを縫っていたが、それはようやく完成した。こっそりと持ち出した千人針の赤い糸をふんだんに使ったおかげで、薄汚れたボロ布は見違えるほど真っ赤に仕上がっている。これならば地蔵も願いを聞き入れてくれるのではないか。

キミ子は何くわぬ顔で野良仕事をこなし、夜になるのを心待ちにしていた。そしてみなが寝静まる夜中を待ってようやく家を抜け出した。

着物の胸には願いをかけたよだれかけが入っている。キミ子は胸許に手を当てながら小走りし、隠居の前を忍び足で通過した。しかし、ひとつだけ誤算があった。月明かりがあれば地蔵のところまで楽に行けると踏んでいたのだが、今夜は厚い雲がかかって漆黒の闇に閉ざされているのだ。キミ子は木々がせり出す小径へ忍び出て、周囲を窺いつつ仏壇から持ち出したロウソクに火を点けた。木の燭台に挿して道の先を照らす。

いざ一歩踏み出そうとしたけれども、この程度の拙い明かりで見えるのは足許がせいぜいだ。まるで目の前に暗幕でもかけられているように、先がまったく見通せない。

急にぶるっと身震いが起きた。緑山の死人(しびと)峠ではまた山賊が出たと聞いたし、捕まれば男は殺され女子(おんなこ)どもはどこかへ売り飛ばされるらしい。あまりの恐ろしさに足がすくむけれども、胸許をぎゅっと摑んで大きく息を吸い込み、キミ子は目が利かないほどの闇の中へと身を投じた。

大丈夫だ。この辺りは地蔵に守られている。それを何度となく念仏のようにつぶやきながら、覆いかぶさるほどの闇へ分け入った。

言葉とは裏腹に体は波打つように震えて息が上がり、今すぐ引き返したい衝動に駆られる。けれども、人目を忍んで祈願ができるのは夜中だけだ。キミ子はロウソクを前に突き出しながら小股で進み、道を塞ぐように立っている大木を迂回して地蔵のいる竹藪に足を踏み入れた。とたんにざわざわと青竹が揺れはじめ、キミ子は息を切らしながら素早く周りに視線を走らせた。

十六になるまで、この藪に入ることは許されない。地蔵を見てもいけない。

小さいころからそう言い聞かされてきた。生まれて初めて入った藪は空気が張り詰め、明らかにほかの場所とは違う。どこからともなく濃密なユリの芳香が漂ってきた。

はあはあと息を吐き出しながら強張った足を前に出した瞬間、ロウソクに照らされた視界にウランバナが入り込んでごくりと息を呑んだ。震える腕を伸ばしてロウソクでぐるりと周りを照らすと、竹藪の隙間を埋めるかのように、無数の白いユリが咲きほこっているではないか。

キミ子は軽くめまいを覚えてよろめいた。地蔵のある藪でウランバナが咲き狂ったとき、村には必ず災いが起きる……。昔、祖母から聞いた言葉が頭のなかでわんわんと反響した。災いとは戦争だろうか。それともまったく別の何かか？

息苦しくてしようがない。ロウソクの明かりを奥へ向けると、竹とウランバナに埋もれるような格好の真っ赤な塊が目に飛び込んできた。村のすべてを見通している地蔵だ。

キミ子はロウソクを足許に置き、ウランバナを蹴散らしながらにじり寄った。地蔵の顔は雨風に削られてなくなっており、もとはどんな表情をしていたのかすらもわからない。おびただしいほどの赤いよだれかけが体をきつく縛りつけており、キミ子にはひどく苦しんでいるように見えてぞくりとした。

怖い。キミ子は汗を流しながら地蔵の真正面に屈み、折り重なっているよだれかけを見つめた。いったい、これらはいつから重ねられてきたのだろう。何枚あるかもわからない。下のほうにある布は年月が経ってぼろぼろに朽ち果て、地蔵に癒着しているかのように石にべったりと貼りついていた。

キミ子は茶色く変色したよだれかけに触れてしまい、思わずひっと息を吸い込んで手を引っ込めた。血だ。このよだれかけは血で染めつけられている。縫い目が裂けて糸や生地が垂れ下がっている隙間に、虫喰いだらけの半紙が見えてぎょっとした。

キミ子は素早く顔を背けた。人の願い事を見れば災いが降りかかる。心臓が早鐘を打っており、呼吸が乱れて吐き気が込み上げた。内部落の老人が供えたのであろう酒瓶を意識的に見つめ、キミ子は気持ちをできる限り落ち着けようと腐心した。そして震える手で胸許からよだれかけを引きずり出し、地蔵にかぶせて首の後ろでなんとか紐を結んだ。

「こ、この村から出られますように。町で暮らせますように。この村から出られますように。破談になりますように……」

むせ返るほどのウランバナの匂いのなかでひたすらこの言葉を繰り返し、地面に額がつくほど頭を下げて一心に手をこすり合わせた。ようやく念願叶って孤参りにたどり着けた。それなのに、キミ子はあまりの恐ろしさで歯がかちかちと鳴るほど震えていた。

願いと災いは背中合わせ。

祖母が語ったこの言葉が頭の中で繰り返されて止む気配もないからだ。不吉な予感がはちきれそうなほど膨らんでいた。

このよだれかけで願掛けした者のなかに、災いを呼び込んだ者はどれほどいたのだろう。赤い布が用意できずに自身の血で染めてまで、いったい何を願ったのか、それは聞き届けられたのだろうか。この地蔵には人々の念が入りすぎている。もしかして、すでに守り神などではない別のモノになっているのでは？

キミ子はおそるおそる顔を上げた。そのとき、風化して顔もなくなっている地蔵と目が合ったような気がして息が止まりそうになった。自分はここにいてはいけない。なぜかそう確信して咄嗟に後ずさった。

「み、見逃してください。堪忍してください……ゆ、許してください」

キミ子は半狂乱で地蔵に許しを乞い、ロウソクを引っ摑んだと同時に走り出した。

地蔵のもとの顔を見た者はいない。もしかして、怒りや憎しみをたたえた凄まじい形相をしていたのではないのか。キミ子にはそう思えてならなかった。風化で顔がなくなったのではなく、村人の手で削り取られたのでは？　本当はだれも地蔵など敬ってはいないのではないのか？

途中、転んでロウソクの火が消えてしまったけれども、キミ子はかまわず漆黒の中を走り続けた。もう手遅れだということは痛いほどわかっていた。

第三章　竹藪の鈴

1

お盆明けは暑さが少しだけ和らぎ、日の出とともに清々しい風が吹いていた。昨晩にひと雨あったせいもあるが、空気がひんやりと冷たくユリの匂いが辺りに立ち込めている。

時刻は五時ちょうど。奈穂は麻袋やプラスチックのケースを抱えて山際を歩き、十五分ほどしたところで荷物を置いた。目の前には、背丈よりも高いトウモロコシが早朝の風を受けてざわめいている。まるで緑の巨大迷路のようで壮観だ。奈穂が丁寧に育てた作物は収穫を今かと待っており、このときばかりは心が躍った。

「奈穂ちゃん」

ささやく声のほうへ目をすがめると、黒いキャップをかぶった亜矢子がトウモロコシ畑の畝の間から顔を覗かせた。が、その顔色の悪さを見て驚き、奈穂は彼女のもとへ駆け寄った。

「大丈夫？　ものすごく体調悪そうだよ」

奈穂の言葉に、亜矢子はほんの申し訳程度に微笑んだ。

「ちょっと昨日は眠れなくてね」

明らかにちょっと眠れないという程度を超えているように見える。蒼黒(あおぐろ)いクマが目の下に沈着し、もともと色白の肌はさらに血色が悪く瞳は真っ赤に充血していた。奈穂は亜矢子の額に触れた。熱はないが冷や汗をかいていた。

「今日の作業は中止しよう。こんな状態でやったらぶっ倒れるから」

「え？　大丈夫だよ。わたし、今は家に帰りたくないの。なんていうか、太陽の下にいたい。そうしないとダメな気がする。お願い、いいでしょう？」

「ホントにどうしたの？　もしかして村の人間になんかされた？」

いちばん最初にそれを疑いたくなってしまう。亜矢子はかぶりを振って弱々しく笑った。

「気分的なものだよ。あの家にいると気持ちが沈んでくる。特に山側の六畳間は昼間でも暗くてじめじめしてるし、正直言ってすごく怖い」

亜矢子はそわそわと目を泳がせて、ただ事ではない空気を発している。何かあったのは間違いないだろうが、亜矢子の性格上、ここで理由を問い詰めても口を閉ざすのは目に見えていた。奈穂はふうっと息を吐き出し、落ち着きのない彼女と目を合わせた。

「わかった。とにかく作業はするけど、具合悪くなったらすぐに言って」

「うん、そうする。ありがとう」

亜矢子は心の底からほっとしたように目尻を下げた。そしてあらためて畑のほうへ目をやった。

「それにしてもすごい畑だね。ホントにびっくりしたよ。なんだか映画の世界みたい。青空に映えてすごくきれいだし」

亜矢子はぐるりと周囲に目を走らせ、腕を大きく広げて深呼吸をした。今さっきの沈んだ表情とは裏腹に、楽しそうにはしゃいで見える。奈穂はいささか混乱した。

「あ、そうだ。ここへ来るところはだれにも見られてないと思う。大事を取って、山の反対側からまわってきたの。外部落の人には会ったけど、近所の人は見かけなかったよ」

体調不良の原因はこれもあるのではないかと勘ぐり、奈穂はひどくいたたまれない気持ちになった。

「ホントにごめんね。だれにも見られないようにこっそり来てほしいとか、こんなことバカげてるよね」

「いいって。まだみんなが警戒してることはわかってるから」

「それ以前の問題だよ。亜矢子が村に来てから、この土地のどうしようもなさがすごくよくわかった」

「大丈夫だよ。そんなことより、今日はありがとうね。わたし、昨日からずっとわくわくしてたんだ」

それは事実のようだが、やはり顔色の悪さが気にかかった。

「正直、奈穂ちゃんの畑だっていうから家庭菜園みたいのを想像してたの。でもこれはもうプロの農園だよ」

「何、プロの農園って」

奈穂は噴き出した。二人の女子高生は互いに目配せを送り合い、圧倒されるほどたわわに実ったトウモロコシ畑に分け入った。

「うわあ、立派なトウモロコシがいっぱいだよ。これ、奈穂ちゃんひとりで育てたの？」

　亜矢子があちこちに目を走らせて、あらためて感嘆の声を漏らした。

「うん。消石灰を土に混ぜて寝かせて、肥料を入れて耕してポリフィルムで土を覆って種を播(ま)いて、発芽したら間引いて雄穂が出たら追肥して、てっぺんに絹糸(けんし)が出はじめたら下のほうの雌穂をもいで整理する。そしたらこうなった」

「なんだかすごいね。工程が全部頭に入ってるんだ。農業の専門家みたいだよ」

「ああ、わたし農学部へ進学するのもいいなと思いはじめてるんだ。ちょっとだけ研究職に興味があってね。化粧品の開発なんかに憧れる。とは言っても、まだぜんぜん進路は決まってないんだけど」

　奈穂はだれにも打ち明けたことのない漠然とした夢を語り、黄緑色のトウモロコシの皮を少し剝いた。あらためて実入りを確認する。輝くような瑞々しい実が連なり、出来栄えは申し分ない。亜矢子も首を伸ばして覗き込んできた。

「少し白っぽい実なんだね。初めて見たかも」

「これはサニーショコラっていう品種で生でも食べられるんだよ」

　そう言いながら、奈穂はおもむろにトウモロコシの房を茎からもいだ。ジーンズのポケットから小さなナイフを出し、皮を剝いたトウモロコシの実をこそげ取る。それを亜矢子の手に載せた。

「わたしが間引く量を決めたんだよ。甘みを凝縮させるために、計算してわざと実りを少なくしてるの」

亜矢子は、掌にある白っぽい実を太陽にかざすように見つめてから口に入れた。とたんに目をしばたたいて驚きの表情をつくった。

「うそ！　砂糖がかかってるのかと思うくらいに甘いよ、これ！」

「でしょ」

奈穂も水分を含んだ実を口に入れた。糖度は申し分なく、食感もよい。最高の状態で出荷するための収穫時期は、今日を入れて二日間というところだろう。

「これは改良型スーパースイート種をさらに改良したものなんだよ。とにかくわたしは甘みを追求してる。粒皮が柔らかくて、なんとなくくだもの感があるでしょ」

「ある。なんだろう、シャキシャキしてるのに完熟バナナっぽいというか……いや、モモっぽさもあるかも」

亜矢子は真剣な面持ちで味を吟味している。奈穂は嬉しくなった。

「この品種は甘みを強く感じるショ糖が多く含まれてる。ほかの種より麦芽糖も多いからヘルシーだしね」

「奈穂ちゃん、すごすぎる。ちょっと言葉が出てこないよ。とても同い歳とは思えない」

亜矢子は心底感動したとばかりに間近で目を合わせてきた。奈穂は照れて頭を掻いた。

「わたしがすごいんじゃなくて、この品種を開発した研究者がすごいんだよ。しかもこのトウモロコシは育てやすいからね。なんせわたしでもできるぐらいだから」

亜矢子はたちまち頭を左右に振った。

「わたしだったら、こんなきれいなトウモロコシに育たないと思う。ホントに何かを生み出すってすごい。奈穂ちゃんは今まで会っただれとも違うよ。どの枠にもはまってない」

「そんな大げさな」

奈穂はトウモロコシの実をナイフでこそげ落として亜矢子の手にたくさん載せた。

「わたし、中学のときから自分の畑を作って軍資金を貯(た)めてるんだよね」

「その発想が普通は出ないでしょ」

亜矢子はついばむようにトウモロコシを口に入れ、甘いと繰り返しながら幸せそうに微笑んだ。心なしか先ほどよりも顔色がよくなっているように見える。奈穂は芯についていた残りを口へ運び、ゴミをケースのほうへ放った。

「駅の向こうに道の駅ってあるの知ってる?」

「野菜とかお花とか地元のいろんなものが売ってるお店だよね」

「そう、そう。あそこは自分の決めた値段で売りに出せるの。農協を通して出荷したらこんなのはいくらにもなんないけど、道の駅ならなかなかいい稼ぎになるんだよ」

「へえ」と亜矢子は感心したような声を出した。「だけど、これだけの労力に見合うの? 種播きから収穫まで、途方もなく手間がかかると思うんだけど」

「そうでもないよ。トウモロコシはだいたい九十日前後で収穫できるから」

奈穂は淡々と説明した。

「それにさ。個人出荷は売り方が物を言うわけ。三年前にトマトを店に出したとき、生産者の名前を自分にしたんだよね。パッケージをリボンとかでちょっとかわいくして、わたしの後ろ姿の写真も載せた。『女子中学生が作りました』って」

「あ、それは破壊力ありそう」

奈穂は笑った。

「あんまり意識してなかったんだけど、だれかがSNSに画像を上げたみたいでさ。あっという間に完売してすごかったんだ。その後も何か出すたんびに即完売。地元の新聞の取材も受けたんだよ。だから、女子中高生って言葉を売りにしたあざとい商売やってんの」

「あざとくはないでしょ。商品自体は最高品質なんだから」

「まあね。わたしはネームバリューをフル活用して、季節ごとに高価な作物を売りに出すことに決めたんだ」

二人は顔を見合わせ、どちらともなく含み笑いを漏らした。

「たとえばこのサニーショコラは五本で二千八百円。道の駅のなかでもかなりの高額商品なんだけど、お店が始まると同時になくなるみたい」

奈穂はだれにも話せないようなことを口滑らかに喋った。単なる農作業は嫌いだが、自分で企画して最高の商品を作り上げることは好きだし気持ちが満たされる。それが認められればなおさらだけれども、こういう物作りを父に提案するもたちまち却下されてしまった過去がある。基本的に父は長男ゆえに農家を継いだに過ぎず、仕事に情熱を燃やして新しい取り組みに挑戦する気持ちがない。ただ無感情に、毎年同じ作物を生産して機械的に出荷しているだけだった。

するとあ亜矢子は何かを考えるような間を置き、ずらりと並んで実っているトウモロコシを見やって神妙な顔をした。

「ちょっと待って。五本で二千八百円ってことは、この畑だけでびっくりするような額にならない？」

奈穂はいささか自慢げに大きく頷いた。

「ここだけの話、かなりの儲（もう）けがあるんだよ。貯金もどんどん増えてるしね」

「だよね。それだけお金を貯めて、何か買いたいものがあるの？」

「うん。わたしのほしいものは自由。お金さえあれば手に入る」

奈穂の言葉を反芻（はんすう）するように、亜矢子は「自由……」とつぶやいた。

「うちは代々農家だけど、たぶん兄は家を継がないと思う。町の信金に勤めてるし、農業には興味がないからね。そうなると自動的にわたしにその役がまわってくる」

「なんだか深刻だね」

「うん。お父さんはわたしが拒否するとは思ってない。農家をやめるなんて考えたこともなさそうだもん。娘が本気で東京へ出たがってるなんて夢にも思ってないんだよ」

するとあ亜矢子はぴくりと動きを止めた。

「奈穂ちゃん、東京へ行くつもりなの？」

「そのためにずっといろんなことを我慢してるし計画も立ててる。わたし、いずれは海外にも行ってみたいんだ」

たった一度だけ、両親に東京の大学へ進学したいと打ち明けたことがある。けれども二人は、何馬鹿なことを言ってるんだと笑って終わらせただけだった。はなから本気にはしておらず、ただ都会に憧れているミーハーな娘としか思っていない。

奈穂は、カラスが先端だけついばんでしまったトウモロコシを手折り、麻袋の中に入れた。

「亜矢子は東京で生まれ育って、今はこの村にいる。わたしの知らないいろんな経験をしてるよね。それが羨ましくてしょうがないんだ」

「羨ましがられることなんて何もないよ。わたしにとって、東京は味がないトウモロコシみたいな場所だった。見た目はきれいでおいしそうなのに、食べるとなんの味もしない」

亜矢子は一重の涼しげな目許に憂いをにじませた。

「この村は人が近くて、助けを求めればみんな手を貸してくれる。たぶん、よそ者の私がSOSを出しても、きっと助けてくれるんだと思うの。わたしはそんな環境が羨ましいよ。みんなきちんと自分を見てくれてる」

「ただの監視だよ」

彼女はくすりと笑い、キャップから覗く髪を耳にかけた。

「この村に来て、わたしすごく解放されたの。監視とか噂があったとしても、そんなのはどうでもいいよ。わたしはやっと自由になれるのかもしれないって思ってるから」

なぜそんなふうに思えるのかが謎だった。現に、過去にも移住者たちが逃げるようにこの地を去っているし、さまざまな人から忌み嫌われている。きっと亜矢子は、まだ閉塞した村の本当の姿を知らないだけだろう。おそらくこれから少しずつ落胆や嫌悪が積み重なり、ある日突然、ここにはいられないと決意する。今までは他人事（ひとごと）のように捉えていたけれども、彼女がそうなっていく姿を見るのは苦しかった。

奈穂は、上空を旋回しているカラスを見つめながら言った。

「亜矢子は進路を決めてるの？」

「決めてない」

そう即答され、続く言葉を見つけられなかった。母親が心の病気で兄姉が必死に家計を支えている現状では、夢や進路などを考える余裕はないのかもしれない。奈穂は今ここで亜矢子が悩みを打ち明けてくれることを期待したが、それきり黙り込んだのを見て少しだけ切なくなった。まだ信用されてはいない。

「じゃあ始めようか。一気に収穫してそのままここでパッケージまでするからね。道の駅には松浦のおじさんにもってってもらうことになってるから。売上は山分けしよう」

「それはダメだよ。最後の楽なとこだけ参加してお金なんてもらえない」

「いいんだって。雇い主はわたしなんだから。同級生が収穫を手伝ってくれるなんて、今まで考えたこともなかった。なんか労働というより青春って感じがするよ」

亜矢子は申し訳ないと恐縮していたが、奈穂は半ば強引に納得させて作業を開始した。二人は軍手をはめてトウモロコシをもぎ、丁寧にプラスチックのケースへ並べていった。

「この辺りでは、もうバカらしいってトウモロコシを作らない家も増えてってね。収穫の直前にハクビシンに食い荒らされる被害が多いんだよ。飼料用のは狙われないんだけど、こういう甘くておいしい品種は目をつけられて苦労が水の泡になるからさ」

亜矢子は感慨深い声を出した。

「農業って本当にたいへんなんだね。初めて知ったよ。手間暇かけて育ててきて、いざ収穫ってときに荒らされたらたまったもんじゃない」

「だからこそ先手を打たなきゃなんないんだよ。虫とか動物とか自然よりも一歩先をいく。もう昔ながらの農業は通用しなくなってるからね」

亜矢子はもいだトウモロコシに負担がかからないように並べ替え、腰に手を当てて立ち上がった。

「奈穂ちゃんならきっと新しい農業を編み出せると思う。でも、当人は東京へ出ることを決めている。世の中うまくいかないね」

「まったくだね」

奈穂もおどけて相槌を打ち、二人は収穫に専念した。畑三枚ぶんの作物は二時間ほどで収穫し終えたが、検品とパッケージでさらに一時間半を費やす羽目になった。道の駅の開店は九時からで、もうすでにぎりぎりだ。

「ちょっとヤバいかも。待ってて、リヤカーもってくる！」

そう言うより早く奈穂は全速力で自宅へ戻り、隠居の作業場から薄汚れたリヤカーを引き出して再び畑に舞い戻ってきた。

「わ、わたし、マラソンとか大っ嫌いなんだよね……。と、特に夏場とかさ」

「心配しなくても好きな人なんかいないよ」

奈穂は汗みずくで麦茶を呷り、亜矢子はタオルで顔を扇いでくれている。二人はそこからリヤカーにトウモロコシの入ったケースを載せていき、そのまま松浦家の畑まで走って駐められている軽トラックに積み込んだ。二人とも土埃をかぶってすすけ、汗が止めどなく流れている。人目のない土手まで移動して、豪快に寝転がった。

「疲れた！　こんなに汗かいたの久しぶりだよ。明日は間違いなく筋肉痛だと思う。それにまだ朝の九時前だって。信じられる？」

亜矢子はことのほか大きな声を上げた。色白の顔は黒ずんでひどいありさまのうえ、切りそろえられたきれいな爪の間にも土が入って徹底的に汚れている。体調不良は労働で吹き飛んだようだった。何より、嫌な顔ひとつせずに作業を手伝ってくれたことが嬉しくてしようがない。

「今日はホントにありがとう。ものすごく楽しかった」

思っていることを先に言われてしまい、奈穂はあたふたして起き上がった。

「それはこっちの台詞だよ。ありがとう。きっとトウモロコシは秒殺だと思うよ。亜矢子の家にある畑。あそこにも何か植えてみたら？」

何気なくそう言ったけれども、亜矢子は首を横に振った。

「あの場所には木を植えようと思ってるの」

「木？　そんなのそこらじゅうに腐るほどあるけど」

「そうなんだけど、小さい苗がどんどん育って木になっていくところが見たい。土のなかの養分を吸い上げて、家を見下ろすまで大きくなるところ」

亜矢子はその木が見えているとでもいうように、空を仰いで見覚えのある表情をした。ごくたまに彼女はこんな顔をする。喩えは悪いけれども、曾祖母が何かを語るときの達観した雰囲気に似ているのだ。百年近くも生きている老婆との類似点が不思議で、ますます奈穂を惹きつけた。

「考えてみればわたしも木は植えたことはないな。くだものは手がかかるって言うし」

「そうなんだ。わたしはサクラを植えようと思ってるの。自分だけのサクラ。儚くてきれいだろうね」

「確かに。窓を開けて目の前にサクラが咲いてたらテンション上がるね」

奈穂も同意した。喜びを分かち合える人間がたったひとりいるだけで、充実度は何十倍にも跳ね上がる。いつになく素直になれそうな自分を感じているとき、亜矢子のポケットのなかでスマートフォンが小さな音を鳴らした。

2

亜矢子が腹筋でもするように勢いよく草むらから起き上がり、脚に貼りつく細身のジーンズからスマートフォンを取り出した。画面を見て「お兄ちゃんからだ」とつぶやき、すぐ耳に当てる。言葉少なにやり取りをしていたけれども、亜矢子はしばらく黙り込んでからスマートフォンを耳から離した。

「雑音が入って切れちゃった。リダイヤルもできないみたい」

「ああ、この辺りは電波が弱いからね」

「なんかお兄ちゃんがへんなこと言ってたよ。家の裏に柵があって、電気が流されてるとかなんとか」

　奈穂は訝(いぶか)しげに眉根を寄せた。

「電気柵？」

「さあ、わかんない。でも、危ないから近づくなって聞こえたけど……」

　奈穂は腕組みして動きを止めた。亜矢子の住む家は山の際に建っており、すぐ裏手には雑木林が迫っている。そんなところに電気柵？　なんだろう。胸騒ぎがする。奈穂は立ち上がって尻についた草や土を叩いて払った。

「家に戻ろう」

　力強くそう言ったけれども、亜矢子はどこか踏ん切りのつかないような返事をよこしている。スマートフォンを操作して耳に当て、つながらないことを再度確認してから顔を上げた。

「何かのトラブルかな。でも、わたしが行ってもしょうがないような……」

「いや、帰ったほうがいいって。問題なければそれでいいんだし」

　奈穂は必要以上に強く言った。先ほどから嫌な予感が背筋を這いまわっているし、亜矢子が家に帰りたがらない様子も気になった。

　亜矢子は戸惑いながら何度もスマートフォンと奈穂を交互に見ていたけれども、やがて顔を上げてひどく生真面目な面持ちを作った。

「あのね、急にへんなことを聞いてもいい？」

亜矢子は周囲にだれもいないことを確認し、奈穂に一歩近づいた。

「お盆のことなんだけど……あの、お盆が終わったらご先祖さんはまたあの世に戻るんだよね？」

本当におかしな質問だ。亜矢子はまた周囲に目をやり、いささか声を小さくした。

「迎え火して家に招いて、そのまま帰らないことなんてあるのかな」

「うーん……。そもそも実際に先祖が戻ってくるのかどうかなんてだれにもわかんないよね。何かあったの？」

「いや、なんとなく気になったから。ほら、お盆は初めてだったし、やり方は合ってたのかなって心配になっちゃって」

努めて自然に振る舞おうとしているものの、目の奥は固く緊張しているのがわかった。もしかして、また村のだれかに余計なことを吹き込まれたのだろうか。お盆やお彼岸をはじめとする数々の祭事は村独自のやり方が決まっていて、特に年寄りは少しの例外も嫌う。彼女のこの様子だと、怖がるようなことを言われたのかもしれなかった。だとすれば、今朝から様子がおかしいのにも合点がいく。

奈穂は言葉を選びながら言った。

「亜矢子が作った盆棚とか精霊馬は、わたしが監修してるから間違いはないよ。村のみんなも同じやり方をしてる」

「お盆が明ければご先祖さんが必ず帰るのも一緒？」

「それは日本全国一緒じゃないの？」

亜矢子は少しだけ考え込み、何かを訴えるような顔を上げた。

「この村はお地蔵さんが守ってくれてるんだよね？　大丈夫なんだよね？」

なぜここまで念を押すのだろう。奈穂は彼女を窺いながら言った。

「亜矢子、やっぱりだれかになんか言われた？」

すると亜矢子は、かぶっていたキャップがズレるほど勢いよく首を横に振った。

「な、何も言われてないよ。さっきも言ったけど、山がすぐ家の裏にあるのが怖くてね。風が吹くとすごい音がして、夜中に何かが歩いてるような気配もするし……」

「それは動物だよ。夜中はシカとかタヌキが普通にそのへんを歩いてるから」

亜矢子はどこか納得できないようだったけれども、しまいには小さく頷いた。

それから二人は、内部落の年寄りと出くわさないように注意しながら山をまわり込んだ。雑木林の中を突っ切って亜矢子の住む家へ向かう。そして地蔵のある竹藪を通り過ぎようとしたとき、奥のほうで何かが光ったような気がして奈穂は二度見した。足を止めてじっと目をすがめると、赤いよだれかけに埋もれている地蔵のそばに、無数の鈴がぶら下げられているではないか。

奈穂は舌打ちが漏れそうだった。竹の板だけでは飽き足らず、鈴を紐で吊るして徹底的に侵入者を阻止しようとしているらしい。亜矢子が地蔵に参ったことで、内部落の年寄りは警戒を強めたようだった。

「ばかばかしい」

小さくつぶやき、不安げな面持ちの亜矢子の手を取り一本道を小走りした。背の高い杉の木の辺りまで彼女を送ったとき、話し声が風で流されてきた。亜矢子の住む平屋の裏手で、彼女の兄と姉が話し込んでいるのが見える。亜矢子の姉も長身で華やかな容姿の持ち主だったが、初めて見る兄を目にして奈穂はあっけに取られた。

透き通って見えるほど全体が白い。奈穂は思わず立ち止まり、鬱蒼と繁る雑木の中で光り輝くような男に目をみはった。髪はほとんど真っ白にブリーチされ、亜矢子に輪をかけて華奢だ。まるで紫外線を一度も浴びたことがないような細作りの肢体だった。

奈穂は完全に足を止め、亜矢子の兄から目が離せなくなっていた。すると横から声をかけられ、慌てて視線を逸(そ)らした。

「奈穂ちゃん？　どうしたの？」

「ああ、ご、ごめん。ちょっとびっくりしちゃって……。亜矢子のお兄さん、信じられないぐらいイケメンだったから」

思わず口を衝(つ)いて出たが、亜矢子はなんの反応も示さなかった。

「一般的にはイケメン枠かもだけど、中身は出不精の引きこもりだよ。まったく外に出ない生活をどれだけ続けてもストレスを感じないんだって」

「……そうなんだ。さすがゲームクリエーターだね」

奈穂はしどろもどろで答えた。自分のむさ苦しさが急に恥ずかしくなってくる。

「じゃあ、わたしは帰るね。今日はありがとう」

逃げるように踵(きびす)を返そうとしたとき、家のほうから声が聞こえてびくりとした。

「亜矢子！　やっと戻ってきた！　そんなとこで何やってんの！　なんにも言わないで出て行くんだから！　まったくもう！」

彼女の姉の沙知だった。奈穂がよろめいて木の陰から姿を見せると、沙知はひどく驚いたように肩を震わせた。慌てて会釈し走り去ろうとするも、亜矢子に腕を摑まれ奈穂はたたらを踏んだ。

「一緒にいてほしい、お願い」

亜矢子の顔を見れば、なぜか不安や怯えがあふれ出している。今朝と同じ顔だ。奈穂は混乱を極めていたけれども、彼女に腕を引かれて兄姉のもとへ歩いていった。

「ちょっと、ふたりとも泥だらけじゃん。いったい何やって遊んでたの？」

沙知はいささか大げさな笑い声を上げ、穂垣の向こうから手招きをしている。どこか張り詰めるような空気が漂っているのは気のせいではない。奈穂は緊張気味に穂垣の切れ目から敷地内に入り、家を迂回するように細い脇道へ入った。

「こ、こんにちは」

この三人兄妹は存在感がありすぎる。奈穂がぺこりと頭を下げると、沙知は顔をまじまじと覗き込んできた。

「亜矢子が朝っぱらから散歩に出たと思ったら、奈穂ちゃんと一緒だったんだね。若いっていいなあ。そんなに汚れるまで遊べてさ」

「いや、これは遊んでたわけじゃなくて……」

すると亜矢子が言葉を遮り、兄のほうへ手を向けた。

「紹介するね。うちの兄です。さっきも話したけど、滅多に外には出てこないの」

「まったくだよ。外はこんなに空気がおいしくて大自然が広がってるっていうのに」

沙知が間の手を入れると、亜矢子の兄は眉尻を下げて困ったように笑った。奈穂はその様子を盗み見て、ひとり居心地が悪くなっていた。彼は白髪というより銀髪だ。太陽を受けてきらきらと輝くさまが、少しだけ病的で現実離れして見える。双子だと語った通り沙知とはほとんど同じ顔立ちで、ここまで美しいと思える男性に会ったのは初めてだった。

彼は、寝癖のついた柔らかそうな銀髪に手をやった。

「こんにちは。いつも亜矢子と仲良くしてくれてるんだってね。僕は北方晴人だよ。よろしく」

奈穂もあたふたとつっかえながら自己紹介をした。祖母や曾祖母が彼を標的にしていないところを見ると、キョウばあさんすらまだ顔を合わせたことがないと思われる。この容姿を見れば、あることないこと吹聴して噂には尾ひれがつくに違いなかった。あけすけな沙知とは違って物静かな雰囲気があり、それは亜矢子に通じるものがある。

会話が途切れて気詰まりな間ができたとき、家のなかからまた例の声が聞こえてきた。か細くて高く、不安定な音程の歌声だ。聞かれたくないと言わんばかりに目を伏せた亜矢子を見て、なぜか奈穂は歌をかき消すような勢いで大声を出した。

「あ、あの、電気柵があるって聞いたんですけど」

その言葉と同時に、沙知と晴人は顔を見合わせた。そしてすぐ亜矢子へ視線を移し、なぜ奈穂が知っているのかと問い質すような面持ちをしている。これは余計なことを言ったのかもしれない。奈穂はすぐに引き揚げる理由をめまぐるしく考えていたが、晴人が小さくひと息ついてから裏山のほうを指差した。

「裏山に少し入った場所なんだけど、柵が設置されてるんだよ。うっかり触ったら手が痺れてね。電気が通ってるみたいで」

「えっと、山の中に?」

「そうだね。とは言っても、ここから一、二分の場所だけど」

するとと沙知も難しい顔で腕組みした。

「ここへ越してきた初日にそこらへんを散策したけど、その場所に柵なんてなかったように思うんだよね。この子はよく散歩に出るから、危ないと思ってさっき電話したんだよ」

沙知は妹を見ながら言った。奈穂はなるほど、とつぶやいて家の裏手を伸び上がって見た。家庭菜園程度の畑が広がり、緩やかな傾斜を経て雑木が繁る山へと続いている。内部落では害獣被害が多発するポイントに電気柵を設置しているけれども、山の中に設けたなどという話は聞いた覚えがない。

「あの、見てもいいですか?」

「ああ、うん。危ないから気をつけてね」

晴人は平屋の脇を歩いて裏へ行き、一応、耕されている畑をまわり込んで小山を駆け上がった。

落ち葉や小枝が積もってできた肥沃な土は空気を含んで柔らかく、足を取られたらしい沙知が大騒ぎして手をついている。奈穂が木の幹を支えに傾斜を上り切ると、すぐに柵が姿を現した。隣には花が供えられた古くて小さな石の祠があり、ここにも地蔵と同じく鈴が吊るされていた。すべての地蔵や祠をよそ者から封じる気か……奈穂はその執拗さに苛々した。

「ホントだ、柵があるね。でも、こんな細い糸みたいなものに電気が流れてるの？」

追いついた亜矢子が怪訝な表情を浮かべていたが、奈穂はセミしぐれのなか黙って柵の周辺を見分した。三メートルほどの間隔で支柱が立てられ、ワイヤーが三段に張られている。山際に沿うような格好で設置されているけれども、これはまだ途中の段階だと奈穂はひと目見てわかった。電気柵は作物を囲むように設けなければ意味はなく、一直線にワイヤーを張っても動物は簡単に回避する。

奈穂はワイヤーにかけられている検電器に目をやった。

「たぶん、最高で一万ボルトの電流が流れるようになってますね」

「一万？　嘘でしょ？」

沙知は大きく目をみひらいて晴人のほうを振り返った。

「ちょっと。あんたよく触って無事だったね。一万ボルトとか、普通に無傷じゃ済まないじゃん！」

「ああ、いや、常に電流が流れてるわけじゃないんです。確か通電時間は1秒ごとに0・1秒とかそんな感じだったと思うんで。触った動物を殺すほどの威力はないですよ」

「そうなの？」

沙知は恐々として柵に目を這わせていたけれども、やがて笑みを浮かべて奈穂の腕をぽんと叩いた。

「それにしても奈穂ちゃん、よく知ってるね。電気柵なんて女子高生からいちばん遠いとこにあるもんじゃん。驚いたよ」

奈穂は曖昧に微笑んだ。別に自慢できることでもないし、農業関連のことはできればだれにも知られたくない。

奈穂は再び柵に向き直った。

「二十センチぐらいの間隔で三段にワイヤーが張られてるから、たぶんイノシシをターゲットにした柵だと思うんです」

「そんなことまでわかるの？」

亜矢子も感心しきりで目を輝かせている。奈穂は頷いた。

「クマなら十五センチ間隔で四段。シカはだいたい四十センチ間隔で四段。ハクビシンとかアライグマなんかの小動物は十センチ間隔にすると思うから」

すると晴人も興味をそそられたようで、スマートフォンを出して柵の写真を撮った。

「動物の生態によって、電流の流れる場所を調整するわけだね。これはゲームにも使えそうなネタだな……」

「ちょっと、何暢気なこと言ってんの」

沙知がすかさず間の手を入れると、晴人は奈穂に笑いかけた。

「電気柵より奈穂ちゃんの知識にびっくりしたよ。もしかして、この村に住む人は必ず知ってる常識なの？」

その言葉に奈穂は口ごもった。おそらく両親ですらここまで細かくは知らないだろう。自分は、祖父の仕事を見て育ったから望まなくても身についてしまっただけだ。誇らしいどころかひどく恥ずかしくなって言葉に窮していると、晴人は薄暗い森へ目を細めながら答えを待たずに言葉を続けた。

「ということは、この近辺にはイノシシが出るってことなのかな。電気柵を作らないと防げないくらい頻繁に。怖いなあ」

彼はちっとも怖くはなさそうな調子で首をすくめた。すると沙知が苔むした石の祠を指差した。

「柵とは関係ないけどこの祠、ものすごい年代物だよね。お酒が供えられてるみたいだけど何を祀（まつ）ってるの？　もしかして文化財級のもの？　それにこの木から吊るされてる鈴は何？」

「わかんないです」

奈穂は曖昧に微笑んでとぼけた。

「村にはこういうものがありすぎるから、どんな意味があるのかいちいち把握してないっていうか……。造られた時代もわかんないです」

「へえ」と相槌を打った晴人は、顎に手を当ててまたもや何かを思いついたようだ。「苔だらけの朽ちた祠と、紐で吊るされた鈴……ホラゲーのアイテムではアリだな」

「だから、ゲームから離れなってば」

またしても沙知に窘められている。奈穂は我が道をいく晴人を気にしつつ、電気柵の周囲にくまなく目を走らせた。イノシシ避けにしても、なぜこんな場所にあるのかがわからない。柵の周囲はきれいに下刈りされており、雑草の切り口や伸び具合から察するに、今日の早朝に手入れされたのは間違いなさそうだった。ワイヤーが草に触れると通電に問題が起きるため、何を措いても草刈りは欠かせない作業となる。

中腰のまま本体やアースなどを確認して顔を上げたとき、柵を取り囲んでいる雑多な木々が目に入って奈穂ははっとした。

この辺りの木だけが念入りに枝打ちされている。奈穂は、ひび割れたような木肌のミズナラの幹に手を置いた。枝打ちされた切り口がまだ新しく、まるでやすりでもかけたかのように滑らかだ。これは斧で枝を落としたあと、わざわざ小型の鋸で根元を引いているのだった。この丁寧な仕事は見間違いようもない。祖父の手によるものではないか。

奈穂が木に手を置いて固まっているとき、亜矢子の声が聞こえて我に返った。

「どうしたの？　何か見つけた？」

「い、いや、何も。とにかく電気柵には近寄らないほうがいいよ」

大雑把に注意を促してあやふやな笑みを浮かべ、そのままいそいそと立ち去ろうとした。けれども、いきなり晴人に本質的な質問をぶつけられて心臓が縮み上がった。

「奈穂ちゃん、ちょっと聞きたいんだけど、この柵って前からここにあった？」

奈穂はぎこちなく振り返り、曖昧に首を傾げた。

「あの、今年の夏は内部落でもイノシシの被害が出てるし、クマも隣の部落まで降りてきてるみたいだから設置したのかもしれません」

「じゃあ、去年はなかったの？」

「えっと、わたしもそのへんはよくわからないので、家に帰って聞いてみますね」

すると晴人は「うん、お願い」とひときわ穏やかに微笑んだ。

奈穂は嫌な汗が止まらず、亜矢子にＬＩＮＥするとだけ告げて踵を返した。きっと晴人は勘付いている。村の人間が、何かの目的で彼らの家の裏に電気柵を設置したことに。奈穂にも目的はわからないが、よい意味ではないことぐらい見当がついていた。


汗を吹き飛ばしながら家まで走り、隠居へつながる脇道へ全速力のまま曲がった。が、その瞬間、何か大きなものに蹴つまずいて豪快につんのめった。

「痛！　ヤバ！」

咄嗟にジャンプして足を踏ん張り、転倒しそうな状態からなんとか体勢を立て直した。危なかった。はあはあと息を弾ませて冷や汗をぬぐいながら振り返ると、そこには地面にうずくまるような格好の母がいた。

「ちょっと、あんたはいったい何やってんの！　ここにいたのがばあちゃんだったらひっくり返って怪我してたよ！」

ブルーの野良帽をかぶった母は、大仰に立ち上がって眉間に深々とシワを刻んだ。手には大ぶりの鎌を持ち、サイズの大きすぎる不格好なTシャツを着込んでいる。奈穂はとたんに拍子抜けした。

「なんだ、お母さんか」

「なんだってことないんべ！　まったく、こだ狭い道で何跳ねてんの！　こっちは鎌持ってんのに危ないにもほどがあるわ！」

「わかった、わかった。ごめんって」

母は土で汚れた軍手で錆の浮いた鎌を握り締め、小言を際限なく繰り出してくる。いつになく不機嫌なようで、陽灼けした顔には不満が色濃く浮かんでいた。

「こんなとこで何やってんの？」

奈穂が説教を遮って問うと、母は細い私道に目を走らせてため息をついた。今しがた刈られたとおぼしきエノコロ草が小山になっており、辺りには青い匂いが立ちこめている。

「ばあちゃんに草刈りを頼まれたんだよ。朝っぱらから電話がかかってきてね。呼びに行ったら奈穂はもう部屋にいないべし、いったい今までどこほっつき歩いてたの」

また苛立ちが湧き上がってきたようで、母は荒れた唇をへの字に曲げた。当然のように祖母からの仕事を奈穂に丸投げしようとしていたようで、怒りの矛先をこちらに向けているのが納得できない。

奈穂はめんどくさくなって話を変えた。

「ねえ、お母さん。こないだ東京から越してきた北方さんが住んでるあの家なんだけど、あそこの裏山って電気柵が前からあった?」

「電気柵?」

「そう。さっき見たら、イノシシ避けとしてワイヤー張られてんだけど」

母は軍手の甲で額の汗をぬぐい、裏山の方角へ目を向けた。

「あすこはただの雑木林で畑なんてないんべ。そんなとこさ電気柵なんて作る意味ないよ。今の時期、イノシシはエサがある畑にしか近づかないんだし」

「だよね。でも設置されてんだよ。お父さんからなんか聞いてない?」

「聞いてないね。あすこは植林もしてない荒れた雑木だし、じいちゃんだって滅多に入んないよ。もしかして、松浦げの正史さんがつけたんだろうか」

そうではないはずだ。あの辺りの木々の枝打ちは、間違いなく祖父が行っている。

「柵のことはわかった。というか、なんでお母さんが隠居の草むしりしてんの? そんなの、いつもはじいちゃんかばあちゃんがやってることじゃん」

「それが今日に限って電話かかってきたんだよ。まったく。朝の五時にだよ?」

母は首をまわして肩を叩き、さも疲れたとアピールしてから奈穂と目を合わせた。

「もうだいたい終わってっから、あとは奈穂がやって。お母さん、山向こうの畑さ行かなきゃなんないからね。きっともうお父さん怒ってるわ。遅いっつって」

「は? やだよ。わたしはもう、ひと仕事終わらせてきたんだから。ばあちゃんに言えばいいじゃん。どうせ暇もてあましてんだし」

母は聞こえたらどうするとばかりに唇を引き結び、隠居がある石垣のほうへ目をやった。

「ともかく頼んだからね。あんたも休みだからって遊んでばっかいないで、ちょっとは手伝いをしな」

日々手伝いをさせておいて、どの口がそんなことを言うのだろう。母は鎌と軍手を置いて「じゃあ、お母さん行くからね」と念押しするように言い、母屋のほうへ走っていった。奈穂は恨めしい目でその後姿を追い、干からびはじめている雑草を見下ろした。

「無視しよう。もうやってらんない」

奈穂はいつになく反抗的になり、ぷいと顔を背けて隠居のほうへ行った。縁側にまわると、だれもいない茶の間では騒々しいテレビが点けっぱなしになっている。奈穂は踏石の上で長靴を脱ぎ捨て、まっすぐ台所へ行ってタオルを濡らした。そして顔や手足を拭いてから、竹のザルに揚げられている小ぶりのトマトを頬張った。

「ばあちゃん」

勝手口から井戸のほうを覗き、風呂場も確認したが姿はない。曾祖母のところだろうか。奈穂はトマトのヘタを窓の外へ投げ捨て、襖を開けて奥の座敷へ行こうとしたところで足を止めた。

「んだからって、都会もんを受け入れるいわれはないんべ。むしろ早いうちに滅ぼさねばなんねえんじゃねえべか」

都会者を滅ぼす？　奈穂は物騒な言葉が聞こえて耳をそばだてた。祖母が声をひそめて早口で捲し立てており、どうやら曾祖母に歯向かっているらしかった。しかも亜矢子たちについて話しているようで、明らかに内容がおかしい。

そのまま盗み聞きする体勢に入ったとき、表で「おおーい、もってくどー」という間の抜けた声がしてがばっと振り返った。あの声はキョウばあさんだ。まさかここへ来る？　奈穂はあたふたして逃げ道を失い、咄嗟に襖を開けて今来たふうをよそおった。

「ば、ばあちゃん。表でだれか呼んでるよ」

二人の老女はいささか驚いたように肩を動かし、突然現れた奈穂を探るようにじろじろと見まわした。

「なんだべ、奈穂かい。表で母ちゃんと会わなかったか？　草むしり頼んだんだけども」

「会ったよ。それより、呼んでるけどいいの？」

「ああ。キョウばさまさ大皿を貸すことになってんだ。オレが行かんたって裏の水屋から勝手にもってくべ」

奈穂は挙動不審を悟られないように、大きく息を吸い込んだ。

「ねえ、じいちゃんは？　今日も山に行ってんの？　ちょっと聞きたいことがあるんだけど、南の山に行けば会える？」

するとと祖母はふいと視線をかわし、曾祖母の夏掛けを意味もなく直した。

「じいちゃんは旅行さ行ったんだわ。今朝いちばんの汽車でなあ」

「は？　旅行？　どこに？」

「東京だ」

奈穂は口をぽかんと開けた。あれほどウィルスを警戒して都会を目の敵にしていたのに、なぜこの時期に東京へ行くのか？　奈穂の心を読んだかのように、寝たきりの曾祖母が入れ歯の入っていない口をもごもごと動かした。

「鶴生（つりゅう）と貉窪（むじなくぼ）。このじいさま方と慰安旅行さ行ったんだ。おめさんはこのこと父ちゃんと母ちゃんに話すんでねえど。いつもの調子で怒り出すかんな」

「いや、怒んのはあたりまえでしょ。年寄りが三人して暢気に慰安旅行って、この時期の東京はどう考えてもダメじゃん」

「んだけど、前々から決まってたことだかんなあ。上野の宿さ泊って浅草だのに行くんだべ。毎日働き詰めだし、たまの息抜きも必要だど。対策さえしっかりしてりゃあ一泊ぐれえ大丈夫だ」

奈穂は、亜矢子たちへの理不尽な言いがかりを思い出して腹が立った。結局はよそ者が嫌いな排他主義なだけで、自分たちは棚に上げて好き放題しているのだ。

怒りや呆れや情けなさがないまぜになり、ずっしりと重い疲労を感じた。

「じゃあ、ばあちゃんに聞くけどさ。こないだ越してきた北方家の裏山に電気柵が設置されてんだけど、あれをやったのはじいちゃんだよね？」

祖母はあねさまかぶりしていた手ぬぐいを頭から取り、白髪の髪を手で梳いた。

「聞いたことねえな。だいたい、じいちゃんがそだとこさ電気柵作るわけあんまい。畑もねえとこさ柵立てても意味ねえんだから」

「そうなんだよ。でも現に裏山には柵が立ってて、じいちゃんが周りを枝打ちしたような跡が残ってる。だから聞きにきたの」

奈穂は推測をはっきりと口にした。あの雑木林はうちの土地で、内部落は身内同然といえども他人が勝手に何かを作ることはあり得ない。

祖母と曾祖母は表情の読み取れない顔を互いに見合わせていたが、しばらくして曾祖母が歯のない口を歪めるようににやりと笑った。予測もできない変化に、奈穂は心底薄気味悪くなった。

「奈穂はホントに賢い娘っ子だなあ。村のあらゆることを理解してる。この先、内部落は安泰だべな」

「話をすり替えないでよ。電気柵のこともそうだけど、ここんとこなんかがおかしいから言ってんの。地蔵とか祠に鈴までつけたりさ」

「それの何がおかしいんだか」

「内部落の年寄りが総出で亜矢子たちに嫌がらせしてる。わたしにはそう見えるよ」

すると曾祖母は痰が絡んだような不気味な笑い声を上げ、シミだらけの骨ばった手をひと振りした。

「おめさんはおもしれえ娘っ子だな。オレらがそだ細っかしいことするわけあんめえよ。いつの時代もよそもんはな、この地でやってけなけりゃ出ていくしかねえんだ。むしろオレらは、未来あるもんを救おうとしててんだど」

「意味がわかんない」

奈穂は苛々して声を荒らげた。自分と年寄りとの間には常識の隔たりがありすぎて、何を言ったところで理解し合えない。奈穂は曾祖母たちとの問答を切り上げ、要求だけを突きつけることにした。

「とにかくあの家はお母さんが病気だし、へんなストレスをかけないでもらいたいよ。あんまりにもかわいそうすぎるわ」

「かわいそう？　おめさんにはそう見えんのかい？」

曾祖母は筋の浮いた首を伸ばし、枕から頭だけをもたげて奈穂を見据えた。それがまるでヘビのように見え、奈穂は思わず腰が引けた。

「おめさんは賢い娘っ子だが、まあだモノを見る目は育ってねえな」

「もういいよ。じいちゃんが帰ってきたら聞くから」

あまりの不毛さにうんざりし、老婆二人を残して座敷を出た。勢いよく襖を閉めた瞬間、祖母がため息混じりの声を漏らすのが聞こえた。

「まったく、川田さこだ厄介事が持ち込まれるとは、なんの因果だっぺ。地蔵さまはいったい何をお望みなのかね」

「んだな。だがある意味、都会もんはかわいそうかもしんねえ。都会っつうのは薄情でだあれも助けてくんねえんだ。それにあすこの娘っ子は地蔵さまさ祈願しちまったんだ。もう後戻りはできまい。そこらのウランバナは一本残らず刈り取って川さ流すぞ」

「おっかねえよ。オレらは災いをまともに受けっちまうんだろうか」

奈穂はしゃがれた話し声を聞きながら家の外に出た。この陰湿なムラ社会は、世代が変わっても受け継がれていくに違いない。きっと亜矢子たちも数ヵ月後にはいないだろう。ひとり取り残された自分が頭に浮かび、無性に泣きたい気持ちになった。

3

翌日、祖父の帰宅と同時に電気柵の件を問い詰めた。しかし祖父は「イノシシ避けだ」とだけ答え、なぜあんな見当違いの場所に設置したのかといくら問うても特に理由はない、と信じがたいことを言い放っただけだった。もはや電気柵云々(うんぬん)よりも、すべての意味がさっぱりわからないということのほうが不気味でしようがなかった。

朝から灰色の雨雲が広がり、いつ雨が降り出すかわからない天候だった。それだけでも憂鬱なのに、また畑の消毒を手伝わされる羽目になって奈穂の気力は根こそぎ削られている。そのうえ母がアシナガバチに刺され、手が握れないほど腫れ上がって当分仕事はできそうにない。加えて内部落ではイノシシが何頭も出現し、猟友会の年寄りが駆り出される事態に発展している。ひとつでも厄介なことが一気に降りかかっているように見え、明け方からずっと曾祖母が唱える念仏の低い声が漏れ聞こえていた。

奈穂は母屋の裏手にある作業場に座り込んでいた。目の前にはブルーシートが敷かれ、その上におびただしいほどのカボチャが並んでいる。

「ネズミがかじったやつは米袋に入れて。あとで内部落さ配って歩くから。傷が入ってんのは別で出荷すっかんね。あとのやつは重ねないで奥から並べといて」

「はい、はい」

奈穂は気のない返事をした。母の左手はまるでクリームパンだ。未だかつてないほど腫れ上がって、心なしか紫色に変色しはじめているように見えた。

母は氷嚢(ひょうのう)を手に押し当てて、忌々しげに貧乏揺すりをした。

「まったく、こだ時期にアシナガにやられたら仕事になんないよ。ただでさえ手が足りなくていっぱいいっぱいなのに」

母は化粧気のないシミだらけの顔をしかめた。

「しかもこの腫れでは医者さ行かなきゃなんない。病院なんてウィルスがそこらじゅうにいっぺのに、お母さんおっかないよ」

「お母さんが感染者第一号になったりして。ニュースになるよ」

奈穂が軽口を叩くと、母はいつもの咎めるような顔をした。

「そだこと言いなさんな。お母さんが感染したら出荷もできなくなんだよ？　内部落さ迷惑がかかっちまう。あんたも隔離されんだからね」

「今とそう変わんないでしょ。隔離同然の強制労働だし」

「おかしなこと言いなさんな。そだことになったら畑はおしまいだわ。収穫しないまま枯らすなんて、地震のとき思い出して涙出てくるし」

母はひときわ神妙な面持ちで目をうるませた。そのとき、家の脇から農協のキャップをかぶった父が顔を出した。

「もう行けっからやべ。車まわしたぞ。今なら午後いちばんに診てもらえっから」

「わかった。すぐ行く」

母はそう言って奈穂を振り返り、今度はいささかおもねるような表情を浮かべた。

「そんでね、悪いんだけどあんたにひとつ頼みたいことがあんだわ。お母さん、どっかにケータイ落っことしてきたみたいなの。昨日の夜から見当たんないんだわ。それ探してきてほしいんだ」

「いや、急に途方もない頼み事しないでよ。どこでなくしたの？」

「たぶん、緑山だと思うんだけど」

「は？　緑山？　何しにそんなとこ行ったわけ？」

奈穂がカボチャから顔を上げると、母は所在なげにもじもじと足を動かした。

「いや、ほら。栢(かしわ)の和(かず)ちゃんが緑山の奥の家が見たいって言い出して、昨日、お母さんが車出したんだわ。最近行ってねえし、都会もんの住宅地は今どんな具合なのかと思って」

完全に野次馬根性だ。栢の和ちゃんというと外部落によそから嫁いできた人で、母の境遇と似ているために二人は特に親しくしている。

母は奈穂を窺うように先を続けた。

「ケータイで写真撮ったりしてたから、きっとそんときに落っことしたんだと思う。お父さんに言ったら機嫌悪くなるに決まってっから、奈穂にしか頼めないんだよ」

「やだよ、あんな気色悪い場所。ていうか、なんで写真なんて撮ってんの？」

「ついね。あんまりにも荒れ果ててたから、お父さんとかばあちゃんにも見せてあげようかと思って」

意味がわからない。母はバツが悪そうに笑った。

「たぶん、道端に落ちてっからそんな奥まで入る必要ないと思う。奈穂がケータイ鳴らしながら探せばすぐ見つかっから」

すると家のほうから「おい！」という怒鳴り声が聞こえた。父がもたもたしている母に苛立っているらしい。いつものことだ。

「じゃあ、お願いね。カボチャの仕分け作業はばあちゃんにも頼んであっから、そんなに時間かかんないよ」

「ねえ、やだって。今日は午後から勉強しようと思ってたんだよ」

そう言っているそばから、母は手を振って門のほうへ走っていった。奈穂は舌打ちして悪態をついた。自分の自由になる時間が少なすぎる。

「あー、もう！」

結んでいた髪をほどいて頭をがりがりと掻きむしっていると、隠居の勝手口のほうからあねさまかぶりした祖母がのろのろと歩いてきた。

「まさかおめさんは頭さシラミが湧いたのか？　ばあちゃんとこさ梳き櫛あっと？」

「湧いてないよ」

奈穂はため息とともに返事をした。

「そんならばいいけども、シラミの卵は髪の毛さくっついたら虫が出てくるまで取れねえかんな。ばあちゃんのちっこいころは、シラミ殺すのに釜(かま)さ火くべて服をぼんぼん煮たんだど。ごっそり浮かんでくっから」

祖母は気持ちの悪い思い出話をひとしきり続け、ビニールシートの前でサンダルを脱いだ。素足でカボチャをまたぎながらやってくる。

「母ちゃんはようやっと医者さ行ったみてえだな。まったく、この忙しいのにハチに刺されるやつがいっぺか」

「忙しくたって関係なく刺されるでしょ」

「しかし、ここ最近はアシナガがいやに増えてんな。この辺りさ巣作ってんでねえべか」

奈穂は頷いた。

「朝、じいちゃんがもう見つけてた。門の脇にあるサザンカに巣があるってさ」

「おお、やだこと。さっさと始末しなけりゃなんねえな」

祖母は藤色の割烹着の袖をたくし上げ、早速カボチャを転がすようにして検品した。すぐネズミの被害を見つけて脇に避ける。

「夏になってからネズミどももやけに多い。ネズミは一個を食うんじゃなくて、あっちこっちかじっから始末に負えねえ。ちょびっとずつ食い散らかしてなあ。憎らしいこと」

「ざっと見たけど、去年と比較になんないほどネズミ被害は多いと思う。どっかで一気に増えてんじゃないかな。おまけにイノシシまで出るとか」

祖母は白髪でぼさぼさになった眉根を寄せた。

「ホントにごせやけるべな。んだけど、毎日地蔵さまさ祈ってっから川田だけは大事にはなんねえはずだ。大ばさまも朝から念仏唱えて、今日は夜通し続ける騒ぎだど」

「なんだかんだ言って大ばあちゃんは元気だよね。車椅子かなんかで外に出してあげればいいのに」

「それはダメだべ。年寄りは歩けねくなったら、お迎えがくるまで座敷でお籠りするもんだ。そんで身内に世話んなって看取ってもらうのが幸せなんだど」

「わたしはやだから病院に入るわ」

奈穂はカボチャを仕分けながら言った。朝も早かったから眠いし、毎日の労働で溜まった疲れがピークに達している。楽しみのない夏休みなどさっさと終わってくれないだろうか。とても体がもたない。

長い髪を結び直して目をこすっていると、祖母が顔を上げて微笑んだ。

「どれ、ここはばあちゃんがやっておくから奈穂はもう上がって好きなことすっといい」

「いいよ。二人でやったほうが早いし」

「いいから行かっし。毎日朝早くっから家の手伝いして、奈穂はホントに働きもんの器量よしだわ。賢くって自慢の孫だ。ほれ、これくれっから」

祖母は割烹着のポケットに手を入れ、小さくたたまれた五千円札を差し出してきた。

「いいって。ばあちゃんが自分のために使いなよ」

「子どもが遠慮するもんでねえ。これはばあちゃんがおめさんにくれたいんだど。奈穂に使ってもらいてえんだ」

祖母は奈穂が着けているエプロンのポケットに五千円札を押し込んだ。

「酒井商店でなんでも好きなもん買うといい。最近ではずいぶんハイカラなもんも売るようになったっぺ」

「いや、酒井商店には日用品しか売ってないけど」

奈穂がそう言ったとき、隠居のほうからだみ声が聞こえてきた。

「おーい。八重子おば、いたのかい？　ちと厄介事が起きたんだわ。裏さまわってんのか？」

「なんだっぺ。あの声は洋子姐だわ」

洋子姐というと、四軒先の立原の家か。あそこのばあさんは話好きで、捕まったら最後延々と話に付き合わされて解放してもらえない。奈穂は慌てて立ち上がり、エプロンについた土埃を払った。

「ばあちゃん、ありがとう。お言葉に甘えて、ここは頼んじゃうね」

「ああ。おめさんはまあだ十六の娘っ子なんだから、やりたいことが山ほどあっぺ。毎日手伝いばっかでかわいそうだわ」

「うん。ホントにありがとうね」

奈穂はサンダルを突っかけて祖母に手を振り、母屋をまわりこんで家に入った。すぐにスマートフォンを出して亜矢子の番号を押す。耳に当てると、三回の呼び出しのあとにつながった。

「もしもし、奈穂ちゃん。どうしたの？」

亜矢子は外にいるようで、小さくセミの声が聞こえている。

「急にごめんね。今家にいないよね？」

「ああ、うん。青梅女子高の教科書が届いたから、ざっと見て予習してたとこ。玄関のところに椅子出してるの。何か用があった？」

なぜ外で予習などしているのだろうか。怪訝に思いつつも奈穂は先を続けた。

「実は、お母さんがケータイ落としたとかで緑山へ行かなきゃなんないの。もしよかったら付き合ってくれないかなと思ったんだけど、勉強してるならいいや」

「待って！　わたしも行くよ！」

慌てた様子の亜矢子は、ぱたんと教科書を閉じる音を響かせた。どこか切羽詰まった気配がするけれども、奈穂は密かにほっとした。あの場所にひとりで行きたくはない。

4

地蔵のある竹藪を抜けようとしたとき、おヨネおばが地蔵の近くでうずくまっているのが見えてぎょっとした。お参りしているのかと思ったけれども、地面に両手をついて小刻みに背中を震わせている姿が普通ではない。

「あの、大丈夫ですか？」

奈穂は思わず声をかけた。が、ぴくりと肩を動かしただけで老婆からの返事はなかった。これは緊急事態かもしれない。

「すぐ人を呼んできます。ちょっと待っててください！」

急いで一本道を引き返そうとした瞬間、おヨネおばが前触れもなく肩越しにくるりと振り返った。その顔を見て奈穂はたじろぎ、言葉を失った。極限まで吊り上がった目は憎悪で満たされており、きつく歯を食いしばってぶるぶると肩を震わせている。温厚な雰囲気は消え失せ、老婆は見たこともないような邪悪な表情をしていた。

「だ、だれがこだことしたんだべ……バチ当たりめが……い、今に災いが起きっぺ……恐ろしい災いが……」

言っている意味がわからない。けれども、おヨネおばの周りには鈴や竹板が散乱しており、切られたとおぼしき紐が竹から幾筋もぶら下がっているのが見えて背筋が凍った。

「お、おめさんは知ってんのか？　このざまを見るがいい……これをだれがやった？」

「し、知りません」

「知らねえだと？　ごまかすでねえ……今すぐここさ連れてこい……し、絞めてやっから連れてこい」

「知らないです。わ、わたしは何も知りません」

奈穂は瞳が裏返りそうなほど睨みつけてくる老婆を見ていられず、顔を背けて全速力で走り出した。怖すぎる。老婆の人相もさることながら、藪に吊るされていた竹板や鈴をすべて断ち切るなど、考えられない暴挙だった。いったいだれがやった？　奈穂は息を切らしながら自問したけれども、村の人間には到底できない所業なのは百も承知だった。地蔵を厚く信仰すると同時に畏れてもいる村人が、ここまでないがしろにできるわけがない。

スピードを落とさずに走り続け、細い林道の手前で亜矢子の姿を見つけて急停止した。息が上がって胸が痛み、呼吸もままならないありさまだ。思わず屈み込んでいると、驚いた亜矢子が隣にしゃがんだ。

「奈穂ちゃん？　どうしたの、大丈夫？」

背中をさすってくれる亜矢子の手が温かい。奈穂はできる限り感情に蓋をして息を整え、やがて顔を上げた。

「亜矢子、あの地蔵のある藪に入った？」

「え？」と怪訝な声を出した亜矢子は、まっすぐに臆することなく目を合わせてくる。それを見て首を振り、奈穂は立ち上がった。

「ごめん、なんでもない。行こうか」

二人は細い林道へ入って村の北側へ進んだ。亜矢子は地蔵のある藪へ立ち入ってはいけないことを知っている。それを承知で入るとは思えないし、ましてや吊るされている紐を切るわけがない。けれども、双子の兄妹ならばどうだろう。奈穂は頭を巡らせながら足を進めた。自分たちに対する村人の嫌がらせを知り、警告を兼ねた仕返しをしたのだとしたら……。そう考えたけれども、やはりあり得そうにはなかった。信仰を冒瀆（ぼうとく）するようなやり口には狂気を感じるし、それをして平気でいられる人間には思えない。

あいかわらず重苦しい曇天が空を覆っており、時折隙間から射す太陽が弱々しい。黙りこくって林道を歩いていると、横から探るような声がした。

「ホントに大丈夫?」

亜矢子はジーンズの上に丈の長い白シャツを羽織っており、今日もシンプルなのにセンスのよさが光っている。奈穂はなんとか笑顔をつくった。

「大丈夫だよ。ちょっと考え事してただけ」

亜矢子がただごとではない空気を察しているのはわかっていたが、それ以上、踏み込んでくることはなかった。それというのも彼女は彼女で何かに気を取られ、そわそわと終始辺りを見まわしているからだ。そして急に声のトーンを落とした。

「あのね、またへんなこと聞いてもいい?」

顔色の優れない彼女はしばらく口をつぐみ、思い切るような感じで言葉を出した。

「この村に魔除け(まよ)のお札みたいなものってある?」

また突拍子もない質問だ。亜矢子は言い訳がましく先を続けた。

「えっと、夜はびっくりするぐらいの闇になるから最近急に怖くなっちゃって……」

「ああ、裏山のほうが不気味だって言ってたもんね」

「うん。実は眠れないのもそのせいなの。気休めだとしても安心したいと思って」

亜矢子は真剣そのものだ。陰鬱な山が家のすぐ裏まで迫る環境というのは、奈穂ですら圧迫感を覚えるのだから当然かもしれなかった。

　奈穂は少し考えてから亜矢子のほうを向いた。

「村に特別な魔除けはないと思うけど、どの家も勝手口に編んだ籠を吊るしてるね」

「籠？　どういうもの？」

「籠目紋って呼ばれる編み方の籠。竹を六角形の模様に編んだものだよ。六芒星が並んでるような編み目でさ。たくさん目があるように見えるから魔物が寄ってこないってばあちゃんに聞いたことある」

　亜矢子は「籠目紋……」と一点を見つめたまま口にした。迷信だろうがなんだろうが、今の彼女ならすべてを受け入れるだろうと思われる。

「それはどこに売ってるの？」

「籠目紋ならうちの納屋に転がってるからひとつあげるよ」

「ホントに？　いいの？」

「うん。勝手口に吊るすといいよ。亜矢子も安心できるだろうしね」

　彼女は少しだけほっとしたような顔で礼を述べた。

　それから二人は上り坂を進んだ。林道には木々が繁って両脇から覆いかぶさっており、ことのほか見通しが悪い。砂利敷きの道は穴だらけでかなり荒れていた。

「ここは死人峠って呼ばれてるんだよ。大ばあちゃんが大昔、この道で山賊に襲われそうになったんだって」

奈穂が唐突に言うと、亜矢子は目を丸くして言葉を失った。

「昔はこれが町へ出る唯一の道で、行商するとき必ず通らなきゃならなかった。農家の嫁はリヤカーに野菜積んで売りに行くのも仕事でね。とにかく危ない目に遭うことがしょっちゅうだったみたいだよ」

「おばあさんはどうなったの？」

亜矢子は間髪を容れずに問うてきた。

「鎌を振りまわして戦ったってさ。行商のときは、必ず大じいちゃんが峠まで迎えに来てたから大事にはなんなかったみたい。でもさ、真っ暗い夜の細道をロウソク灯した提灯ひとつだけで歩くんだよ。わたしは無理だわ」

亜矢子は目に見えて身震いした。

「提灯なんて五十センチ先も見えないよね」

「見えないしまさに一寸先は闇。普通なら怖くて足が動かないよ。昔の女は肝が据わってたと思うわ。まあ、それだけ農家の嫁の扱いがひどかったってことなんだけどね」

年寄りはこういう凄絶な体験を重ねているぶん、ひどく用心深いし排他的になっていくのもわかる。二人が当時に思いを馳せながら一本道を歩いていると、緩やかなカーブの先に真っ黒い孔が姿を現した。とたんに亜矢子は足を止め、危ぶむような目を奈穂に向けた。

「うん、あのトンネルを通るよ」

「通るよって、ちょっと待って。ものすごく古そうだよね。もう何十年も、だれも通ったことないみたいに見えるんだけど」

亜矢子は完全に腰が引けている。奈穂は真っ暗なトンネルへすっと目を細めた。

「あれは旧トンネルで今は使われてないんだよ。でも、緑山へ行くんならこのトンネル使ったほうが早いからさ」

「いや、そういう問題？　もしかして危険と引き換えにしてない？」

「それは危険を承知で死人峠を通って町に出てた大昔の話だよ。今は単なる近道だけど」

亜矢子は吸い込まれそうなほど暗いトンネルをちらちらと見やり、わずかに後ずさっている。

奈穂はつけ加えた。

「ここは村の人が使う生活道路だし問題ないからね。夜はさすがに無理だけどさ」

「ごめん、ぜんぜん安心できない。口にするのも嫌だから黙ってたんだけど、お地蔵さんの数が異常なほどだよ。森のなかとかトンネルの周りとか、上にもあるし……」

亜矢子はトンネルの脇や蔦(つた)が垂れ下がっている上部を次々に指差した。

「こういうものにだって全部意味があるわけでしょ？　ただの飾りではないはずだし」

「さっき言ったみたいに、この旧道で山賊に襲われて亡くなった人が実際にいるから、その慰霊のために地蔵があるんだと思う。地蔵の数は死人の数を表してんのかもしれないし」

「待って！　奈穂ちゃんはホントに平気なの？」

あっけらかんと話す奈穂に抗議でもするように、亜矢子は両腕を強く摑んで目を合わせてくる。

微かに唇が震えているのを見て、奈穂は諭すようにゆっくりと喋った。

「大丈夫だから心配しないで。毎日地蔵に花を供えにくる年寄りがいるんだからね。そもそも、死人が怖かったら生活していけないよ。そこらじゅうにお墓もあるし、毎日何千何万って人が死んでるんだしさ。東京もあらゆる場所で人が死んでるけど、みんな普通にその脇を通って生活してるでしょ」

亜矢子は目を合わせたまましばらく考え、自分に言い聞かせるようにつぶやいた。

「確かにそうだよね。死んでる人なんてたくさんいるよね……怖くないよね、うん、別に怖くない」

奈穂はスマートフォンを出してライトを点灯し、緊張している亜矢子の手を取って歩きはじめた。

旧トンネルは赤茶けた古いレンガ造りで、「翠山隧道（みどりやますいどう）」の文字が風化して真っ黒いシミと化している。山から染み出した水があちこちで滴り、そのぴちゃぴちゃという音が聞きようによっては不気味かもしれない。亜矢子は周りに目を走らせて体を強張らせ、奈穂の手をぎゅっと握っていた。レンガの隙間から芽吹いたモミジが闇のなかで人知れず枯れており、生の気配がまったくない空間だと思う。天井の低いトンネル内の空気はひんやり冷たく、二人の足音や水音がこだまのように跳ね返っていた。

足許の水たまりを避けて進み、向こう側に光りが見えたところでスマートフォンのライトを消した。

「このトンネルは短いからね。出たらもう緑山だよ」

亜矢子は奈穂の手をほどき、一目散に光りのあふれる出口へ走っていった。そしてトンネルを出た瞬間、あまりの眩しさに二人は同時に手をかざした。こちら側にも地蔵や祠が点在し、そのすべてに花と水が供えられている。そして緩やかに下る砂利道を歩いていくと、五分もかからずに開けた場所に出た。

「ここから先が緑山住宅地だよ。区画整理されてからもう十五年ぐらいになるみたいだけど、まあ、見ての通りヤバいよね」

亜矢子は、住宅地の入り口に立つ花束をモチーフにしたブロンズ像をじっと見つめていた。手入れされずに雨ざらしになって白茶け、石造りの台にはびっしりと苔が生えている。白っぽいレンガで囲まれた花壇があちこちにあるのだが、花はおろか美しいものなど何ひとつない。もはや雑草だらけで見るに耐えない様相だった。それなのに道だけは過剰なほど広く、見栄えのする町の形態ばかりが浮き上がって哀愁を誘う。チョコレート色の石畳が円形に配され、その隙間から枯れススキが伸びて揺れていた。

「ここは都会からの移住者ばっかりだったの？」

広い道の真ん中を歩きながら亜矢子が問うてきた。

「ほとんどが東京に勤めてる人たちだったみたい。東京まで新幹線で一時間半もかかんないし、田舎の広い家でのんびり暮らしたい家族が競って応募した。当時はすごい倍率だったみたいだよ」

「へえ。言い方は悪いけど、どこかテーマパークみたいな造りだよね。シャレたベンチとか変わった石畳の道があって、両側にはいかにも欧風な家が並んでる」

奈穂は苦笑いを浮かべた。

「なんか、有名な建築家に町の設計を頼んだみたいだよ。うちのお母さんはうっとりするほどステキって言ってたから、こういうのにも一定の需要はあるんだろうね」

街路樹のソメイヨシノがどれも巨大化しており、石畳を割って太い根っこが飛び出している。各家々にある庭木も剪定されていないため、枝葉がかかっているアルミのフェンスなどは重みでたわんでしまっていた。

奈穂は人っ子ひとりいない通りを歩きながら、スマートフォンを出して母の番号を押した。

「お母さん、ここに何か用事があったの？　だれもいない場所なのに」

亜矢子の質問はもっともだ。豪華な空き家が居並ぶ住宅地に野次馬根性で見物に訪れ、友人と一緒に落ちぶれた家並みを写真に収めてはしゃいでいた、とは口が裂けても言えない。奈穂は苦々しく笑った。

「外部落へ行くのに通りすがっただけだと思うよ」

「じゃあ、道に落ちてるはずだよね。そんなに難しい場所には落ちないはずだから」

そうとも限らないのが腹立たしい。奈穂は母の電話を呼び出しては、留守番電話に切り替わると同時に終了することを繰り返した。

「道の端に生えてる草むらも見てみようよ」

「ごめんね。こんなくだらないことに付き合わせて」

「くだらなくないって。正直、すごくわくわくしてる。それに奈穂ちゃんといるだけで、村の事情とか風習を知ることができるしね」

亜矢子は傾いている門扉を覗き込み、草むらをかき分けて落とし物を探していく。そして手を動かしながら口を開いた。

「引越し先を探してるときに、村にとんでもない高級住宅地があるって姉が騒いでたのはここのことだったんだね。ネットで画像を見たみたいで」

「役場もさっさと写真は下げるべきだね。詐欺にもほどがある」

亜矢子は苦笑した。

「でも、かなり高いって兄が言ってたと思う。一部の家は賃貸だって聞いたけど、東京並みの家賃みたいだね」

「いったいそんなんでだれが借りんのかね。田舎の高い賃貸に住んで新幹線通勤を勧めるとか、そんなバカげた政策を打ち出す役場はどうしようもない」

奈穂は首を横に振りながら言った。

「田舎は土地がただみたいなもんだから、ローンで家を買うには都会よりもずっと安かったんだと思う。とはいっても、返済できなくなって手放す人がこれだけいたんだから、現実はそう甘くないんだね」

奈穂は「売家」の立て看板のある屋敷を見上げた。二階建ての大きな家は、もはや隙間もないほど蔦が絡みついてひときわ異様な空気を放っている。庭にあるサルスベリが伸び放題で地面にまで枝が下がり、ピンクの枯れた花を汚らしく散らしていた。この家は窓にベニヤが貼られていないため、蔦の隙間から見える窓ガラスから人が覗いているような気がしてぞくりとした。

それから二人は雑草をかき分け母の携帯電話を探しまわったが、まったく見つかる気配もなかった。

「あそこにあるベンチから奥は、まだ人が少しだけ住んでるんだよ。そっちには行ってないみたいなんだよね」

奈穂が通りの先を指差した。奥のほうには生活感があり、ゴミ捨て場にブルーのネットがかけられ何台か車も駐められている。奈穂はもう一度スマートフォンで母の携帯電話の番号を押した。しばらく聞き耳を立てていたが、やはり着信音は聞こえない。まったく、無駄足もいいところだ。うんざりして通話を終了しようとしたとき、亜矢子が手を上げてそれを制してきた。

「ちょっと待って。何か小さい音が聞こえない？」

亜矢子はじっと遠くを見つめながら耳をそばだてている。奈穂も動きを止めて耳に集中すると、カエルやセミの鳴き声にまぎれてか細い音が聞こえた。

「ホントだ！　お母さんのケータイの着信音だよ！」

「オルゴールだよね！　そんなに遠くない場所だと思うんだけど」

奈穂はたびたび通話を終了してはかけ直し、音が鳴っている場所を特定しようと神経を尖らせた。こもったような音が微かに鳴っており、そう遠くはないはずだ。二人は音を頼りにゆっくりと歩いていたが、ある場所ではたと足を止めた。

「いや、ちょっと待ってよ。この家の敷地で鳴ってない？」

奈穂は、目の前に立ちはだかる蔦に寄生された屋敷を見上げた。まるでヘビのようにのたくる蔦の蔓が、家の白い外壁を縦横無尽に這いまわっている。濁った緑色の葉を繁らせ、そこかしこに信じられないほど大きなクモが糸を張っていた。

ごくりと喉を鳴らし、母の番号を押して蔦の這う屋敷に一歩近づいた。亜矢子も足許にしゃがみ込み、音のする場所を突き止めようと耳に手を当てている。そしてオルゴールの細い音を確認した瞬間、彼女は立ち上がって奈穂と目を合わせた。

「この家だよ、間違いない。裏側のほうから音がしてる」

「うん。そうみたいだね。でもいったい、なんで空き家の敷地内にあるんだろう……。周りには厳重にロープが張られてんのに」

奈穂は急に薄ら寒さを感じ、両腕をこすり上げた。いくら母が調子に乗っていたとはいえ、空き家の敷地に侵入してまで撮影するとは思えない。何より、緑山で群を抜いて不気味なこの家に近づきたいとは思わないはずだった。

大きく息を吸い込み、亜矢子を振り返った。

「ちょっとここで待ってて。中を見てくる」

そう言うやいなや、彼女は目を剝いた。

「ダメだって！　何があるかわかんないんだよ！　お母さんのケータイがこの家にあるのはどう考えてもおかしいじゃん！」

「そうだけど、カラスとかアライグマとか、そういう動物が光るものを移動させることもなくはないから」

努めて冷静をよそおってはいるけれども、奈穂は脚に震えがきていた。通りに大人はいないかと見まわしても、この辺りは日中でもだれも寄り付かないゴーストタウンだ。なぜこうも厄介事が降りかかるのかと自身を呪っているとき、何を思ったのか亜矢子がたわんだロープを上げて雑草だらけの敷地に躊躇なく足を踏み入れた。

「奈穂ちゃんが行くなら一緒に行くよ。そのほうが早い。音からして家の裏手のほうだと思う」

亜矢子はこめかみを流れる汗をぬぐい、急に勇ましくなった。隙間もないほど庭にはびこっている高く伸びたセイタカアワダチソウを手荒にかき分けている。奈穂も慌てて後ろに続き、再びスマートフォンで母の電話を鳴らした。

「やっぱり裏から聞こえる」

二人は藪蚊を追い払いながら草むらをじりじりと進んだ。雑草に埋もれるように木製のベンチとテーブルが放置され、家庭菜園を作っていたのか畑に使う支柱が紐で束ねられて置き去りにされている。ふいに生活の一端を見せられ、奈穂はなんともいえない切なさが込み上げた。

奈穂は足許に気をつけながら慎重に歩を進めた。西向きの大きな窓には色褪(いろあ)せたオレンジ色のカーテンがかかっており、その隙間から薄暗い屋内が見えて冷や汗がにじんだ。カーペットのようなものが丸められて横倒しになっている。二人はゆっくりと家の脇をまわり込み、風雨で溶けている段ボールの束をまたいで裏手に行った。

奈穂は再びスマートフォンを操作してリダイヤルをかけた。が、その瞬間、家の中からオルゴール音が聞こえてきて二人は勢いよく振り返った。トロイメライの緩やかな旋律が、明らかに屋内から流れてくるではないか。

「い、いや、いや、いや……嘘だよ」

奈穂は顔を引きつらせ、ステンドグラスのようなガラスのはめ込まれた勝手口を凝視した。ドアの枠がわずかに歪み、きちんと閉まっていないように見える。通話を終了すると同時に、着信音のトロイメライもぴたりと止まった。

「どういうわけで家ん中で音が鳴ってんの。ま、まさか、だれかいんの？」

「な、奈穂ちゃん」と亜矢子は奈穂の腕を摑んで真剣な目を合わせてきた。「すぐここを出よう。嫌な感じがする」

「そうだね……ヤバさしかない」

完全に同意して踵を返そうとした瞬間、勝手口がきしみながら開きかけるのが見えて二人は悲鳴を上げた。反射的に走り出した亜矢子のあとを追って、奈穂もなんとか足を前に出した。けれども亜矢子が水を吸った段ボールに蹴つまづいて豪快に転び、奈穂はまともにぶつかって転倒した。もう二人とも半狂乱で這うように草むらを進んだが、後ろに気配を感じて奈穂は肩越しに振り返った。

顔や手が泥で汚れた老人が、先の折れた錆だらけの鎌を持って突っ立っている。薄汚いねずみ色の作業着の胸ポケットから、招き猫のストラップが垂れ下がっているのが目に入った。母の携帯電話に着けられていたものだ。

もう声も出せなかった。口をだらしなく開けた虚ろな表情の老人が、二人を見下ろして微動だにしない。亜矢子はがたがたと震えながら泣いており、奈穂も無意識に涙が伝っていた。

「このわっぱには見覚えがあんなあ」

老人が節をつけたかすれ声を発したとたんに、亜矢子はひっと息を吸い込んだ。禿げ上がった頭には産毛のような白髪が生えており、落ち窪んだ目の光り方が正気とは思えない。老人は藪蚊を鬱陶しげに払い、小石を踏みしめる嫌な音を立てながら足を出した。

「おめさんは川田の人間だっぺ。どこげのわっぱだ？」

奈穂はじりじりと後退しながら「や、山谷です」と屋号で答えた。老人は泥のこびりついた手で頭をがりがりと掻き、首をぬっと伸ばした。

「ああ、そうか。山谷げのわっぱだったな」

そう言った老人に向け、奈穂は何度も頷いてみせた。錆びて茶色くなった鎌が老人の脚に当たるたび、ぼろぼろと崩れるように破片が落ちていく。奈穂はその様子を怯えながら見つめ、締まりのない老人の顔を恐る恐る見上げた。そしてはっとする。この年寄りは内部落の者ではなかったか。そう気づいたとき、瞬時に頭の中で物事がつながった。

今さっき祖母とカボチャの仕分けをしていたとき、洋子姐と呼ばれているばあさんが訪ねてきた。四軒先の立原家だ。目の前にいる鎌を持った老人は、その立原家の者ではなかったか。

奈穂は老人を盗み見た。穏やかだった顔立ちや体つきがすっかり変わっていてよくわからなかったが、間違いない。そして、洋子姐が「厄介事が起きた」と騒いでいたのはおそらくこのことだろう。この老人は認知症で徘徊癖があり、たびたび姿を消しては駐在が出張る騒ぎになっている。

老人は草むらにうずくまっている二人を舐めるように見まわしていたが、やがて亜矢子で視線を止めた。

「こっちのわっぱは山谷。後ろのわっぱはどこげのだ？」

適当な屋号を言ってこの場を立ち去ろうと思ったが、亜矢子は涙をぬぐいながら正直に答えていた。

「わ、わたしは最近引っ越してきた北方です……」

その言葉を聞いた老人の顔色がさっと変わり、無精髭の生えた顎を強張らせた。

「おめえが例の新参者か。こだとこでようやっと見っけたわ」

老人は首を前に出しながら唇を歪め、憎々しげに眉根を寄せた。

「おめえが川田さ災いを持ち込んだんだな。こともあろうに、よそもんが地蔵さまと目え合わせやがって。とんでもねえ罰当たりめが」

「あの、立原さん……ですよね？」

奈穂が話を変えようと声をかけたが、老人は亜矢子から一時も目を逸らさなかった。

「オレはみいんな知ってんだど。おめえらよそもんが来たせいで、内部落がぶっ壊れちまう。山とか地蔵さまを怒らせるほどのことをやったんだべよ。おめえは悪いもんを村さ引き入れた。悪いもんで土地を汚した」

亜矢子は声も出せずに縮こまり、はあはあと過呼吸になりそうなほど息を弾ませている。奈穂はどうすればいいかを目まぐるしく考えたけれども、走って逃げるぐらいしか思い浮かばない。

そうしているうちにも老人が興奮しはじめ、錆びた鎌を持つ手をぶるぶると震わせていた。

「お、おめえはこのまんまでは済むまい。やったことは自分に返ってくる。おめえらには天罰が下っぺよ」

そういった老人は長々と考える間を取り、今度はにやりと嫌な笑みを浮かべた。

「いやあ、待て。わざわざ地蔵さまが手え下すこともねえな。今ここで、オレが始末してみんべか。オレが罰を下すべか」

奈穂は振り返り、恐怖で目をみひらいている亜矢子に囁(ささや)いた。

「逃げるよ、走れる?」

けれども亜矢子は老人を見つめたまま歯の根が合わないほど震え、言葉がまったく耳に入っていない。が、老人が鎌を揺らしながら近づこうとしているのを見て、奈穂は彼女の腕を摑んで怒鳴り声を上げた。

「亜矢子！　立って！」

びくりとした亜矢子を引っ張ってむりやり立たせ、歪んだ顔のまま近づいてくる老人に土塊(つちくれ)をぶつけて彼女の体を力いっぱい押した。

「ほら！　走るよ！　行って！　早く！」

奈穂は泣きべそをかきながら叫んだ。二人は草むらに足を取られながらもなんとか走り、空き家の敷地からつんのめるように飛び出した。そのとき、旧トンネルのほうから駐在がバイクで走ってくるのが見え、奈穂は石畳にへたり込みながら助けてと叫んだ。

地蔵への願掛けはだれにも悟られてはならない。

キミ子はあの夜から怯えながら暮らしていた。なにせ地蔵へ孤参りをして十日と経たずに曾祖父が突然亡くなり、祖母は原因不明の高熱が何日も続いて寝込んでいるからだ。村には年寄りたちの念仏を唱える声が満ちていた。

災いが立て続けに起きたのは、あの夜に自分が願掛けをしたせいだ。キミ子は恐ろしさのあまり夜も眠れず、食事も喉を通らないありさまだった。今になればわかるが、身勝手な願い事をするため千人針に使う貴重な赤い糸をくすねるなど、地蔵が見逃すわけがない。しかも十六は孤参りできる歳だとはいえ、あまりにも事を急ぎすぎたのではないか。自分は地蔵へ花を手向けたこともなく、日々の世話をして敬ったこともない。十六になったら、まずそれをしなければならなかったのだ。

キミ子はだれにも打ち明けられないまま悩み苦しみ、どうすれば地蔵に許されるのかを考えあぐねていた。そんなとき、家に駆け込んでくる者がいた。

「たいへんだ！　喜三郎のじさまはいたったか！」

禿げ頭にほっかむりしたこの男は、確か鶴生の長男だ。無精髭の生えた浅黒い顔に汗の玉を浮かべ、切羽詰まったように瞬きを繰り返している。囲炉裏のそばにいたキミ子が立ち上がりかけると、奥の水屋から母が顔を出した。

「なんだっぺ、そだに騒いでなんかあったのか？」

「たいへんなんだ！　じさまはどこさいる！」

「ちょうど風呂さ入ったとこだわ」

すると男は地団駄を踏むように土間で体を揺すった。

「そだのすぐに上がってもらえ！　林枡の大ばさまが危篤なんだ！」

キミ子は声も出せずに目をみひらいた。

「夕餉(ゆうげ)の支度んときにひっくり返って、そのまんま起きねえんだと！　みるみる息が細くなってるべし、今にも逝っちまいそうなんだ！」

「なんだって？　そりゃあたいへんだ！　すぐ向かうから隣にも伝えてくいよ！」

母が声を上げると、男は何度も頷いた。

「急がっし！　今次男坊が医者呼びに行ったけども、おそらくは間に合わまい！　とにかく林枡さ詰めてくいよ！」

そう言い残して男は慌ただしく出ていった。母は風呂に入っている祖父を呼びに走り、キミ子は弟と二人きりにされた。さっきから震えが止まらず、自身を抱きしめるように両腕を絡めた。

きっとこれも地蔵の災いだ。地蔵は自分ではなく村に罰を下している。内部落の年寄りをひとり、またひとりと屠(ほふ)っている。いったいどうして？

頭が割れるように痛い。災いは着実に広がっており、もう手のつけようがなくなりつつあった。

脈打つように痛む頭を抱えたとき、割烹着を脱いだ母が戻ってきた。

「ボケっとしてねえで、おめさんも行くんだど！　林枡の大ばさまがあの世さ連れてかれっちまう。うちの喪もまあだ明けてねえのに、どんだけ不幸が続くんだか！」

「か、母ちゃん、あたし……」

キミ子は母に訴えかけるような目を向けたけれども、すでに弟をおぶって三和土で草履を履いていた。

「何やってんだっぺ！　さっさとしらっし！」

母に急き立てられて表に出ると、錆色の夕焼けに染まる空には生ぬるい風が吹いていた。走っている母の背中を見つめて畦道を突っ切り、林枡の敷地に入る。そこには内部落の人間がすでに大勢集まっており、庭先では何人かの年寄りが拝みながら嗚咽（おえつ）していた。

「なんでこだ急に死んちまったんだべ！　今朝方喋ったたっぺよ！」

「まったくだわ！　大ばさまがいねくなったら、だれが内部落の音頭とんだべ！」

「寝たっきりにもなってねえのに、なんでこだ急に連れてかれっちまったんだ！」

老婆たちは口々に惜しい人を亡くしたと嘆き、一心に手を合わせて天を仰いでいる。

「間に合わなかったか……」

足を止めた母は、息を切らしながら脱力したようなかすれ声を出した。しかしキミ子は声も出せず、事態をただ見つめることしかできなかった。

たいへんなことになってしまった。長老も死んだ。もう取り返しがつかない。もうこの災いは止まらない。キミ子は恐怖のあまり後ずさりして、来た道を逃げ帰ろうとした。そのとき、母に腕を摑まれて悲鳴を上げそうなほど驚いた。

「キミ子。おめさんはここんとこ様子がおかしいな」

母は探るような目を向けてきた。そして喉を動かし、押し殺した声を出した。

「まさかおめさん、地蔵さまさ孤参りしたんじゃあるまいな？」

母の目に輝きはなく、真っ黒に濁って見える。キミ子は大汗を流して体を震わせ、母を振り払って逃れようとした。けれども母は摑んだ腕を放さず、なおもかすれた低い声を絞り出した。

「おめさんは地蔵さまさ願掛けしたんだな？　やったんだな？　ホントのことを言わっし！」

初めて見る母の緊張感に気圧され、キミ子はがたがたと震えながら小さく頷いた。母は険しい面持ちのまま老婆たちが泣きじゃくる家のほうを振り返り、再びこちらに向き直って顎をぐっと引いた。

「いいか？　よっく聞け。このことは母ちゃんとキミ子だけの秘密だ。だれにも喋るんでねえぞ。二人して口つぐんで墓場までもってくんだ。わかったな？」

キミ子は涙を流しながら小刻みに頷き、母の腕にすがりついた。

「か、母ちゃん。どうすっぺ、こだことになっちまうなんて……。あたしのせいだ。あたしが地蔵さまさ孤参りなんかしたから、む、村に災いが……」

そう言いかけた瞬間、母は「しっ」と言葉を遮った。その場にへたり込んでしまいそうなキミ子の脇の下に手を入れ、耳許に顔を寄せて囁いた。

「そだに泣くな。よくやった」

「え？」

キミ子はわけがわからず泣き顔を撥ね上げた。そこには喜びを必死に抑えているような母の上気した顔があった。今にも笑い出しそうな顔だった。

「これでうちも終いだ。逆さ吊りの女が家に取り憑いて滅ぼしてくれる」

「か、母ちゃん、いったい何言ってんだ。逆さ吊りの女って……」

キミ子の問いを無視し、母は満面の笑みを浮かべていた。

「思い知るがいい。我の恨みを思い知れ」

「母ちゃん！」

キミ子が声を上げると、母は血走った目を合わせた。

「うちの家系はオレで終わる。キミ子、おめさんは山谷さ嫁げ。そこで血をつなぐんだぞ」

そこにはもう、控えめで優しかった母はいなかった。邪悪で攻撃的な何かと入れ替わっていた。

第四章　逆さ吊りの女

1

「まったく、斗比屋のじさまもどうしょもねえな。ボケて緑山を荒らしてたなんてのは前代未聞だべ」

祖母がサヤインゲンの筋を取りながら屋号を口にした。ヘタをつまんで筋を引き、反対側の筋も瞬く間に取ってザルへ放っている。奈穂も筋取りを手伝っていたけれども、祖母の早業にはまったくついていけなかった。

「徘徊癖だけは始末に負えねえよ。ちょいっと目え離した隙にいなくなっちまうんだから。洋子姐も気苦労が絶えねえべし気の毒だわ。斗比屋は正月にも山狩りする騒ぎだったっぺ？　じさまが雪ん中ドテラひとつでいなくなっちまって」

「ボケてもあの手に動きまわるようでは、身内で世話すんのは無理だべな。内部落で目え配るっつっても限界がある。この先が思いやられるど」

珍しく昼間から家にいる祖父は、奈穂が幼稚園のときにプレゼントしたウサギ模様の湯呑みから緑茶をすすって先を続けた。

「でもまあ緑山は斗比屋げの山だし、あのじさまはもともと宅地には大反対だった。大勢のよそもんを入れんのにも難色を示してたべ。んだけど、外部落の連中は大賛成。村の活性化とかなんとか、その場しのぎの考えは役場と一緒だった。で、結局はこのざまだ。大枚はたいて廃墟群を生み出しただけだわ」

「ある意味では、じさまもかわいそではあるわなあ。ボケちまっても、内部落と村のこと真剣に考えてんだわ」

そこで奈穂は筋の取り終わったサヤインゲンをザルへ入れ、小さく息を吐き出した。

「ねえ、なんだか知らないけど美談にしないでくれる？　あのじいさんは鎌持って空き家に侵入して、亜矢子を始末するとか物騒なこと言ってたんだよ」

奈穂はそのときのことを思い出して身震いした。

「マジで殺されるかと思ったよ」

「まさか斗比屋のじさまだってそこまではしねえべ。ちとすごんで見せただけだ」

祖母が軽い調子で流したことに驚き、奈穂は声を荒らげた。

「だいたいさ。ボケて記憶も曖昧になってんのに、亜矢子をよそ者とか災いをもってきたとかそこだけ認知してんのはおかしくない？　年がら年じゅう、その手の悪い話を聞かされてる証拠じゃん。ある意味刷り込みだよ」

祖母は無言のままサヤインゲンの筋を取り、祖父は読んでもいない新聞に目を落としてお茶に口をつけている。反応しない二人に苛立ちが募り、奈穂はさらに息巻いた。

「なんかもうめちゃくちゃだよ。この村、ネットでなんて呼ばれてるか知ってる？　いじめ村だよ」

「いじめ村？　なんだっぺそれは。だあれもいじめてなんていねえのに」

「何年か前に外部落で移住者を追い出したことがあったでしょ。そんなかのひとりがＳＮＳで告発したんだよ。大百舌村でいじめられてひどい目に遭ったって」

祖母はたちまち顔を曇らせた。

「おお、やだこと。都会もんは村を悪もんにして開き直ってんだべか。コンピュータ使って悪評撒き散らすとは、救いようがねえごろつきどもだな」

「違うって。村のしきたりとか人間関係とか、そういうものひとつひとつが普通じゃないんだよ。ばあちゃんらはもう麻痺してっからわかんないだけで」

祖母は作業する手を止めてシワだらけの顔を上げた。

「そだこと言ったって、だあれも都会もんに悪意なんて持ってねえんだよ。面倒だとは思ってっけど」

「んだな」

祖父も頷いて腕組みした。

「たとえば奈穂が東京さ出て行って、明け方に起きて野良仕事しねえのはおかしいって周りの連中を責めんのかね」

「責めるわけないじゃん」

「んだべ？　常識もしきたりも人間の関係性も、その土地々々によって変わんのはあたりめえだ。好きで引っ越してきて、自分が思ってたのと違うからいじめだって騒ぐほうがどうかしてんべな。

屋号の置き野菜も忌作も念仏も、ずっと昔っからこの土地に根づいてきた日常だど。それが迷惑で意地悪だと思うんなら、出ていくしかねえわな」

奈穂はすぐに反論の言葉が思い浮かばず口をつぐんだ。確かに外部落でたびたび起きていた移住者の退去は、よくよく聞けば悪意ある村人の行動がもとになっているわけではない。ひとえにこの村独自のしきたりに納得がいかず、ひどい嫌がらせを受けたと捉える者が多いということだ。

奈穂は卓袱台に肘を置いて頬杖をついた。

「じいちゃんの言うことにも一理あるけどさ。移住者がみんな似たような理由で出ていくのは問題だよね。この村はよそ者には歩み寄らないってことだもん」

「歩み寄ってっぺな。んだからこそ空き家と農地をただで貸してんだべ。しかも何年か住めば我が家になんだぞ？　こんな好条件はほかにねえべし、オレらは先祖代々継いできた土地建物をくれてやってんだかんな」

そこはまぎれもない事実だし、村に住みさえすれば土地や家がもらえるというのはとんでもないメリットだ。年寄りと話をしていると、自分のほうが間違っているのかもしれないという気持ちにさせられる。

奈穂は答えを求めて考え込んでいたけれども、村と移住者の言い分は常に平行線であり、どちらが悪いと単純に言えるものではないという結論に達して疲労を感じた。卓袱台に手をついて立ち上がる。

「もうそろそろ戻るわ。いい加減、勉強しないと」

そう言った瞬間、奥の座敷からしゃがれた声が聞こえた。

「奈穂、そこにいんだべ？　ちょいっとこっちさきらっし」

曾祖母だった。奈穂が面倒臭さを顔に出すと、祖母が咎めるように顎を引いて唇を結んだ。

「わかってるって。こないだパスしたから今日は顔出すよ」

のろのろと歩いて襖を開け、さらにもう一枚開けて陽の入らない薄暗い座敷に入った。あいかわらず熱気と病床と湿気た食べ物の臭いが鼻につく。奈穂は細く開けられていた窓を全開にし、反対側も開けて風を通そうとした。が、ぬるい風がわずかに動いただけに留まった。

「大ばあちゃん、暑くないの？」

奈穂は曾祖母の枕許に座った。入れ歯の入っていない口許が極端に引っ込み、窪んだ目の周りには茶色く色素が沈着している。曾祖母は胸のはだけた寝間着を着て横たわり、濁った目だけをぎょろりと奈穂に向けた。

「おめさん、斗比屋のじさまさ襲われたんだってな」

奈穂は苦笑した。

「いきなりそれ？　襲われたというか、わけのわかんない状況に巻き込まれただけだよ」

「話は聞いてっと。母ちゃんの電話探しに緑山さ行ったんだべ？　まったく、バカなことを娘に頼む嫁だわ。死人峠さ若い娘っ子を向かわせる母親がどの世界にいっぺか」

曾祖母は、空気が抜けて聞き取りづらい言葉を興奮気味に捲し立てた。

「昔っからあの峠はならず者と魔の物の住処（すみか）でな。命を落とした村人が大勢いんだぞ。おめさんはまだ知らねえかもしんねえが、あそこは村の忌み地だ」

「それは大昔の話でしょ。時代は変わったからね」

「時代が変わっても、そういう忌まわしいもんに終わりはねえ。あの辺りはたくさんの地蔵さまが目を光らせてる。んだからいち早く駐在を遣わしたんだど。おめさんを危険から守ってくだすったんだ」

「いやいや、立原の家からじいさんがいなくなった通報を受けたから、あのへんをパトロールしてる最中だったって駐在さんは言ってたよ」

「んだから、ちょうどその時間に緑山さ駐在が現れたのは地蔵さまの思し召しだべよ。ごせやけてしゃあないわ。これだからよそから嫁がせた嫁は使いものにならん。緑山さ暢気に見物に行って、あまつさえ電話落っことして娘に取りに行かせるっつうんだから、どうしょもねえ薄バカもいたもんだな」

　曾祖母は相当頭にきているらしい。奈穂はもう笑うしかなかった。

「まあ、まあ。お母さんもさんざんお父さんに叱られてたし、もういいでしょ。何事もなかったわけだしさ」

「いんや、なんにもよくねえ。大ばあちゃんの目が黒いうちは、そういう掟は絶対だかんな。斗比屋のじさまはバカんなっちまったが、死ぬまでこの土地を守る信念だけはしっかり残ってる。今回の一件でそれがわかった」

　曾祖母もあの年寄りに加勢するらしい。まさに身内には甘く他人には厳しい典型で、母だけが他人に属しているのもいつものことだった。

奈穂は扇風機の風を弱め、薄い夏掛けの裾から出ている曾祖母の脚を見つめた。まるで枯れ木のように細く、筋肉も脂肪もほとんどない。いかにももろそうな骨になめし革のような皮膚が貼りついているさまが、生き物の限界を示しているようで落ち着かなくなる。そんなひ孫を眺めていた曾祖母は、シミとシワにまみれた険しい顔を緩めた。

「人はみんなこうなって死んでいく。毎日毎日、体のどっかが動きを止めていくのがわかんだ。昨日までは動いてた左足の親指が、今日にはもう動かねえわ。怖いか？」

「怖くはない。でも虚（むな）しいね。生き物にとって確実なのは死だけだから」

「それでいいんだ。そうでなければなんねえ。いいか？　若さは何よりも尊い。若いもんは未来をしょって生きねばなんねえ。いろんな尻ぬぐいはオレら年寄りの役目でな。斗比屋げのじさまも気持ちはおんなじなんだ」

曾祖母はわずかに顔を傾け、奈穂とじっと目を合わせた。白っぽく濁ってはいるけれども、とても強いまなざしだった。

「奈穂。おめさんは都会もんの娘っ子と友だちになりてえんだな」

「亜矢子といると気が楽なんだよ。ちょうどいい距離感があるというか」

「そうかい。だがな、あの娘はおめさんと生きてる階層が違う。奈穂はこの先どうあがいても向こうの階層には近づけまい」

なんというか、これは遠まわしに下げられているのだろうか。奈穂が訝しげな面持ちをしていると、曾祖母は先を続けた。

「数珠まわしんときに、大ばあちゃんが言ったべ？　あの娘っ子とは付き合うなって」

「ああ、そんなこと言ってたね」

奈穂は気のない返事をした。どうせまた近づくなだのなんだのと講釈を垂れるつもりだろう。けれども曾祖母は自分の言葉を覆した。

「オレは考えが変わった。いや、変えざるを得なかった。あの娘が地蔵さ祈っちまった以上、もうほっとけねえんだ。昨日、藪さ下げておいた竹板だの鈴が、みんな切られて落っこちた。おヨネおばが半狂乱だったわ」

「知ってる。その場にちょうど居合わせた」

曾祖母は小さく頷いた。

「あれは都会もんの娘っ子がやったんだべよ」

「いや、やるわけないじゃん。あの藪には入っちゃいけないことも伝えたし、あんな大それたことをできるような性格じゃないよ」

「性格か。おめさんはあの娘っ子の何を知ってんだべな」

曾祖母は目を閉じて苦々しい面持ちをした。

「今朝方な、地蔵さまからウランバナの匂いが立ち昇ってたんだと」

「ウランバナ？　でも、あの藪では咲いてなかったよね」

「ああ。こんなことは未だかつてねえわ。あの藪がウランバナでびっしりと満たされたのは、後にも先にも戦争が始まった年だけだ。大ばあちゃんが十六の年だど。今でもはっきりと覚えてる。藪を白く照らすみてえに、白い花が咲き狂ってたんだ……」

曾祖母はそのときの光景を思い出したようでぎゅっと目を閉じ、そのまま先を急ぐように口を開いた。

「花の姿はひとつたりとも見当たんねえのに残り香がする。これは間違いなくお告げだべ。おめさんはあの娘と付き合うがいい」

「は？　なんなの急に……」

いきなりの展開に、奈穂は不気味な思いで枕許を見下ろした。曾祖母はシミの浮き出た天井板を見つめ、小さく息をついた。

「オレら川田の人間は、大百舌村んなかでも特に土地に根づいて生きている。地蔵さまの許でな。前も言ったが、この内部落に入ってこれたよそもんがいるとすれば、それは結局、地蔵さまが見初めたってことなんだべよ」

「いや、単なる役場の空き家事業でしょ」

「そうでねえ。空き家事業が始まってもう十年以上も経つが、川田にはたったのひとりも入ってこなかった。林枡の空き家はずっと登録してあったのに、なんでか決まんねかったんだわ。それは地蔵さまが拒んだからだ」

奈穂はひとつに束ねている頭を掻いた。その法則を発動すれば、ほとんどなんでもありになるだろう。良いことも悪いことも、すべて地蔵の思し召しだと転嫁することができる。思考停止の状態だった。

　曾祖母はあばら骨の浮き出た胸の上で手を組み合わせた。

「オレはここさ寝ながらずっと考えてたんだ。災いの予感が内部落全体に広がって、いよいよ捨ててはおけなくなったかんな」

「災いって、ヨトウムシとかネズミとかイノシシとかアシナガバチとか？」

「いや、それは災いを知らせる暗示に過ぎない。オレは内部落の古株として、いよいよ答えを出さねばなんねえ。おそらくここが、内部落を生かすか殺すかの分かれ道だべ。オレの最後の仕事になる」

　曾祖母はいつになく興奮し、思考には混乱があるらしい。奈穂は、天井を食い入るように睨みつけている年寄りを窺った。もしかして、現実と過去と妄想の境を行き来しているのではないだろうか。まるで自分自身と対話しているように見える。

　奈穂は少しだけ心配になった。

「大ばあちゃん。八重ばあちゃんかじいちゃん呼んでくる？」

「いやあ、必要ねえ。オレは奈穂の試練を考えてんだ。おめさんはいずれ決断を迫られっぺ。村を取るか、自分の正義を貫くか」

　奈穂は言葉の裏側を探るように眉根を寄せた。

「おめさんが村を捨てたら、いったいだれがここを守り継いでいくんだべか。若いもんはいろいろいるが、奈穂ほど目え利くわっぱはいねえ。じゃあ、どうすっぺか……」

曾祖母は瞬きも忘れたように天井を見つめ、乾いた唇の端を震わせている。奈穂は立ち上がって開け放していた窓を少し閉め、再び枕許に正座した。

「大ばあちゃん。少し寝たほうがいいよ。なんだか、ずっと眠れてないような顔してる」

曾祖母はようやく目を動かし、奈穂のほうを見やった。

「おめさんはめんこいオレのひ孫だよ。んだから、幸せになってもらいてえなあ」

「わかってるから。とにかく少し寝てよ。わたしはしばらくここにいる」

曾祖母は潤んだ目を合わせて瞼を閉じ、すぐすやすやと赤ん坊のような寝息を立てはじめた。その様子がなぜか愛(いと)おしく、そして切なさを掻き立てた。奈穂は膝を抱え込んで座り、険しさの消えた曾祖母の顔をしばらく眺めていた。

2

夏休みはあと一週間で終わる。

奈穂は朝から畑でひと仕事を終わらせ、その後は部屋にこもって勉強に勤しんでいた。宿題はとうに終わらせており、これから一週間は予習を中心にしたスケジュールを組んでいる。まだ具体的な進路は決めていないけれども、いつ何が起きてもいいように準備を完璧にするのは自分の性分だった。

奈穂は前髪をピンで留め、イヤホンから流れる音楽を聞きながら教科書を読んで要点をノートに書き取っていた。時折参考書をめくり、わからない箇所に付箋をつけていく。集中して読み込みに没頭しているとき、一階から騒々しい母の声が聞こえてきた。

「お父さん、ホントに気をつけてよ！　男衆はいっぱいいいんだから、あんまり近くさ寄んないように！」

ばたばたという音に続き、玄関が開け閉めされる派手な音も聞こえてくる。いつものことながら、なぜ母はこうも騒々しいのだろう。奈穂は教科書から顔を上げ、全開にしてある窓のほうへ目をやった。網戸越しに、隠居のほうへ走っていく父の後ろ姿が見える。そのまま壁にある時計に視線を移すと、午後の三時過ぎを差していた。この時間は両親ともまだ畑に出ているはずだが、あの様子からすると緊急事態らしい。

イヤホンを耳から外し、部屋を出て階段を降りていった。玄関先にはタオルを首に巻いた母がそわそわと行きつ戻りつを繰り返している。

「お母さん」

奈穂が声をかけると、母はくるりと振り返って切羽詰まった面持ちをした。

「何？　クマでも出たの？」

「奈穂、たいへんなんだわ。立原げのじさまが暴れてるみたいでな。今、内部落は大騒ぎになってんだ」

「立原？　あのボケてわたしを襲ったじいさん？」

母はごくりと喉を鳴らしながら何度も頷いた。

「うちの裏の畑で作業してたおヨネおばが、家から電話がかかってきたって慌ててな。立原げのじさまが鉈振りまわしながら松浦げの離れさ行ったたって」

「松浦の離れって、亜矢子が住んでる家？」

信じられない思いで問うた。母は汗を流しながら頷いている。

「とにかく手えつけらんねえほど興奮してっから、駐在さんにも電話したみてえなんだ。お父さんも駆り出されっぺし、もう気が気でねくてな。怪我でもしたらどうすんべ」

「いや、お父さんもそうだけど亜矢子たちは大丈夫なの？」

「わかんねえ。川田の男衆は家さ向かったみてえだけども、立原げのじさまが裏さまわってガラス割ったりしてるみてえだ」

それを聞いた奈穂は跳ねるようにして突っかけに足を入れ、玄関から外へ飛び出した。

「奈穂！　あんたは家にいな！　山のほうは大騒ぎになってんだから！」

「わかってる！　ちょっと見てくるだけ！」

「やめときなさい！　奈穂！」

奈穂は母の言葉を聞かずに、隠居の前の私道を走り抜けた。道の先には祖母が立っており、全力で走ってくる孫を認めて目を剝いた。

「これ！　おめさんは行くんでねえ！　これは男衆の仕事だど！　奈穂！　ばあちゃんと一緒にいらっし！」

「大丈夫だから！　すぐ戻ってくるよ！」

「やめらっし！　これ！　奈穂！」

祖母はよたよたと奈穂を追ってきたが、それを振り切るように木々の繁る村道へ折れた。鎌を持って目の前に立ちはだかったときの立原のじいさんは、完全に正気を失っていた。亜矢子に向けられた憎悪は本気のもので、逃げるのがあと数分でも遅れたら何が起きていてもおかしくはなかった。まさかあのときの気持ちをずっと持続させていたのか？

竹藪を抜けて緩やかな上り坂を駆けていると、セミの声に混じって男たちの怒鳴り声が流れてきた。背の高い杉に手をつき、息を切らしながらつま先立ちになって家のほうを窺った。ここから確認できるだけでも五人ほど。平屋の脇道には男たちがひしめき、拘束するためかロープを抱えている者もいる。

「みんな下がって！　人が来っとかえって危ねえから！」

さすまたを持っている駐在が村人に警告しているけれども、みなそれを聞かずに家の裏手へまわろうとしている。

そのとき、しゃがれた悲痛な声が奈穂の耳に届いた。

「父ちゃん！　もうやめらっし！　なんでそだに血迷ってんだ！　男衆の言うこと聞いて、早く鉈を寄こしなせえ！」

洗濯物が干してある穂垣の前に、割烹着姿の老女がいる。洋子姐と呼ばれている年寄りで、暴れている立原のじいさんの妻だ。洋子姐は穂垣の外で右往左往し、白髪を振り乱して懇願している。もう手のつけようがないほどの修羅場だった。亜矢子や双子の兄妹の様子を確認しようにも、もうもうと土埃が立って奥のほうまで見通せない。

奈穂は歯痒（はがゆ）さを感じてもう少しだけ近づこうとした。そのとき、後ろからいきなり肩を摑まれて飛び上がるほど驚いた。

「おめさんは家さ帰ってろ」

農協のキャップを深くかぶった祖父だった。なぜか花柄の毛布を抱え、ズボンのベルトには青く研がれた鎌を挿している。

「じいちゃん！　亜矢子たちはどうなってんの？　ガラスが割られてるみたいだけど、まさか立原のじいさんは家の中に入ったの？」

「今さっき救急車を呼んだっつう話だ。だれか怪我してんな」

奈穂は顔の産毛が逆立つような感覚に襲われた。同時に、あまりの理不尽な出来事に怒りが込み上げた。

「あの家の中にはお母さんがいるよ！　心の病気なのに、こんなのひどすぎるよ！」

真っ黒に陽灼けした祖父は、帽子のつばの下から覗く目を合わせてきた。その視線が射抜くように鋭く、奈穂は反射的に後ずさった。

「ともかくおめさんは家さ戻ってろ。じさまが飛び出してくっかもしんねえんだかんな」

作業着姿の祖父は木立の間に入ってそのまま小山を登りはじめた。どうやら裏山から家へ向かう作戦のようで、木々の間を軽やかに縫って進んでいる。そのとき救急車のサイレンが聞こえ、旧道から折れて白い車体が見えてきた。後ろを振り返ると、祖母が竹藪から出た四辻（よつつじ）で手を合わせており、一心に念仏を唱えているところだった。

けたたましいサイレンの音が唐突に止み、救急車は少し離れた場所で赤色灯を回転させながら待機している。まさか怪我をしたのは亜矢子だろうか。奈穂は伸び上がって彼女の姿を探した。その瞬間、裏庭で鉈を振りまわしながらわめいている年寄りが垣間見え、心拍数が急激に上がった。あのときと同じ目をしている。奈穂は長く見ていられずにさっと視線を逸らし、胸のあたりに手を当てた。あそこまで憎しみが迸（ほとばし）った表情を、なぜ亜矢子に向けるのだろう。ただ都会からきたよそ者を毛嫌いしているのとは違う。あれは殺意だ。奈穂の心臓は暴走をはじめ、セミしぐれのなかで軽くめまいを覚えた。

現場では父を含めた男衆が怒号を上げながら騒いでいるものの、遮二無二（しゃにむに）鉈を振りまわす老人とはなかなか距離を縮められずにいる。駐在は応援を呼んでいるらしく、汗を流しながら無線に何事かを呼びかけていた。

とそのとき、電気柵がある裏山のほうから祖父が素早い身のこなしで飛び出し、花柄の毛布を広げて叫び声を上げているじいさんへ向けて放った。ふわりと宙に浮いた毛布は年寄りを包み込むように落下し、祖父は間髪を容れずに飛びかかって土の上に押し倒している。立原のじいさんは大勢の男たちにもみくちゃにされ、洋子姐は泣き崩れながら甲高い声を張り上げた。

「ああ、どうすっぺ！　父ちゃんがとんでもないことしちまった！　地蔵さまに背いちまったわ！　川田の連中さ顔向けできねえべ！」

老婆の嘆きをよそに、男たちは立原のじいさんから鉈をもぎ取って毛布で簀巻（すま）きにしている。

亜矢子がサクラを植えたいと語っていた裏庭の肥沃な土はぼこぼこに荒らされ、そこいらじゅうに散らばったガラスの破片が太陽に反射していた。

　奈穂はやるせなさでいっぱいになりながら踵を返した。これでもうおしまいだ。亜矢子たちはこの土地を出ていくだろう。奈穂はにじんだ涙を手荒にぬぐった。村に馴染もうと一生懸命だった亜矢子の姿が思い出され、あまりの悔しさに奥歯を嚙み締めた。心を開ける友だちができたと思ったのに、毎日が少しずつ輝きはじめていたのに、すべてが一瞬の夢のように消え去った。

　四辻ではまだ祖母が手を合わせて念仏を唱え、その後ろでは母が呆然とした面持ちで立ち尽くしている。奈穂は二人を横目に無言のますり抜けて家に戻った。ベッドに力なく横たわり、網戸越しに見える雲ひとつない青空へ目を向ける。

　昼間はあまり活動しないカラスたちが群れを作り、会話するような鳴き声を上げて内部落の上空を旋回している。ここ数日で急激に数を増やしたようにも見え、村に不吉な気配を放っていた。

　ぼうっとしていると庭で砂利を踏む音が聞こえ、父と母の声が耳に届けられた。

「たいへんなことになったわ。だれが救急車で運ばれたの？」

　母は気を揉んでいるように早口で捲し立てていた。父は盛大に息を吐き出し、低い一本調子の声を出している。

「救急車さ乗ったのはあの家の兄貴だ。双子の片割れな」

　その言葉を聞いて、奈穂はベッドで半身を起こした。

「ああ、あの女の子みたいにきれいな顔した男っ子だね。鉈でやられたんなら、かなり深い傷になったでしょう」

母の苦しげな問いに奈穂は耳をそばだてた。

「まさか命にかかわるような怪我なの？」

「いや、じさまの鉈はだれにも当たってねえから心配すんな。頭から窓ガラスの破片を浴びたんだわ。立原げのじさまがいきなりガラスを割ったときに、あの長男坊は窓際にいたらしい」

「そう。鉈じゃなくてよかった……」と母は安堵したように吐き出した。「だけど、どんな具合なの？」

奈穂は網戸に貼りつくようにして二人の話を聞いた。怪我をしたのは亜矢子の兄の晴人らしい。奈穂の胸がきりきりと痛んだ。両親が喋りながら家に入ったのがわかり、奈穂は素早く自室のドアに移動して耳を押し当てた。

「あすこんちの長男坊は頭とか額を切ってかなり血が出てたけども、縫うにしてもひと針ふた針ぐれえの話だべな。傷跡が残るような怪我ではなかったように見えたぞ」

「そう、不幸中の幸いだね。こんなこと言うのもあれだけど、怪我したのが女の子のほうじゃなくてよかったよ」

二人は茶の間に入ったようで、声が遠くなってしまった。奈穂は音を立てないようにドアを開けて部屋を出て、階段の途中に座り込んで両親の会話を盗み聞きした。

「それにしても、この先どうなっちまうのかが想像できないよ。立原げは訴えられるんだろうか」

「訴えるも何も、じさまは現行犯逮捕だべよ」

「ええ？　だってボケてんだよ？」

「ボケも何も関係あるまい。人を襲って怪我させてんだぞ」

母はお茶を淹れているようで、かちゃかちゃと急須のぶつかる音をさせた。

「確かにそうだね。いきなり家のガラス割って鉈で襲いかかるなんてかばいようがない。いったい、なんでそだことしたんだろう」

「よそもんが憎いってとこで頭が止まっちまったんだべ。緑山んときも、あのじさまは大反対してたいへんだったしな」

「だからって、あそこまでするかね。下手すりゃ相手は死んでたかもしんないよ。越してきた北方げは、別に村さ迷惑かけてたわけじゃねえのに」

まったくその通りだった。けれども、父は苦々しい声を出した。

「じさまは身柄を拘束されてっけど、ボケた年寄りだから警察もどうしょもねえだろうな。わめくだけで話になんねえから。立原げが都会もんに頭下げて、示談にしてもらうしかあんまい」

「ああ、やだやだ。まさか川田でこだことが起きるなんて思ってもみなかったわ。外部落でだってここまでの騒ぎは滅多にない。これから語り草になっちまう」

母がさも嫌そうにため息をつくと、父がお茶をすする音を立てながら言った。

「結局はな。よそもんを引き入れたことが運の尽きなんだ。内輪だけならこだことにはなんなかったべよ」

「それは言えてんね。川田は平和でいざこざなんてほとんどなかったんだから」

「ああ。都会もんは被害者だが、ある意味では加害者でもあるってことだ」

いったい何を言っているのだろうか。奈穂は頭に血が昇るのを感じたけれども、なんとか深呼吸をしてやり過ごした。父ですらなんの抵抗もなくこのどうしようもない結論に達するのだから、内部落でもだいたい似たような話になっているのは想像がつく。

奈穂は村や家族に対する嫌悪感が一層高まった。重い絶望感を引きずりながら部屋へ戻ろうとしたけれども、母の言葉が聞こえてはたと足を止めた。

「そういえば、北方さんとこの母親はどうしてた？　ずっと家にこもりっきりで、未だに松浦げにも挨拶してねえみたいだけど」

「オレも姿は見なかったな。ガラスが割られた座敷に鏡台だのウランバナだのがごちゃごちゃと飾ってあったから、普段はそこで養生してるんだろう」

「じゃあ、もう入院したのかもしんねえな。なんでも、福島の病院さ入るってキョウばあちゃんが聞いてるみたいだわ。精神の病気だから長引くかもしれんね」

その話を聞いてから、奈穂は階段を上がってそっと部屋に入った。心を病んだ母親が、あんな場所に居合わせなかったとしたら、少なくともひとつの救いにはなる。

やり場のない感情をもてあまして歯嚙みしているとき、スマートフォンが着信音を鳴らした。画面を見ると、亜矢子の名前が表示されている。奈穂は急いで通話ボタンを押して耳に当てた。

「もしもし？」

奈穂は勢い込んで声をかけたけれども、電話の向こう側ではガラスの欠片を踏んでいるようなジャリジャリという耳障りな音が響いている。やがて亜矢子は押し殺したような小さな声を出した。

「奈穂ちゃん？　急に電話してごめん。でも、だれかと話してないとすごく不安なの。今、たいへんなことが起きてて……」

「知ってる。お兄さん、怪我したんでしょ？」

「うん、それもたいへんなことなんだけど、怪我はたいしたことないって消防の人から聞いてるから安心してる。それよりも、その件で駐在さんがわたしを疑ってて……」

「は？」

奈穂の頭を疑問符が占領した。

「じいさんに襲われて怪我までしてんのに、疑われてるって何を？」

「わたしがあのおじいさんをけしかけたんじゃないかって聞かれたの。これからまた取り調べがあるみたい」

奈穂は言葉を失った。緑山住宅地で実際の現場を見ているけれども、あのときも立原の老人が一方的に因縁をつけていただけだ。奈穂の怒りが瞬く間に増した。

「駐在さんて、あの駐在さんだよね？　太った禿げの中年の」

「うん、そう。でも、何人か知らない警察官も来てるんだよ。それがすごく怖くて……。わたし、これからどうなるんだろう」

亜矢子は語尾をかき消した。

駐在はこの村に赴任してからもう長い。自分が幼いころからこの土地にいたはずで、村人とは完全に打ち解けて信頼関係を築いていると思う。奈穂は事のなりゆきを努めて客観的に考えていたが、あることを思い出してぴんときた。

「たぶん、それはあくまでも捜査の形式的な質問じゃないのかな。じいさんの暴力の意味をいろいろと考えて、可能性のひとつとして聞いてみたとか」

「そうなのかな……」

「そうだと思う。何年か前に畑の野菜が盗まれる騒ぎが起きたんだけど、そのときも被害者だか加害者だかわかんないような聞き取りがあったみたいだから」

「そうなの？　だって盗まれたんなら明らかに被害者じゃない」

「そうなんだけど、農家では窃盗をよそおった保険金詐欺が実際にあるらしいんだよ。自作自演だね。そういう事例もあるし、警察はあらゆる方面から捜査するんだと思う」

亜矢子はなるほどと相槌を打ったが、不安はまったく解消されていないようだった。そして経緯を説明しはじめる。

「あのおじいさんね、認知症になってから駐在さんのところへ通うのが日課だったみたいなの。毎日、他愛のない話に駐在さんは付き合ってたんだけど、わたしたちが越してきてから様子が変わったんだって言ってた。おかしなことを言うようになったみたいで」

「それはじいさんの問題でしょ。よそ者を嫌うあまり、へんな妄想に取り憑かれていったんだろうし。なんせ内部落に移住者が来たのは初めてだからね」

亜矢子は納得しようと必死のようだったが、駐在から受けた言葉が相当ショックだったと見える。彼女は震える息を細く吐き出し、ひときわ頼りない声を出した。

「あのね。このことを奈穂ちゃんのおじいさんとかひいおばあさんに話してもらえないかな」

「いいけど、なんでうちの大ばあちゃんに？」

「わたし、とにかく怖くてしょうがないの。もしかしてこれから、村ではわたしが悪者にされるのかなとか考えちゃって」

亜矢子の意図を察して、奈穂はみなを口汚くののしってやりたい気持ちになった。彼女はもう勘付いている。いずれ内部落では、彼女らを悪者にして収束を図るはずだということに。すでに奈穂の両親は、移住者に責任を転嫁しようとしているのだ。だから亜矢子は、奈穂を通じて村に影響力のある曾祖母や祖父を味方につけたいと思っているのだろう。そこまで追い詰められている彼女を、奈穂は痛々しく思った。

「亜矢子、ごめんね。こんなろくでもない村に引っ越さなきゃよかったって思ってるよね。でも、村を嫌いにならないように、なんとかしたいと考えてくれてるんだよね。でも、もう無理だと思う」

「そんなことない」

亜矢子は即答したけれども奈穂はその言葉を信じていなかった。

「わたしだってこの村の考え方には心の底からうんざりしてる。だから、もし亜矢子たちがここを出ていくことを決めるんだったら、寂しいけどわたしは賛成する」

「うん。わかってくれてありがとう」

これは心からの言葉だとわかり、奈穂は少しだけほっとした。

3

その日は夕方に激しい通り雨があった。急に空が暗くなったかと思えば、叩きつけるような雨が瞬く間に地面を濡らしていく。数メートル先が見えないほどの雨脚は久しぶりで、畑に出ていた両親がたまらず作業を切り上げて帰ってくるほどだった。奈穂は雨が降りはじめる前に洗濯物を取り込んで窓を閉めてまわり、今は薄暗い座敷で曾祖母を見下ろしていた。

曾祖母は布団に仰臥したまま、湧き上がる腹立たしさを押し殺しているように見える。時折引っ込んだ口許をぴくぴくと動かし、いつも以上に顔色がくすんで鬼気迫る様相だった。奈穂がガラスの水差しを口許に近づけると、曾祖母は顔を横に向けて喉を潤した。

「しかし、とんでもねえ騒ぎになったわ。内部落からおまわりの厄介になるもんが出るとはな。ボケてるとはいえ、目配りできなかったオレらの責任だべ」

曾祖母はぎゅっと目を閉じた。奈穂は口許から顎に流れた水をタオルでぬぐい、水差しの飲み口を消毒してお盆に置いた。

「これから立原のじいさんはどうなんの？」

「すぐ放免されっぺ。昔、外部落でもボケたじさまがよその納屋さ火い着けた騒ぎがあったんだ。こんときのお上はな、じさまを責任無能力者として、家族に賠償を命じた。監督不行き届きつうやつだわ」

「四六時中、監督なんてできるわけないけど」

「そうだが、日本の法律ではそう決まってる。斗比屋もそうなんべ」

奈穂は薄暗さを感じて曾祖母の枕許にある電気スタンドを点け、依然として雨が激しく打ちつけている窓へ目を向けた。日暮れと見まごうばかりで、雨粒が窓ガラスやトタンを叩く音がすさまじい。奈穂は険しい面持ちをしている曾祖母に再び目を向けた。

「さっき亜矢子から電話があったよ」

曾祖母は横目でちらりとひ孫を見やり、どこか皮肉めいた笑みを浮かべた。

「あんちゃんが怪我して救急車で運ばれたっつうのに、のんびり電話してるとはな。今どきの娘っ子はわからん」

「能天気にかけてきたわけじゃないよ。不安で押し潰されそうになってんの。あたりまえのことだけど念押ししとくよ。北方家には何ひとつ非がないからね」

「そうかい。ひとつも非がねえ人間なんていねえけども」

奈穂はかぶりを振った。

「そういう禅問答みたいなやつはもういいって。亜矢子が警察に疑われてるんだから」

「なんだって？」

曾祖母の顔つきが目に見えて変わり、ゆっくりとこちらに視線を向けた。

「おめさんは今なんつった？」

「亜矢子が警察に疑われてるって言った。立原のじいさんをけしかけたんじゃないか。駐在さんが亜矢子にそう聞いたみたいだよ」

「ほかにも警官が何人もいて、これから取り調べがあるみたい。町から応援に来てるんだと思うけど、だれが被害者だかわかったもんじゃないね」

奈穂は話しながら苛立ちが加速し、小さく舌打ちをした。亜矢子たちは事態を消化できずに動揺し、ただちにこの地を出て行きたいという思いでいっぱいのはずだった。

曾祖母は動きを止めたまま、依然として奈穂の顔を見つめている。めまぐるしく何かを考えているようで、ばたばたと窓に打ちつけられる雨音しか聞こえなくなった。

「大ばあちゃん？」

あまりにも沈黙が長いものだから、奈穂はいささか心配になって曾祖母の顔を覗き込んだ。曾祖母はゆっくりとまばたきをして、乾いた唇を舌先で舐めた。

「駐在が都会の娘っ子になんかの容疑をかけたってか？」

「いや、そうじゃないだろうけど、なんか気になること聞いたからさ。立原のじいさんは、認知症になってから毎日駐在さんのとこへ通ってたらしいよ。で、亜矢子たちが越してきてから目に見えて様子がおかしくなったって言われたみたい」

そう言うやいなや、曾祖母は水差しのほうへ顎をしゃくった。奈穂は容器を取り上げて飲み口をあてがい、盛大にこぼしながら水を飲む曾祖母を眺めた。筋の浮いた喉を鳴らし、渇きに苛まれていたとでもいうようにごくごくと飲んでいる。途中、むせて咳き込んだけれども、なおも水差しをくわえて器をすっかり空にした。

「駐在か……」

「一気にそれほど飲んで大丈夫?」

　奈穂は曾祖母の濡れた顎や首筋、そして枕をタオルで拭き、立ち上がって戸棚から新しい手ぬぐいを引き抜いた。曾祖母の首を上げ、素早く枕を手ぬぐいでくるむ。

「斗比屋のじさまは、いったい何を駐在さ吹き込んだんだべか」

　曾祖母は急に低い笑いを漏らした。その様子があまりにも邪悪に見え、奈穂は思わず身じろぎをした。

「もしかして駐在さんは、立原のじいさんの言葉を信じたのかも。話になんかの根拠があったとか」

「まさかそだことはねえべ」

　曾祖母はすぐに口を開いた。

「人はボケっと、昔の記憶に支配される。あるいは全部忘れて赤ん坊みてえに無欲になる。大ばあちゃんも山谷さ嫁いでから親を看取ったけど、じさまのほうが戦争に取り憑かれてえんがみたわ。おめさんのひいひいじさまだ」

　曾祖母は顔にまとわりついている白い髪を払った。

「寝たっきりのまんま敵国を憎んで、しまいにゃ家族も敵に見立てて憎むようになった。大ばあちゃんは、毎日毎日罵声浴びせられてやんなっちまったよ。シモの世話までしてたのはオレなのに」

「やりきれないね」

「ああ。斗比屋のじさまもそうなんだべ。あのじさまはよそもんを嫌った。昔っから、内部落以外のもんを徹底的に信用しねえようなとこがあったわ。ボケた今では、その記憶だけが鮮明になっちまったんだべな」

そう考えるのが普通だろう。奈穂は膝に顎を載せながら言葉を出した。

「なんで駐在さんは、立原のじいさんの言い分を信じたんだろう。いや、信じてないにしても、わざわざ被害者に『けしかけたのか』なんて聞き方をする？　怪我人まで出て村が騒ぎになってるさなかにさ」

あらためて考えると、駐在の言動には違和感がある。

曾祖母もひどく気にかかっているようで、今日はいつになく考え込むことが多い。しばらく目を閉じているのを見て、奈穂は寝ているうちにそっと帰ろうとした。けれども曾祖母は、目を閉じたまま口を動かした。

「奈穂。帰んなら八重ばあちゃんとじいちゃんに声かけてくれっか？　大ばあちゃんが呼んでるって」

「ああ、うん。わかった」

奈穂は立ち上がって座敷を出ていき、蛍光灯が煌々（こうこう）と点けられている茶の間に顔を出した。雨音に負けないほど音量を上げ、祖母は演歌が流されているテレビを眺めている。

「あれ、じいちゃんは？」

「ああ、奈穂かい。じいちゃんは林枡げさ行ってるわ。男衆はほとんど出張ってってっぺ」

「そうなんだ。大ばあちゃんが呼んでるよ」

祖母はリモコンを取り上げてテレビを消し、窓に目をやって難しい顔をした。

「しかしよっく降るなあ。田んぼと畑はだいじょぶだべか」

「天気予報ではすぐやむはずだけどね」

「んだらいいけども」

祖母は卓袱台に手をつきながら大仰に立ち上がった。


その日以来、村では立原のじいさんの話題でもちきりだった。この調子で数週間は同じ話題を蒸し返すだろうと思われる。そして話は、よそ者が来たことで起きてしまった惨事……というところへ帰結するのだ。

奈穂は昨日の雨で流れてしまった畑の畝を整え、作業の合間に亜矢子へ電話をかけていた。けれども電波が届かない旨のアナウンスが流れて一向につながらない。メッセージも同じで送信できず、奈穂は諦めてスマートフォンをポケットに突っ込んだ。もともと電波の状態が悪いうえに、大雨や雪になるとさらにつながらなくなる。昨日のゲリラ豪雨の影響か、自宅でも通信状態が悪かった。

奈穂は午前中のうちに作業を切り上げた。小川で顔を洗って家へ戻り、シャワーを浴びてさっぱりとした。自室で亜矢子に再び電話をかけたけれども、電源を落としているのかまったくつながらない。奈穂は机に向かって惰性的にノートを開いたが、集中できなかった。とにかくスマートフォンが気になるし、何度も起ち上げてはメッセージを確認してしまうありさまだ。朝に送ったメッセージには、未だ既読マークがつかなかった。

椅子の背もたれに寄りかかり、首を反らして天井を見た。まさかとは思うが、今日も取り調べられているのだろうか。いや、福島の病院へ入院したという母親に会いにいった可能性もある。奈穂はあらゆる可能性を考えていたけれども、勢いよく体を起こして髪を手早く束ねた。すぐそこに住んでいるのだから、行ってみればいい。部屋を出て階段を駆け下り、サンダルを突っかけて表に出た。

頭の真上にある太陽が気温を押し上げており、まるで蒸し風呂のような陽気だった。呼吸するたび、熱い空気が体の隅々にまで広がっていく。

奈穂は体を灼いてくる太陽をかわして日陰を渡り歩いた。雨を受けた木々が活き活きと葉を輝かせ、細い道に枝葉を伸ばして天然のトンネルを作っている。奈穂は周囲の様子を窺いつつ山際へと歩き、平屋が見えたところで立ち止まった。

辺りに人影はなく、あいかわらずセミの鳴き声で満たされている。奈穂は歩みを再開して家に近づき、ポケットから出したスマートフォンを操作して耳に当てた。

昨日の騒ぎで穂垣の一部が倒れてしまっており、玄関脇にあった植え込みも踏み荒らされてひどい状態だ。昨日は気づかなかったけれども窓という窓がすべて割られ、急場しのぎに内側から段ボールが当てられていた。

奈穂は家の惨状を見て気分が悪くなり、留守番電話に切り替わった通話を終了した。いつも家の前に駐められていた軽自動車はなく、家はくまなく閉じられ静まり返っている。やはり亜矢子は出かけているらしい。

奈穂は騒動の生々しい傷痕を見て落ち込み、ため息をついて踵を返した。そして二十メートルはあろうかという杉の木の横を通りがかったとき、ふと林の中へ目をやった。そういえば祖父はここから森へ入り、亜矢子の家の裏手へまわっていたっけ。

薄暗い雑木林をしばらく見つめ、奈穂は吸い込まれるように木々の間に足を踏み入れた。太陽を完全に遮っている森の中は格段に涼しく、木と腐葉土が醸し出す生臭い臭いが充満している。

この裏山へ入ったのは久しぶりだ。奈穂は家の位置を想定しながら木立ちの間を進んだ。目にも留まらぬ速さでリスが木々を行き交い、キジバトが暢気な声で鳴いている。そろそろ山肌に沿って下ろうと思ったとき、白いものが目に入って足を止めた。

「いや、なんでこんな森ん中にまで立ててんの……」

奈穂はわけがわからずつぶやいた。目の前を横切っているのは電気柵だった。北方家の裏手に設置されたものより、さらに奥にも柵を巡らしている。これほど厳重に、しかも何重にも設置されているものは見たことがなく、そして何より不自然極まりなかった。

奈穂はワイヤーを目でたどり、すぐ周囲に生えている木々に目を移した。案の定、祖父によって枝打ちされたとおぼしき樹木が周りを囲んでいる。奈穂は山側にじっと目を細め、ここからさらに上がったところにも柵が設置してあるのを見つけた。

「おかしすぎる。いったい何を警戒して柵を立ててんの?」

首を傾げながら斜めに山を下りて、北方家の裏手に出た。割られた窓は段ボールで完全に塞がれており、家の中に人のいる気配はない。勝手口には、奈穂が渡した籠が魔除けとして吊るされているのが見えた。しばらく家を眺め、やがて奈穂は今来た山道を引き返そうとした。が、家の裏手にあるものが視界をかすめてすぐさま二度見した。

昨日、大人たちによって踏み荒らされた畑がおかしなことになっている。奈穂は木を摑みながら家の裏手に下り、「おじゃまします」とつぶやいて北方家の敷地に入った。屈んで土に目をやると、枯れ葉や杉葉が撒き散らされているではないか。さらに、表面を覆う白っぽい粉は何かを燃やした灰のようだった。

「なんなのこれ……」

奈穂が地面に顔を近づけた拍子に風向きが変わり、えも言われぬ臭いが鼻に入り込んでむせ返った。ごま油とヨモギ、そこにニンニクや糠を混ぜたようなひどい悪臭だ。奈穂は片手で口許を塞ぎながら立ち上がり、灰や枯れ葉が散乱する畑を足先で蹴散らした。ようやく見えた土には、どす黒い固まりがいくつもできている。奈穂は再びしゃがんで畑の土に目を凝らした。間違いない、完全に油が染み込んでいる。

立ち上がって周囲を見渡し、奈穂は腕組みをした。記憶を遡っても、昨日見たときにはこんな状態ではなかったはずだ。しかも午後からは豪雨だったのだから、油はともかく灰があれば流れてしまっただろう。雨が上がった夜中に灰や油が撒かれたということだ。

頭が混乱した。目の前の事実が何を意味するのかがわからない。けれども、亜矢子たちがこんなことをするはずがないことだけはわかっていた。

そのとき、家の中からドスンと何かを落とすような音が聞こえ、奈穂は驚きのあまり顔を撥ね上げた。割られた裏窓にはガムテープで継ぎ当てされた段ボールが嵌まり、家の中の様子はわからない。音は気のせいだと自身に言い聞かせて大きく息を吸い込んだとき、今度は家がきしむような音が聞こえてびくりと肩を震わせた。

「あ、亜矢子?」

奈穂はじりじりと後ずさりながら声をかけた。

「亜矢子、な、中にいるの?」

そう問うた瞬間、畳を爪でひっかくような不快な音が耳に入り、奈穂はひっと息を吸い込んで硬直した。耳を塞ぎたくなるような嫌な音が、途切れながらも屋内から漏れ聞こえてくる。奈穂は人気のない裏山で震え上がり、割られた窓を覆っている段ボールを食い入るように見つめた。そして、窓枠の部分に少しだけ隙間があるのを見つけてしまった。隙間の向こうには吸い込まれそうなほどの闇がある。

奈穂ははあはあと息を弾ませ、汗みずくになりながら一歩踏み出した。今すぐここを立ち去れと、頭のなかでは自分自身が声を張り上げていた。けれども、体がまったくいうことをきかない。一センチにも満たない隙間から、真っ黒い屋内が見える。まるで自分の脚ではなくなってしまったかのように、体が引き返すことを拒んでいた。

「あ、亜矢子?」

奈穂は震えながら声をかけ、鉛のように重い脚をもう一歩踏み出した。なぜ進んでいるのかが自分でもわからない。奈穂は段ボールの張られた窓に近づき、意を決してわずかな隙間から中を覗き込んだ。すべての窓を塞いでいるせいか、まったく目が利かない。が、その中で動くものを捉えた瞬間、奈穂はひっくり返りそうになりながらも翻り、全力で裏山を上りはじめた。

目だ。闇のなかで微かに動いたあれは人の眼球だ。しかも逆さまだ。逆さ吊りになった土気色の顔が、右へ左へ揺れていた。

奈穂は脚がもつれてうまく走れなかった。今見たものが信じられない。自分が覗いた瞬間に、向こう側からもじっと覗いていた者がいる。逆さまになってしきりに畳をひっかきながら、無言のまま奈穂を見つめていた。

これは夢だ。奈穂は四つん這いになりながらなんとか小山をよじのぼり、雑木林のなかに飛び込んだ。自分の見たものが、現実であるはずがない。が、後ろから枝を折るような音が聞こえて奈穂は思わず悲鳴を上げた。

「だ、だれか！」

奈穂は恐怖のあまり後ろを振り返ることができなかった。木々に体をぶつけ、跳ね返った枝で顔を打たれながら走った。無意識に流れていた涙を手荒に振り払った。追いかけてくる。すぐ後ろまで来ている。何かがいる。耳許に生臭い吐息がかかる。

転びそうになりながらもなんとか雑木林を走り抜け、裏道へ飛び出して家に続く私道へ折れた。勢いあまってサザンカの植え込みに突っ込んだが、盛大に枝を折りながらも脚だけは止めなかった。いつの間にか片方のサンダルが脱げて素足になっており、細かい傷がついて血がにじんでいる。でこぼこした石垣に肩をぶつけて祖父母の家へ飛び込み、玄関に倒れ込んだとたんに嘔吐(おうと)した。

4

奈穂は三和土に手をついてポケットからハンカチを引きずり出し、口許を無造作に覆った。極限まで息が上がり、心臓が暴走して今にも酸欠に陥りそうだ。奈穂がうなだれながら咳き込んでいると、狭い歩幅で玄関に入ってきた祖母が驚きの声を上げた。

「なんだっぺ、そだとこさ座り込んで！　どっか具合でもわりいのか？」

祖母は奈穂の背中をさすり、額にひんやりと冷たい手を当てた。

「熱はねえみてえだけども、まさか日射病か？　ちょっと待ってらっし！」

祖母は家に上がって台所へ行き、冷蔵庫を開けたような音をさせた。すぐに戻って奈穂の首の後ろに氷嚢を当て、顔の前に麦茶の入ったグラスを突き出した。

「まずは飲まっし。この暑さんなか、もう野良仕事なんてすんたっていいわ！　まったく、父ちゃんも母ちゃんも奈穂を使いすぎだべよ！」

「ち、違うから。ちょっと山んなか走ったら、きゅ、急に気持ち悪くなって……」

奈穂は麦茶を一気に喉へ流し込み、胸のあたりを押さえて顔を下げた。今さっきまで血が下がっていくのを感じたけれども、だいぶもとに戻ってきた。

「ばあちゃん、ごめん。玄関汚した」

「そだことはどうでもいいわ。医者さ診てもらうか？　それにおめさんは擦り傷だらけでねえか。どっかから転げたのか？」

「うん、そんなとこ。それに医者は大丈夫だよ。落ち着いてきたから」

奈穂は顔を上げ、心配そうに眉根を寄せている祖母を見た。てぬぐいをあねさまかぶりしており、いつものいささか偏狭だが優しい祖母がそこにいる。けれども、本当の顔は違うだろう。きっと、人に対してどこまでも非情になれる一面をもっているはずだ。

奈穂は式台に座り込んで首の後ろから氷嚢を取り、何度も深呼吸をして落ち着きを取り戻した。嘔吐物をせっせと片付けている祖母を眺める。

「ねえ、ばあちゃん……。ばあちゃんが作った木酢ニンニク水あるでしょ。ヨトウムシ撃退できるやつ」

「なんだ？　また夜盗どもが出はじめたのか？」

「違う。あれ、ほかにも種類があんのかなと思って」

祖母は唐突な質問に訝しげな面持ちをし、外の水道からホースを伸ばしてきて汚れた場所を水で洗い流した。ついでに玄関先の植木に水をかけている。

「種類はいくつもあるな。昔は今みてえに殺虫剤だの化学肥料だのがなかったから、全部手作りしてたんだわ」

「どんなの？」

「乾燥させたスギナを煮出した汁に潰した唐辛子を入れっと、ウドンコ病には抜群に効くな。柿酢はモロヘイヤにつく虫をきれいに殺すわ。納豆とヨーグルトを米酢に漬け込んだ汁もいろんな虫に効くど。万能だ」

「いろいろあるんだね。じゃあ、ごま油とヨモギとニンニクは？」

そう言ったとたんに、祖母はわずかに動きを止めた。奈穂にはそれだけでじゅうぶんだった。亜矢子の家に悪臭漂う油を撒いたのは祖母だ。いったいなんのために？　反射的にそう思ったけれども、これは愚問だろう。内部落からよそ者を追い出すためだ。

祖母は腰を叩きながらホースを片付け、大仰に家に入ってくる。

「ごま油とヨモギとニンニクなんてのは聞いたことねえな」

「じゃあ、そこに灰とか糠を混ぜたものは？」

祖母は式台に腰掛けている奈穂を見下ろし、なんともいえない表情をした。切ないような、苦しいような、そしてなぜか誇らしいような。

そのとき、母屋のほうからばたばたと走ってくる騒々しい足音がした。ほどなくして、野良帽をかぶった汗みずくの母が急に顔を出す。玄関の格子戸につかまり、肩を上下させて目を剝いていた。

「た、たいへんだわ！　じいちゃんは？　お、お父さんがじいちゃん呼んでこいって！」

「今度は何事だべ。騒がしいこと。じいちゃんは山さ行ってるわ。なんの用だ？」

「ち、駐在さんが死んだって！」

「は？」

奈穂は思わず声を出して立ち上がった。母は陽に灼けて黒光りしている顔を歪め、慌てたように母屋のほうを指差した。

「ま、松浦げの正史さんが、今朝方から用水路と川見まわってたんだわ。昨日の大雨で草だの木くずだのが流れ込んで、用水路が堰き止められてあふれてたんだ。んだから、そ、それをきれいにすんのに朝からまわってたんだよ」

母はごくりと喉を鳴らし、息つく暇もなく先を続けた。

「ずっと下のほうまで水路を見てったんだけど、く、久保内のの水門とこさ駐在さんが沈んでんの見つけたって！　い、今騒ぎになってんだよ！」

奈穂は、目にいっぱいの涙を浮かべながら捲し立てる母を呆然と見つめた。母はエプロンのポケットからタオルを出して顔を拭き、また喉を鳴らしてつっかえながら言った。

「ど、どうすっぺ！　昨日は立原げのじさまが鉈持って暴れたってのに、今日は駐在さんが死んじまうなんて！　う、内部落はいったいどうなってんだべ！」

するとじっと動きを止めていた祖母が、渋面のまま低くかすれた声を出した。

「落ち着かっし。消防団の連中は呼んだんだべ？　駐在にもう息はねえのか？」

母はぶんぶんと頭を縦に振った。

「ま、正史さんがもうダメだって言ってる。水さ沈んで草に絡まってるって。か、顔が真っ白になってるって。今、お父さんが久保内の水門さ行ったんだ。人手がねえと水から引き揚げらんねえからって」

奈穂は両腕をこすり上げながら母の話を聞いていた。

「駐在さんは昨日、大雨んなかを見まわりに出たみてえなんだと。き、去年も川見に行った年寄りが死んでっから、きっとそういうもんがいないか巡回してたんだよ。そ、そんなのに、なんで自分が落っこっちまったんだべ！」

「ずうっと下まで流されたんだな」

祖母は眉根を寄せながら先を続けた。

「あの手の大雨では、水かさがずいぶん上がってあふれてたっぺ。そんなときに川さ近づけば、草を踏み抜いて簡単に落っこっちまうんだわ。普段は水がねえとこさ水があっから、あっちゅう間に足を取られちまう。そだことわかってる百姓だって、水にさらわれる事故がいっぱいあんべな。夜ならばなおさらだぞ」

祖母が静かに言うと、母は胸を押さえて唇を噛んだ。

「せ、切ないわ！　いったいどっから落ちたんだべ！　久保内くんだりまで流されるなんてかわいそうに！　どこまで息があったんだべか！」

母は洟をすすり上げながら感情を剝き出しにし、大粒の涙をぽろぽろとこぼした。祖母は久保内の方角に体を向けて手を合わせ、頭を下げてぶつぶつと念仏を唱えはじめている。二人の姿を見ているうちに、奈穂も鼻の奥がつんとした。駐在とは顔見知り程度で特別何かの思い出があるわけではないけれども、常に家々をまわって村人に気を配っていた様子が思い出される。

ここ数日のうちにいろいろなことが起こりすぎて、奈穂の頭は混乱していた。何より、人はこうも簡単に死ぬ。それを見せつけられたようで虚しくなった。

奈穂は息苦しさを感じてこの場から離れたくなり、泣きじゃくっている母に言った。

「じいちゃんを呼んでくるよ。南側の山だよね」

「な、奈穂、行ってくれんの？」

目を真っ赤にしている母に、奈穂は頷きかけた。祖母は未だに手を合わせて念仏を唱え、完全に自分の世界に入っていた。

下駄箱の脇にある長靴に足を入れ、そのまま外に出た。あいかわらず日差しが痛いほど強く、引いていた汗が瞬く間に噴き出してくる。顔や首筋についたかすり傷に汗が沁み、ぴりぴりとした痛みがすべて現実であることを思い知らせていた。祖母は亜矢子に嫌がらせをしているし、駐在は死んだ。そして、亜矢子の家には得体のしれない化け物が息を潜めている。

奈穂は農道を折れて、いつも作業している畑の前を通り過ぎた。畑の脇を流れる小さな用水路ですら水があふれており、雑草が水面を覆っているせいでどこまでが土手なのかがわからない。おそらく駐在は、何気なくたった一歩を踏み出しただけだったのだろう。その一歩が生死を分けたと思われる。

そのときの情景や駐在の焦りが思い浮かんで慌てて首を振り、奈穂は生々しい想像を振り払った。夏草の伸びた小径を小走りして、藁や杭が入れられているトタンのほったて小屋を通り過ぎる。そして南側の山へ足を踏み入れた。

入り口には丸木を組み合わせたような粗末な鳥居がかけられ、その奥には古びた稲荷が祀られている。祠の脇にあるモミジの木の根元に、黄色いオミナエシと酒を供えたのは祖父だろう。奈穂は、砕いたような石の祠の中にいる色褪せたキツネの像を流し見た。祖父いわく、この稲荷が遠山家の山を守っているそうだが、奈穂は昔から好きにはなれなかった。地蔵や観音像よりも刺々しく、どこか邪悪な感じがする。

どの角度から見ても目が合ってしまうキツネを通り過ぎ、杉の木に囲まれた一本道へ入っていった。祖父が管理している杉はどれも二十メートル以上はあり、節もなくまっすぐ空へと伸びている。

息を弾ませて柔らかい山道を歩き、途中、木に寄りかかって汗をぬぐった。奈穂はそそり立つ杉の木を見上げ、白っぽい木漏れ日に目を細めた。祖父が手掛けた杉は無節と呼ばれ、木の目合いが整い品質がとても高いことで有名だ。あまり詳しく聞いたことはないが、高級住宅用の木材として企業と契約しているのだそうだ。が、父も兄もこの作業を継ぐ気はなく、祖父が引退したらこの山も終わる。

奈穂は息を整え、再び急な山道を歩きはじめた。長靴を履いているせいで、杉葉が積もって蛇行する道を歩くと瞬く間に体力が消耗する。一歩一歩地面を踏みしめながら歩いていくと、ようやく斧で木を打つ甲高い音が耳に届いた。

「じいちゃん！」

奈穂が声を上げたとたんに、枝で羽を休めていたカラスがわめきながら飛び立った。自分の発した声がわんわんと反響し、半分こだまのようになって返ってくる。枝を打つ音のするほうへ進んでいくと、白いヘルメットをかぶった祖父が木々の合間からちらちらと見えてきた。

「じいちゃん！」

再び呼ぶと斧の音が止み、「奈穂か？」というこ祖父のくぐもった声が聞こえてくる。奈穂は急な山道を駆け上がり、ねずみ色の作業着姿の祖父のもとへ走っていった。

「じいちゃん、たいへんなことが起きた」

奈穂は言葉を切り、大きく深呼吸してから一気に言った。

「駐在さんが死んだって」

祖父は手斧を振りかぶったままはたと動きを止め、言葉の意味を考えているような長い間を取った。奈穂は急くように先を続けた。

「用水路に落ちて流されたみたいなの。久保内の水門で見つかったって」

「久保内？　そだ下のほうまで流されたのか。ってことは、川さ落ちたのは昨日だな」

「うん。今お父さんが水門まで行ってる。じいちゃんにも来てほしいって」

祖父は首に巻いていた手ぬぐいを外し、土や細かい木屑で汚れている顔をぬぐった。

「大雨んなか、駐在は川さ行ったのか……」

「うん。お母さんが言ってたけど、昨日の夜中、年寄りが外に出てないか確かめてたらしい。雨とか台風があると、だれかしら川を見に行くから」

言葉にするとなおさら胸が痛んだ。祖父はヘルメットと軍手を脱いで束ねてある枝の上に放り、唇を歪めて苦痛に満ちた顔をした。

「駐在もこの村さ来てもう十三、四年は経ってっぺ。増水した川がどんだけ危ねえか、知らねえわけあんめえよ。なんで川さ行っちまったんだかなあ……しかも夜更けにか。なんで昨日に限ってそだことしちまったんだか、なんで……」

祖父は歯ぎしりでもするように唇をぎゅっと引き結んだ。こんな顔を見たことがない。奈穂は祖父のやるせなさが胸に迫って涙があふれてきた。

ここ数日で、村が様変わりしてしまったように感じる。亜矢子たちが越してきてから、川田の空気が張り詰めていたことは確かだ。彼女たちに非はないけれども、昔からずっと続いてきた小さな村の平凡なルーティーンが崩れてしまった。

奈穂は涙をぬぐって大きく息を吸い込んだ。祖父はさまざまな思いを胸に閉じ込めたようで、すでに顔つきはいつもの飄々としたものに変わっていた。

「もう消防団も警察も出張ってるだろうし、オレが行くこともあんめえ。かえって邪魔になる」

祖父は細かい葉を落とした枝をまとめて紐でくくりはじめた。奈穂はその様子をぼうっと眺め、意味もなく問うた。

「今日は枝打ちはやんないの？」

「夏場はやんねえよ。今時分に枝を落とすとな、木が急激に成長しようとしておかしな方向さ枝が伸びるんだわ」

「じゃあ、冬にやるの？」

「冬は木が固く締まって斧がダメんなる。枝打ちする合図は、稲荷んとこのモミジが赤く染まったときだ。毎年キツネが教えてくれるわ」

祖父の言葉は、いつも信仰と自然の摂理とがいいあんばいに混じり合っている。奈穂は変わらない祖父を感じてなんとなく気持ちが落ち着き、それと同時に亜矢子の家でのことを思い出して背筋がぞくぞくとした。

「じいちゃん。亜矢子の家がなんかおかしい」

「何が」

祖父は手を動かしながら目だけを奈穂にくれた。

「真っ暗で家の中にはだれもいないのに、間違いなくなんかいる」

祖父は縛り終えた紐を鉈で切り、立ち上がってあらためて奈穂と目を合わせた。自分でもおかしなことを言っていると思うけれども、あのとき感じた粘りつくような視線が脳裏にこびりついて離れない。

奈穂は、様子を窺うように自分を見つめている祖父に胸の内を打ち明けた。

「あの家には逆さ吊りの女がいる」

するとと祖父は見る間に真顔になった。

「ま、間違いなく逆さまだった。上からぶら下がってた。じいちゃん、あれは何?」

馬鹿みたいなことを言っている自覚はあるものの、絶対に見間違いではない。考えてみれば、お盆明けから亜矢子も異様に家を怖がるようになっていた。そしてあの逆さ吊りの女は、村で起きたいろいろなこととつながっているのではないのか?

祖父は何かを見極めるように奈穂の顔を見つめ、身動きひとつしなかった。それは恐怖を駆り立てられるほど長く、奈穂は口を開きかけた。けれども祖父は、遮るようにかすれ声を出した。

「おめさんは見たもんを忘れろ」

「は？　何言ってんの？　ちゃんと説明してよ」

祖父は再び手ぬぐいで顔をぬぐった。

「オレもわからんのさ。昔からうらんぼんは逆さ吊りの意味だと聞かされてたが、逆さに吊るされた女なんてのは聞いたことがない」

「大ばあちゃんは？　大ばあちゃんなら知ってるの？」

奈穂は詰問するように言ったが、祖父は首を横に振った。

「大ばさまはその手の話はしたがらん。たとえ知ってても言わんだろう」

奈穂はじれったくなって足を踏み鳴らした。

「もしかして駐在さんは何かに気づいたんじゃないの？　だから亜矢子に、立原のじいさんをけしかけたのかと言ったんだよ」

「おめさんは駐在の死もそれに関係してると思ってんだべか。同級生が手を下したとでも？」

祖父の言葉にはっとし、奈穂は慌てて首を左右に振った。

「違う、まさかそんなことは思ってないよ。そもそも亜矢子は何も知らないし、けしかけてもいないと思う。彼女もわけがわかんなくて混乱してる」

「なるほど」

「それに、ばあちゃんが亜矢子たちにおかしな嫌がらせをしてる。じいちゃんもそれを知ってるの？」

声を荒らげる孫と相対し、祖父は疑問符を顔に出した。何も知らないように見えるが、祖父が嘘をついたらおそらく自分は見破れない。滅多に本心を表に出さないからだ。

奈穂はじゅうぶんすぎるほど祖父を窺い、ひと息ついて先を続けた。

「亜矢子の家の裏にある畑に、ひどい臭いの油が撒かれてた。それに枯れ葉とか灰とか、昨日はあんなものなかったと思う」

「それをばあちゃんがやったってか」

「確証はないけど、ばあちゃんはやってる。大ばあちゃんもへんだよ」

「大ばさまはいっつもへんだっぺ」

祖父はさらりと言ったが、奈穂は否定した。

「最近の大ばあちゃんは、どこか歯切れが悪い。意味の通じない話しかしない。なんか、わたしの周りの年寄りが前とは違うんだよ。なんで?」

奈穂が力説する声が山にこだました。村のしきたりとか古くからの言い伝えとか、そういうものを敬って暮らしていたときとは何かが違う。常に緊張のようなものが見えるのだ。そして、こういう空気感を醸し出しているのは年寄りだけだった。

奈穂の顔を長々と見ていた祖父は、ぼさぼさに伸びた白髪眉を引っ張った。しばらく考え込んでから口を開いた。

「奈穂。おめさんはすでにわかってっぺよ」

「何もわかんないってば」

「畑でも田んぼでもそうだが、害虫だの病気だのが入ればそれを排除しようって力が働く。これが自然の摂理だべ」

「ちょっと待ってよ。その害虫とか病気が、東京から越してきた亜矢子たちだってことを言ってんの？」

奈穂は食ってかかったけれども、祖父はあくまでも静かだった。

「川田の内部落にしてみれば連中は間違いなく異物だ。それを弾き出すのか、それとも取り込むのか。まあ、毒とおんなじだわ。免疫ができれば共存できっぺな」

「わけがわかんないよ」

「そうかい？　おめさんがこしらえたトウミギもそうだべな。普通なら苦土石灰を使うところを、おめさんは消石灰を土に混ぜた。こりゃあ目に入れば失明する類の毒だわ。でもおめさんはわざわざそれを選んだ。糖度を上げるために、危険を冒したんだべ？」

祖父の言いたいことを理解したようでもあり、まったくわからなくもある。なにせ祖父の理屈から言えば、川田の内部落はなんらかの毒を選んだということを言わんとしているのだから。

5

玄関の脇には竹のすだれが裏返しにかけられ、そこに忌中札が下げられていた。駐在の通夜は夕方から厳かにおこなわれ、弔問客が家の前に固まっている。

玄関脇にあるテーブルで父が記帳して香典を手渡し、目を真っ赤に腫らした中年女性に頭を下げた。初めて見るこの女性が駐在の妻らしい。ふくよかなのに顔だけがひどくやつれ、クマの浮いた目許が引っ込んで顔色が非常に悪い。それはそうだろう。いつもと同じ様子でパトロールに出た夫が、変わり果てた姿で戻ってきたのだから。

両親に続いて奈穂も駐在の妻に頭を下げ、彼らが暮らしていた家に入る。すでに襖や障子が外されて広い空間ができており、喪服姿の見慣れない者があちこちに正座していた。警察関係者だろう。

奈穂は制服のスカートをさばいて両親の脇に座った。村の人間は普段からマスクを着けてはいないが、人出のある今日は全員が着けている。奈穂も息苦しさを感じながらマスクをし、室内に目を走らせた。家の窓はすっかり開け放たれており、周囲を取り囲む闇が恐ろしいほど濃く感じる。けれども、そこにぽかりと浮かぶ月は奇しくも満月だ。奈穂は赤みを帯びた大きな月に目を細め、しばらく眺めてから祭壇のほうへ視線をやった。

白装束で仰臥している駐在の周りだけ、ドライアイスとおぼしき薄煙が立っている。外は夜になってもじめじめとした暑さが続いているが、ここは真夏とは思えぬほどの肌寒さだった。奈穂は家を出てからずっと腑抜けていたけれども、布団の上で組まれた蒼白い故人の手を見て慌てて目を逸らした。

「奈穂、こっちさ詰めて」

うつむいて気持ちの波をやり過ごしているとき、母が袖を引っ張ってきた。弔問客が多く、座敷が混んできたから脇に寄れということらしい。奈穂が膝立ちのまま奥へ移動していると、今度は黒い着物を着た祖母が斜め後ろに座った。

「やっぱり人出が多いな。オレらは顔出しだけで、すぐ引っ込んだほうがいい。村じゅうの人間が通夜さ来っぺから」

「じいちゃんは？」

奈穂が声をかけると、祖母は布製のマスクの位置を直しながら低い声を出した。

「じいちゃんは夜弔だ。駐在の嫁さまだけでは夜伽もたいへんだで、川田の年寄りが代わる代わる朝まで弔問することにしたわ。線香の火い絶やさねえようにしねえとな」

それはかえって迷惑ではないだろうか。咄嗟にそう思ったが、これは大百舌村に昔からあるしきたりのひとつだ。通夜は夕方から夜通しおこなわれ、村人が全員で夜伽をする。台所のほうではさまざまな年齢層の女たちが動きまわっている。通夜や葬式に出される料理はすべて手作りされるのが習わしであり、斎場を使うことはほとんどない。この村は、どれほど手間がかかっても総出で弔って送り出す。

そこへ腰の曲がったキョウばあさんが現れ、前歯の欠けた口を開けてにやりと笑った。不織布のマスクは顎のほうまでずり下がり、何度手で直してもまた下がってきてしまう。今日も頭のてっぺんで白髪を団子に結い、腰のあたりがすぼまった古臭いデザインの喪服を着ていた。

「通夜ぶるまいは両隣と向かいの座敷を借りてやるみてえだな。炊き出しがばらばらではたいへんだわ。かえって庭さ幕張ってやったほうがよかったんでねえべか」

キョウばあさんは聞き取りづらい滑舌で喋った。

「それに町からおまわりも大勢来んだろうし、伝染病も心配だわ」

「これ、周りに聞こえっから声を小さくしらっし」

さすがの祖母もたまらず窘め、奈穂の右隣では母が眉根を寄せて苛立ちを押し殺していた。けれどもキョウばあさんは黙ることなく喋り続けた。

「鹿澤部落では白和えは忌み物だかんな。おおかたふるまいは煮しめを多くすんだっぺ。オレげは米七升持ってきたけども、山谷もおんなじか？」

「んだ」

祖母はひと言で返して話の終わりを示したが、キョウばあさんはマスクをズラしながら先を続けた。

「明日の葬式は町の斎場でやるんだと。児玉んとこな。まあ、駐在は村の人間でねえからそのほうがいいかもしれん。しかし、嫁さまはこれからどうするんだべ。子もいねかったんだっぺ？」

これ以上、余計なことを口走りはしないかと気が気ではなかったが、そこへちょうど菱模様の袈裟をまとった僧侶が入ってきた。見れば座敷はマスクを着けた人で埋まっており、みな窮屈そうに身じろぎをしている。奈穂は、亜矢子の姿がないかと弔問客に素早く目を走らせた。参列者は外にまであふれているようだが、彼女らしき人影はない。立原のじいさんが暴れて逮捕された件は、村全体でも語り草のはずだろう。その直後に駐在が事故死したとなれば、「よそ者が不幸をもたらしている」とあらぬ噂を立てられているに違いなかった。

そうしているうちに読経が始まり、奈穂はポケットに入れておいた水晶の数珠を手首に巻いた。ほどなくしてお盆に載った香炉と抹香がまわってきた。そして順繰りに焼香をして最後の法話に耳を傾け、奈穂は生ぬるい夜風が吹く外へ出た。

「通夜ぶるまいは、向かいのうちで呼ばれっから」
母は喪服の脇の下に大きな汗染みを作り、黒いレースのハンカチをしきりに額に押し当ててい
た。奈穂は小さくため息をついた。
「わたし、先に帰ってもいい？　なんかすごく疲れてるし頭痛い」
「ダメだよ。ふるまいに口をつけないのは失礼なんだから、もう少し我慢しな」
そう言った母は知り合いを見つけ、深々とお辞儀して話し込みはじめた。父はすでに向かいの
家へ行っており、祖母は内部落の老女たちと神妙な面持ちで語り合っている。奈穂は再びため息
をついたが、そのとき、小さな声が聞こえた気がして後ろを振り返った。
喪服姿の者たちがわらわらと行き交い、お膳が用意されている家々へ移動している。気のせい
だと思って向き直ると、こんどははっきり声が聞こえた。
「奈穂ちゃん！」
声の出どころを探って周囲を見まわし、正面にある暗がりにじっと目をすがめる。すると、サ
ルスベリの木の陰から顔を出している亜矢子を見つけて奈穂は目を剝いた。慌てて周りを見やり、
何気なさをよそおいつつ彼女のもとへ行く。そしてすかさず亜矢子の手を取り、トラクターなど
が並んでいる納屋の裏手へまわった。
「どうしたの？　いや、なんで来たの？」
奈穂は亜矢子に向き合ったけれども外灯のない農道は真っ暗で、あやうく小川に足を突っ込み
そうになった。彼女は東京で通っていた高校の制服を着ており、ひときわ白い顔が暗がりに浮か

び上がっている。その姿を見て、無性に腹が立ってきた。

「何やってんの？　亜矢子だって村の人間が大勢集まる場所へは来ないほうがいいってわかるでしょ？　特に今は」

奈穂は語気を強めて彼女と目を合わせた。亜矢子の瞳は不安げに揺れている。

「ごめん……」

「ああ、もう！」

奈穂は満月を仰いで地団駄を踏んだ。

「違うよね、亜矢子が謝る必要なんて何もないんだよ！　あることないこと言って、噂話で憂さ晴らししてる連中がどうかしてるんだから！」

奈穂は、すっと切れ上がった目を伏せている亜矢子に言葉を浴びせた。

「でもさ、そんな連中のなかにわざわざ入って歩み寄る必要なんてないんだよ！　いくら堂々としてたって、どれだけ丁寧に説明したって聞く耳なんてもたない！　よそ者だってだけで話は終わるからね！　ここはさ、そういう陰湿な連中しかいない閉じられた場所なんだよ！　最悪の村なの！」

「お兄ちゃんにもまったく同じことを言われたよ。無理にかかわろうとするなって」

「じゃあなんで！」

亜矢子に腹が立ってしようがなかった。彼女に怒りをぶつけるのは筋違いなのはわかっている。けれども、自分が何を騒ごうが正論を説こうが、だれにも理解してもらえない事実を亜矢子が越してきてから痛感させられていた。もう無力感しかないのだ。

奈穂は興奮のあまり咳き込み、にじんだ涙を乱暴に振り払った。亜矢子は取り乱している奈穂を静かに見つめ、いつものように淡々と話した。

「今朝、回覧板で駐在さんが亡くなったことを初めて知ったの。本当に驚いた。越してきてからいろいろと気にかけてもらったし、じっとしていられなくて」

彼女は人の出入りが激しい通夜の様子を窺うように耳を澄まし、再び口を開いた。

「奈穂ちゃんは、心からこの村を大切に思ってるんだね」

「バカ言わないでよ。こんなどうしようもない村、今すぐ出ていきたいぐらい嫌いだって。好きでいる理由がどこにあんの？」

「わたしには、奈穂ちゃんが必死に村を守ろうとしているように見える」

奈穂は息苦しいマスクをズラして笑い声を漏らした。

「だとしたら亜矢子の目がどうかしてる。わたしは亜矢子たちを心配してるし、嫌な思いばっかりさせて申し訳ないとも思ってる。心底この村を恥じてるよ」

亜矢子は奈穂から目を離さず、凛（りん）として見える一重瞼の目に笑みを浮かべて小さく首を横に振った。

「奈穂ちゃんはね。わたしを通して村の心配をしてるんだよ。内部落のみんながどう思われているのか、いつもそれをわたし越しに見て悩んでる。間違っても村を見捨てることはしないし、きっと今はわたしたち移住者を疎ましく思いはじめているよね」

違うと否定するのは簡単だったけれども、それをさせない迫力が今の亜矢子にはあった。いつも見せていた遠慮がちな素振りがなく、すでにすべての結論を出したような清々しささえ感じる。わかっていたこととはいえ、奈穂の気持ちがどこまでも沈んでいくのがわかった。

「亜矢子は村を出て行くんだね……」

「なんでそう思うの？」

即座に切り返してくる。自分の思いを伝えたところで、起きてしまった事実は何ひとつ変わらない。結末が同じならば、話したところで苦しみが増すだけだった。

奈穂は気持ちを切り替えようと腐心した。月明かりの下で彼女と見つめ合った。どうしてこれほど毅然（きぜん）としていられるのだろう。今の亜矢子には迷いがないどころか、人前に出たくてたまらないというような高揚感も伝わってきた。

奈穂は彼女の腕を取り、砂利が敷かれた村道のほうへ引っ張った。

「わかった。駐在さんにお線香上げよう。そのために来たんだもんね」

「うん、ありがとう。お通夜とかお葬式には一度も出たことがないから、どうしたらいいかわからなかったの。服装はこれで大丈夫かな」

「問題ないよ。まず駐在さんをお参りしてお線香を上げる」

二人が提灯の明かりが灯る駐在の家へ向かっていると、早速亜矢子の姿に気づいた村人たちが何やら声を潜めて話しはじめていた。

喪服を着た黒ずくめの大人たちのなか、二人は臆することなく歩いていた。亜矢子の気持ちが伝染しているのか、意地の悪い人目がむしろ心地よい。人をすり抜けながら玄関へ向かう途中、サイズの合っていないツーピースをまとった老女が声をかけてきた。樟脳の臭いが目に沁みるほどで、奈穂は思わず顔を背けた。

「あれ、おめさんは山谷げの娘っ子だべな。ずいぶんおっきくなったこと。オレのこと覚えてっかい？　小学校二年のとき、おんなじクラスに美幸っていたんべ。熊蔵の本家の美幸だ。オレは美幸のばあちゃんだよ」

　喪服の背中がはちきれそうなほど太った老女は、花柄の杖をつきながら屋号を口にした。マスクを顎までずらし、毒々しいピンク色の紅を引いた唇を晒している。美幸のことはよく覚えていた。クラスでいちばん気が強くて攻撃性が高く、特に奈穂を標的にしていたように思う。この老女と同じように、本家であることをしょっちゅう鼻にかけていた。

　奈穂は曖昧に笑ってやり過ごした。そのまま会釈して立ち去ろうとしても、矢継ぎ早に話しかけられてそれもままならない。

「しかし、おめさんはたまげるほど優秀なんだわなあ。町の女子高さ一等で入ったんだっぺ？　うちのは遊んでばっかでダメだわ。おめさんげはあんちゃんも仙台の大学出てっぺし、賢い血筋なんだべな」

「いえ、そんなことないです。じゃあ、失礼します」

　二人はそそくさとその場を立ち去ろうとしたが、老女は行く手を阻むように杖を亜矢子の足許についた。

「それで、こっちのおめさんはどこの娘っ子だべ。見ねえ顔だなあ。その学校の制服もここらのもんではねえな」

「ああ、はい。東京から引っ越してきたので」

その言葉と同時に、老女の小さな目が厭らしく光った。知っていながらわざわざ問うてくるという、意地の悪さが全開だ。

「なるほど、なるほど。おめさんが川田さ越してきた都会もんか」

老女は亜矢子の全身にしつこいほど視線を走らせ、猪首をせいいっぱい伸ばして顔を覗き込んでいる。彼女は聞き耳を立てている周りの人間を意識し、脂肪が垂れ下がった口角を引き上げた。

「しかし、たいへんな災難だったわなあ。斗比屋のじさまがおめさんげで大暴れしたんだべ？怪我したのはあんちゃんかい？」

「はい、そうです」

「いやはや、ボケて鉄格子ん中さ入るなんてご先祖さんも泣いてっぺよ。あれか？　おめさんは斗比屋げのじさまさ、なんかちょっかい出すようなことをやったのかい？　いくらなんでも、ボケてたってわけもなく人を襲うようなことはしねえべから」

「何もしていません」

亜矢子は、むくんだように大きい顔の老女を見てきっぱりと言った。子ども相手に底意地が悪いにもほどがあるし、この老婆はとにかく昔から揉め事を起こすことで有名だと聞いた覚えがある。あらゆるところへ首を突っ込み、あることないこと触れまわるのだ。曾祖母が村いちばんのろくでなしだと言っていたことを、奈穂はふいに思い出した。

長話は無用だ。亜矢子の腕を引いたけれども、老女はなおも食い下がってきた。

「そういや、おめさんげは母ちゃんの具合悪いんだってなあ。狐憑きだって聞いたけども、ちゃんと拝み屋で祓(はら)ってもらったのか？　早いうちに狐を取っとかねえと、じきに家族さ移っていくんだど」

いったい何を言っている？　奈穂はこの年寄りに殺意にも似た何かが湧き上がった。村の年寄りのなかには、心の病を狐憑きだと信じて恐れる者がいる。けれどもこの老女には恐れなどなく、ただの嘲りだった。

奈穂の頭に血が昇りかけたのと同時に、亜矢子の表情が変わったのがわかった。今まで見たどの顔よりも冷ややかで、老婆を無視することなく真っ向から見据えていた。

腰を曲げて薄ら笑いを浮かべる老女を見下ろし、二人はすぐ目の前に立ちはだかった。本気の怒りを隠さずに睨みつけると、さも驚いたような顔で周囲の人間に目配せをしている。亜矢子が何かを言おうと口を開きかけたとき、後ろから間延びした声が聞こえた。

「あれまあ、登美子(とみこ)姐でねえか」

振り返ると、祖母とキョウばあさん、そしておヨネおばの三人が顔をそろえていた。

「まあた通夜荒らしさ来たのかい？」

キョウばあさんが歯の欠けた口を開けて笑うと、とたんに肥え太った老婆が目を泳がせて曖昧に笑った。どうやら、キョウばあさんのほうが立場的には上らしい。

「駐在の通夜ぶるまいは両隣と向かいだと。行って好きなだけ食ってくっといいわ。こないだは、町のほうの通夜にまで顔出したっつうんでねえの」

「い、いやあ、生前に世話になったかんな」

「そうかい。ご苦労さんだこと」とキョウばあさんはだみ声で言い、奈穂と亜矢子に目を向けた。

「線香上げんならもう行かっし」

祖母とおヨネおばも口をつぐんだまま早く行けと頷いている。奈穂が亜矢子の腕を引いてその場から離れると、彼女は意外そうな声を出した。

「もしかして今の、わたしたちに助け舟を出してくれたのかな」

「まあ、そうとも言える。内部落の年寄りは、あのデブのばあさんを敵認定してるからね。悪党には悪党をぶつけたほうがいい」

奈穂がため息混じりに言うと、亜矢子はふふっと笑った。

「通夜荒らしって何?」

「あのばあさんは、どこの通夜にも顔を出すので有名なんだよ。食い意地が張ってて、人のお膳にまで手を出すみたいだから」

亜矢子は驚いたように横から奈穂の顔を見た。

「大百舌村って人間が濃いよね。それに日本の法律が通用しない場所みたい」

どういう意味だろう。すぐさまそう思って彼女のほうを向いたけれども、亜矢子は袱紗(ふくさ)に包まれた香典袋を玄関脇の受付に渡しているところだった。

6

翌日は昼近くまで寝過ごした。午後から割り当てられた農作業をしぶしぶこなして家に戻ると、すでに太陽がずいぶんと傾いていた。一日が野良仕事で終わってしまう虚しさを感じ、奈穂はベッドに体を投げ出した。

もうすぐ夏休みが終わる。奈穂は開け放っている窓へ顔を向け、西へゆっくりと流れていく雲を目で追った。つい数日前までは夏休みが早く終わればいいと思っていたけれども、今は気持ちを整理するための時間がほしかった。亜矢子はこの村を出ていくだろうと踏んでいるが、その話をするたびはぐらかされて答えを聞いてはいない。今まで、去る者は追わずにそっけない生き方をしてきた奈穂にとって、この変化には戸惑いもあった。

「わたし、こんなに人に依存するタイプだったっけ……」

奈穂は雲を眺めながらつぶやいた。亜矢子は踏み入ってほしくないことには徹底的に口を閉ざし、まるでなかったかのように振る舞うところがある。立原のじいさんの件や死んだ駐在とのこと、そして母親の話題がそれで、奈穂に質問する隙すら与えない。

目許に腕を載せて息を吐き出した。人に嫌われることを恐れるあまり、都合のいい人間に甘んじている者を軽蔑している。いや、今まではそうだったけれども、どうやら自分はそれに成り下がっているらしい。どうしても亜矢子に嫌われたくない。

奈穂は堂々巡りを繰り返して陰鬱な気持ちになっていた。そして知らない間に眠ってしまったようで、騒々しい母の声が耳に入ってはっと覚醒した。

「奈穂！　もうすぐお父さんが葬式から戻ってくっから、塩を用意して！　お母さん、今手が離せないんだよ！」

部屋はすでに真っ暗で、網戸越しの夜空には無数の星が瞬いている。奈穂はのろのろと半身を起こして顔を擦り上げた。いつの間に寝てしまったのだろう。

「奈穂！　聞いてんの！」

「わかったって！」

奈穂は怒鳴り返してもつれた髪を束ね直し、薄暗い階段を駆け下りた。台所では母がひじきの入ったコロッケを作っており、奈穂を認めて粉まみれの手を食器棚へ向けた。

「小皿に塩取って、お父さん帰ってくるまで玄関で待っててな」

「葬式でもらう塩があるじゃんよ。パックされてるやつ。自分でかけられるでしょ」

奈穂はぶつぶつ言いながら小皿に塩を取った。

「清めは女の仕事なんだよ。この村では昔っからそうなんだって。ばあちゃんが事あるごとにそう言ってんだから」

母はさりげなく祖母を引き合いに出して奈穂の口を封じた。塩を持って玄関へ向かい、外に出て小さな池を囲んでいる庭石に腰掛ける。すっきりと晴れた夜空を見上げると、夏の大三角がひときわ明るく瞬いていた。生まれてからずっと見続けている景色なのに、なぜか今日は苦しいほど胸に迫る。

感傷に浸りながら生ぬるい風に吹かれていると、奥にある駐車場にヘッドライトを点けた車が入ってきた。ほどなくして、白い紙袋を持った喪服姿の父が降りてくる。奈穂は立ち上がって玄関先まで小走りした。

「塩かけるから後ろ向いて」

父は「ああ」と低い声を出して背中を向けてくる。奈穂は肩から脚のほうまで塩をかけ、同じように前側も塩で清めた。

「はい、終わったよ」

「ああ」

父は同じ声を出して家に入っていく。白いワイシャツを着ているせいか、真っ黒に陽灼けした顔がことさら沈んで見えた。額に刻まれた深いシワが目立っており、父はこれほど老け込んでいただろうかと思う。奈穂は、黒い革靴を脱いで家に上がり込む父の後ろ姿を目で追った。なぜかはわからないが、今日はやけに気持ちが揺れてしようがない。

奈穂は大きく息を吸い込み、余った塩を辺りに撒き散らした。家に上がって台所へ行き、小皿を水でゆすいで水切りかごへ入れる。無言のまま出て行こうとしたけれども、待ち構えていた母に捕まった。

「これにパン粉つけて」

奈穂がこれみよがしにため息をついたが、母は当然のように手を洗いはじめた。そして非難するように首を傾ける。また小言が始まるらしい。

「通夜で騒ぎを起こして、まったく……」

「それはもう昨日聞いた。それに騒ぎを起こしたのはわたしじゃなくて、外部落のデブのばあさんでしょ」

母は眉根を寄せて顎をぐっと引いた。

「そだこと言うもんじゃない。駐在さんのお通夜で、村の人たちが大勢集まってたんだよ。それこそ大年寄りから若い衆までな。そんなのにあんたはよそ者引き連れて来るなんて、いろんな噂が立っちまうわ」

「お母さん。自分が何言ってんのかよく考えなよ」

奈穂はボウルに卵を割り入れ、菜箸でかき混ぜた。

「駐在さんにいつも気にかけてもらってたから、亜矢子はわざわざあの場所まで行ったんだよ。しかも村の連中に歓迎されてないのを知ってる。そういう一途な思いと、くだらない村内の噂話を気にする大人。もうさ、バカバカしくて話にもなんないね」

「そういうことを言ってんじゃない。子どもの勝手な行動が、村を揉ませる原因になったたって言ってんの。キョウばあちゃんと熊蔵の登美子姐がやり合ったなんて、もう村じゅうにまわってるわ。これからずっと続くその噂話に、必ずあんたの名前が登場することになんだよ。ああ、やだやだ」

「好きに登場させればいいじゃんよ。わたしの知ったこっちゃない」

奈穂は平皿にパン粉を出して、母が丸めたタネを卵にくぐらせた。母の機嫌は昨日から最悪で、ことあるごとに突っかかってくる。母はトマトやキュウリなどの野菜をザルで洗い、手荒に切っていった。

「お父さんが風呂から上がるまでに作っちゃいたいから急いでよ」

母の棘のある言葉尻には苛々させられるけれども、まともに相手にしても疲れるだけだ。奈穂は黙々と手を動かして、パン粉をつけたコロッケを皿に並べていった。

昨日の通夜の出来事は、大げさではなく村じゅうで語り草になっているのはわかっている。そもそも、亜矢子たち移住者が立原のじいさんをけしかけたせいで事件が起きた……という根も葉もない噂であふれ、なぜかじいさんは気の毒だという風潮が生まれつつあるのだ。しかも駐在の死もいわくつきのように触れまわる者が後を絶たず、もはや村の娯楽として消化されていた。こういうデマに狂喜する住人を見ていると、ネットとさほど変わらないと思う。いくら反論を試みても焼け石に水であり、好きに言わせておくしかなくなる。

奈穂は、目に入りそうになっている後れ毛を肩で払った。

「前にも言ったけどさ。わたしらは震災で噂とかデマにさんざん苦しめられたし、今もそれは続いてる。なのに同じことを人にするのは平気なんだね。むしろ楽しんでやってるし、どうしようもない連中だよ。つくづくそう思う」

母は切った生野菜を大皿に盛りつけながら、上目遣いに奈穂を見やった。

「あんたは最近変わったよ。偉そうな口ばっかきいて、村の人間をバカにしてる」

「お母さんにはそう聞こえるんだ。へえ」

奈穂はうんざりして言った。母はここ最近にないほど腹を立てているようで、唇の端をぴくぴくと震わせている。

「あんたが変わった原因は、越してきた都会もんだわ。あの娘っ子と付き合うようになってから、人を見下して小馬鹿にするようになった」

「ほらね、簡単にそういう結論を出すでしょ。はなっから移住者を悪だと思ってっから、自分が嫌なことは全部そこに結びつけるんだよ。わたしは何ひとつ変わってない」

「奈穂。あんたはあの子と付き合うのをやめなさい」

母は野菜を盛る手を止め、真っ向から奈穂と目を合わせてきた。怒りというよりも、焦りや心配がはるかに上まわっている。母はじっと目を見たまま先を続けた。

「あんたは都会もんに影響されて自分を見失ってる。奈穂ぐらいの年代は、付き合う者に引きずられるから友だち選びは大事なんだよ。前にうちに遊びにきた二人。あの子らは明るくていい子だったのに、奈穂は都会もんのほうばっか見てるわな」

「なんていうか、もう話になんないわ」

奈穂は作り終えたコロッケの皿を母のほうへ押しやり、手を洗って向き直った。これ以上は怒りを抑えられそうにない。

「わたし夕飯いらないから」

そう言い残して奈穂は階段を駆け上がった。腹が立つと同時に悲しすぎる。母の見る目のなさは筋金入りで、表面だけを取り繕う愛美たちにすっかり騙されているのだから。所詮、教師も含めて大人なんてこんなものなのだろう。真剣に向き合っても無駄だということがよくわかった。

奈穂は部屋に入って机の上からスマートフォンを取り上げた。画面を開くも、亜矢子からのメッセージはなく取り残されたような気持ちになった。

机の電気スタンドを点け、椅子に座って問題集とノートを開いた。情けないことに、この手の負の感情のもって行き場が勉強しかない。ネット上のだれかとつながろうかとも考えたけれども、面倒くささが先にきて駄目だった。だいたいにおいて話が合わないし、余計な気をまわしすぎて疲弊するのが目に見える。

イヤホンを耳に入れてスマートフォンで音楽を選び、奈穂は自分の世界に閉じこもった。ノートに鉛筆を滑らせているときだけは無心になれる。問題集を解いてわからない箇所には付箋を貼り、解答を見ながら設問の意図を理解していく。それを続けているうちに赤いボールペンのインクがなくなり、奈穂は顔を上げて首をまわした。

窓の外には闇が広がり、やかましく鳴いてたカエルの声もまばらになっている。伸び上がってうめき声を上げ、奈穂は耳からイヤホンを外した。

「おなかすいた……」

そうつぶやきながらスマートフォンに目を向けると、もう深夜〇時をまわっていた。母が呼びにこないのは相当頭にきているときだけだ。奈穂は机の引き出しを開けてお菓子がなかったかと探したけれども、今日に限ってストックが何もない。

「しょうがない」

奈穂はできるだけ音を立てずに廊下へ出た。朝が早い両親はとうに寝ているだろうが、今鉢合わせしたらバツが悪い。奈穂はきしみを上げる階段と格闘しながら一階に降り、台所へ向かおうとした。そのとき、廊下の奥にある小窓に瞬くような明かりが見えて脚を止めた。あの窓の向こう側は農機具が保管されている納屋と山しかない。そもそも外灯もなく、この時間に明かりが漏れるような場所はなかったはずだ。

なんだろう。奈穂は廊下の奥へ行って小窓を細く開け、隙間から外の様子を窺った。納屋ではなく、その脇にある庭木の間からちらちらと光りが漏れている。あのあたりにあるのは隠居の奥座敷だ。おおかた祖母が曾祖母の世話でもしているのだろう。夜中にたいへんなことだ。奈穂は少し考え、踵を返して台所へ入っていった。そして勝手口にあるサンダルをつっかけて闇が広がる外に出る。

祖母が起きているなら、ついでに何か食べさせてもらおう。

奈穂は作業場のほうをまわり、裏手から同じ敷地内にある隠居へ向かった。草の青臭さと堆肥の臭いが混ざり合って漂い、いつもと変わらぬ夏の夜だった。奈穂は祖母が育てている派手なグラジオラスをまたいで隠居の裏手へ入ったが、明かりが灯っている曾祖母の部屋の脇を通り過ぎようとしたとき、細く開けられている窓からぼそぼそと喋る声が聞こえて立ち止まった。曾祖母と祖母、そしてほかにもだれかの声が聞こえたからだ。

こんな夜ふけに客がいる？　奈穂は腰を屈めて窓の真下へ移動し、わずかに伸び上がって隙間から中を盗み見た。枕許にある電気スタンドがひとつだけ灯り、そこには曾祖母と祖母、そして内部落の老女四人が詰めている。念仏に参加していたメンバーだ。奈穂は慌てて首を引っ込めた。

いったい、こんな時間に何をやっているのだろうか。すると、潜めているようなかすれ声が耳に入ってきた。

「オレ、おっかねくてたまんねえよ。さっきっから背筋がぞくぞくしてんだ」

これは祖母の声だ。半分泣いているような声色で、切羽詰まっているのがよくわかる。

「オレだっておっかねえよ。だけども、やるしかねえんだっぺ？　ここまできたら、もう最後までやるしかねえんだよ」

これはおヨネおばだ。そして立原家の洋子姐も悲痛な声を出した。

「オレは斗比屋さ嫁いでから、ずっと地蔵さまさ手え合わせてきたんだ。雨の日も雪の日も、弁膜症で入院したときだって病院抜け出してお参りさきたわ。んだけども、オレげの父ちゃんは騒ぎを起こすし、もうどうしていいかわかんねえよ。川田の内部落で、こだ大それたことが次々に起こってる。こ、これはホントに正しいことなのか？」

するとキョウばあさんとおぼしき老婆の低い声が耳に入り込んだ。

「洋子姐、ちと落ち着くんべな。全部が地蔵さまのお考えなんだど。じさまが暴れたのも、地蔵さまがそれをお望みになったからそうなったんだべ。ただのボケとはわけが違う。なあ、大ばさま。そうだっぺ？」

キョウばあさんに問いかけられ、曾祖母が低い声を漏らした。

「いかにもそうだ。今、この村に駐在はいない。いつぶりかの静かな夜だわ。地蔵さまが駐在をあの世さ導いたかんな」

「そ、そんなもん、年寄りどもが川さ突き落としたんだっぺよ！」

「え？」

思わず声が出てしまい、奈穂は慌てて口を手で塞いだ。今、何を言った？　奈穂はその場にしゃがみ込み、顎を上げて窓のほうを凝視した。年寄りが駐在を川に突き落とした？　本当にそう言った？　奈穂は反射的に体を固くした。すると間を置かずに、窘めるような曾祖母の声がした。

「洋子姐。ホントに少し落ち着かっし。おめさんは人一倍地蔵さまを敬ってる。その地蔵さまは、ずっと前からオレらに合図を出してたんだぞ。考えてみい。アシナガだの夜盗だのカラスだのイノシシだの、こだに周りが騒がしい夏は今までにあったか？　その合図さ、いち早く気づいたのはおめさんげのじさまだぞ？」

「んだ」と老婆たちは口々に相槌を打った。

「それを駐在さ逐一報告して、川田に何か異変が起きてることを伝えたんだ。じさまは地蔵さまの合図をしかと受け取った。誇るべきことだべ。うちのせがれもそうだったど。早くっからなんかがおかしいと言いよったわ」

奈穂は、曾祖母や老婆たちの言葉を聞き逃さないように集中した。けれども、なぜ害虫や害獣が増えることと駐在が関係あるのかがわからない。もしかして、駐在を川へ落としたというのは何かの比喩なのだろうか。

奈穂は下見板張りの外壁に頬を押しつけ、屋内での会話を聞き逃すまいと一層耳をそばだてた。

「駐在はなんかに気づいてたわ。斗比屋のじさまの言葉を聞いて、頭ん中さ疑念の火が灯ったんだべ。オレら女衆が、それに気づけなかったのは腑抜けてたからだわな。んだから、駐在を葬らなけりゃならんかった」

「しょがねえことだべ、これがオレらのさだめなんだ」

「んだな。それしかなかった」

この話は比喩でもなんでもない。奈穂は総毛立ち、全身から汗が噴き出してきた。内部落の年寄りが、大雨で増水した川に駐在を突き落とした。そのなかにはおそらく祖父もいる。本当に？奈穂は熱帯夜のなかで寒気を感じ、加えて吐き気ももよおした。寡黙で仕事に誇りをもっている祖父が、人を殺すなど信じられない。ましてや地蔵の思し召しなど、祖父が盲目的に信用するはずがなかった。

奈穂は口をぎゅっと押さえて、その場にうずくまった。内部落の老人たちが結託し、駐在を殺している。そして通夜や葬式にも何食わぬ顔で参列した。両親やほかの世代はそれを知らずに、いつもと変わらぬ生活を続けている。もしかして、今までにも同じようなことをやっていたのか。人知れず人を殺め、顔色ひとつ変えずに生活していた？

奈穂は呼吸が乱れ、吸った息が吐き出せなくなって胸のあたりをぎゅっと押さえた。

「洋子姐、おめさんは大丈夫か？　今が正念場だど」

曾祖母の声が聞こえ、続けて洋子姐の裏返った声がした。

「と、取り乱して悪かったない。んだけどオレは、何が正しいのかわかんねくなっちまったんだ。もう地蔵さまさお参りもできねえ。ど、どうしてもできねえんだ……」

洋子姐はさめざめと泣きはじめ、それをきっかけにしてほかの老婆たちへも戸惑いが広がっているようだった。不安や疑問をこぼしはじめ、やがては間違ったことをしたのではないかと怯えを口にする者も現れた。

すると曾祖母が大きく息を吐き出し、ことさら低い声を出した。

「ここらが潮時か……。おめさん方はよっく聞け。一度しか言わん」

曾祖母は再び音を立てて息を吐き出した。

「オレにはな、墓場までもっていかねばなんねえ秘密がある。おぞましい秘密だ。だが、おめさんらは知るべきかもしれん。この村のために、今はみんながひとつにならねばなんねえんだ」

奈穂が汗を流しながら固まっていると、曾祖母が静かに語りはじめた。

「ずっと昔、オレが十六の小娘だったときだ。オレは地蔵さまさ孤参りした。この山谷さ嫁ぐのがどうしょもねく嫌でな。町さ出られるように願掛けしたんだわ」

奈穂は反射的に顔を上げた。年寄りたちは呼吸音もないほど静まり返っている。

「ちょうど戦争が始まった年だ。だがな。オレが孤参りした直後から、内部落の年寄りどもがばたばたと死にはじめたんだ。長老も急死して、結局残ったのは林枡のばさまだけになった」

「……その話は母ちゃんから聞いたことがある。昔、内部落の年寄りが次々に死んだって。ま、まさか、大ばさまが孤参りしたせいで起こった災いなのか？」

老婆たちはざわざわと話しはじめたけれども、曾祖母が遮った。

「静まれ、まあだ話は終わってねえ。オレの話をよっく聞け。あの地蔵は村を守ってるわけでねえんだ。アレはな、よそもんが村を呪うために作った地蔵なんだ」

一瞬だけ場が静まり返ったけれども、次の瞬間には祖母が慌てたように声を上げた。

「いやはや、大ばさまは何口走ってんだべか！　バチ当たっちまうど！」

「まったくだわ！　なじょすっぺ！　ボケが始まったんでねえのか！」

ほかの年寄りも次々に焦りを口にしたが、曾祖母は止まらなかった。

「これは想像で言ってんじゃねえ。年寄りが大勢死んだあと、オレはあの地蔵のよだれかけを密かに調べた。一枚一枚願掛けした者の名前を見て、中さ縫い込まれた願い事を確かめたんだ。墨で書かれた半紙を広げてな」

「と、とんでもねえことを！　地蔵さまの掟に背いたんか！　こんなもん、バチだけじゃ済まねえど！　一族ひっくるめてみんな死んちまうべな！　のたうちまわって死んちまうべな！」

「キョウばさま、最後まで話を聞かっし。現にオレはこの歳まで生きてる。いいか？　あの地蔵さ古くから願掛けしたのは、みんなよそから嫁いだ女どもだったわ。オ、オレの母ちゃんも含めて、みんなよそもんの嫁が村の年寄りを葬り去るための呪いをかけやった！　自分らを虐げるもんをあの世さ送ってきたんだど！」

曾祖母のかすれ声が空気を震わせ、奈穂は身動きができなくなった。みんなであれだけ敬って大切にしてきた地蔵が村を呪うためのもの？　だから昔からよそ者を近づけてはいけない固い決まりがあったのか？

驚愕しているであろう老婆たちをよそに、曾祖母は努めて一本調子で先を続けていた。

「おそらく大昔っから、地蔵は嫁どもが姑を呪うためにこっそりと使われてきたんだべ。オレはそれに気づいて逆手に取った。村の守り神に仕立てて、よそもんを徹底的に近づけねえようにしたんだ。村人が地蔵を大事にして敬えば、おのずと隅々まで目え光らせることができっからな」

「そ、それはそうだ。毎朝毎晩地蔵さまを参って、少しの変化も見逃さねえほどきれいに掃除して花を供えてたもの。竹板吊るして、音が鳴ればたちまち駆けつけたんだ」

「ああ。村を守るためには、村人を欺くしかなかったんだべよ。だが、東京から来た娘っ子が地蔵さ手を合わせちまった。もう、何を意味すっかわかっぺ？」

老婆たちが一斉にうめき声を上げ、祖母が消え入りそうな声を出した。

「む、昔と同じくオレらはひとりずつ、し、死んちまうのか？」

「そうなんのかもしれん。あの地蔵の力は侮れねえんだ。だからオレらはな、あの娘っ子らに加勢するしかねえんだよ。手え貸して村さ迎え入れるしかねえんだ。ヤツらの障害になるもんは取り除かねばなんねえ。たとえそれが駐在だとしても、やんねば内部落はいずれ破滅する」

座敷からはすすり泣く声が聞こえ、地蔵という心の拠り所を失った老婆たちの悲嘆であふれている。

「オ、オレの母ちゃんは我が手で家を滅ぼした。人を呪えばうらんぼんに返される。じいさまもばあさまも父ちゃんも兄ちゃんも、ちっこい弟まで死んでオレだけが生き残った。山谷さ嫁いだオレだけが」

「な、なんでそだことになったんだ……」

祖母が声を震わせると、老婆たちは口々に念仏を唱えはじめた。

「母ちゃんは逆さ吊りの女が家に取り憑くと言いやった。それがいったいなんなのか、オレはだれにも聞くことができなかった」

奈穂は身内が人殺しに加担したショックで頭がまわらなかったけれども、「逆さ吊りの女」という言葉で完全に気持ちが切り替わった。

曾祖母は空気の抜けるような低い声音で喋った。

「オレはずっと考えた。この歳まで毎日毎晩考えた。おそらく逆さ吊りの女が呪いの代償なんだろう。その家の人間をひとり、またひとりと取り殺す」

「や、やめてくれや！　大ばさま、オ、オレはおっかなくてどうにかなりそうだ！　そだバケモノが大百舌村にいたんだべか！」

キョウばあさんが聞いたことのない悲鳴のような声を上げた。

「オ、オレのうちにも逆さ吊りの女がくんだべか！」

「でっけえ声出すでねえ」と曾祖母がぴしゃりと言った。「逆さ吊りの女は地蔵へ呪いをかけた者の家に現れる。ただの願掛けでは来ねえのは、オレが証明してっぺよ」

奈穂は全身全霊で曾祖母の話に聞き入った。いつもならばこの手の戯言を耳に入れることもしない。けれども、自分は実際に逆さ吊りの女を見ていた。そして曾祖母の話に照らし合わせれば、亜矢子の家の誰かが地蔵に呪いをかけたことになる。

ごくりと空気を呑み込んだとき、曾祖母が数珠を鳴らしながら言った。

「今は祈りながら待ってっぺ。今晩じさま方が始末をつける。よそもんは今日で終いだ」

奈穂は目を剝いて腰を浮かせた。中腰のまま走り出し、私道を抜けて山沿いの村道へ飛び出した。

7

奈穂は大きすぎるサンダルに足を取られながらも、真っ暗な山間(やまあい)の道を全力で走った。途中、暗闇に目が慣れずに木をかすめ、奈穂は根っこにつまずいて豪快に転んだ。掌と膝が派手に擦り剝けたのがわかったけれども、痛みはまったく感じない。奈穂は奥歯を嚙み締めて立ち上がり、亜矢子が住む平屋の近くまでたどりついた。そして、そこで目にしたものを一生忘れないだろう。闇にまぎれ、手に鉈や鍬(くわ)、スコップなどを持って裏手の山から北方家の敷地へ入ろうとしている者たちがいる。暗がりのなかでも祖父の姿だけははっきりとわかり、奈穂は怒りや悲しみがないまぜになった。


緩やかな上り坂を一気に駆け上がり、奈穂は穂垣の切れ目から敷地内に滑り込んだ。喉の奥で錆びのような血の味がする。これ以上、祖父に犯罪行為をさせるわけにはいかない。奈穂が家をまわり込んで裏手へ向かおうとしたとき、急に腕を摑まれて腰を抜かすほど驚いた。勢いよく振り返れば、「しっ」と言って口許に指を当てている亜矢子がおり、奈穂は状況を把握することができずに棒立ちになった。

「声を立てないで。こっち」

亜矢子が玄関のほうへ腕を引いた。そしてそのまま電気の消された屋内に入り、黙っていちばん奥の部屋へ移動する。あの日と同じく、座敷の窓にはまだ段ボールが当てられている。亜矢子は黙ってその隙間を指差した。

汗みずくの奈穂は、わけがわからず隙間を覗き込んだ。祖父を始めとする内部落の老人たちが五人ほど佇んでいる。ぼそぼそと何かを短く喋り、次の瞬間には畑にスコップや鍬を突き刺した。

「な、なんなの……」

事態がまったく飲み込めない。祖父たちは無言のまま畑を掘り返しはじめ、その姿が月明かりに照らされて蒼白く光っていた。

「兄と姉はいないよ。今、東京へ行ってる」

「いや、そんなこと言ってる場合じゃないでしょ。武器持ったじいさんたちがこの家に集結してんだよ？」

奈穂はつっかえながら小声で捲し立て、なおも続けた。

「とりあえず逃げなきゃ。みんな頭おかしくなってるみたいだし、お父さん起こしてなんとかしてもらう。通報するしかないかもしれない。ほら、行くよ」

奈穂は手を伸ばしたけれども、亜矢子はなんの反応も示さない。暗い座敷のなかで顔だけが浮き上がるほど白く、いつにも増して表情がなかった。奈穂はいささか後ずさった。

「……いったい何があったの」

「ごめん、わたしも突然だったからすごく混乱してる。奈穂ちゃんはいずれ気づくと思ってたけど、こんなに早いとは考えてなくて」

「だから何を？　わたしは何も気づいてないし、亜矢子がこんなふうに落ち着いて喋ってる意味もわからない。と、とにかく外を見てみなよ。普通じゃないから」

「うん、普通じゃない」

そう言って言葉を切り、亜矢子はうつむいて絞り出すような声を出した。

「裏の畑にバラバラになったお母さんが埋まってるの」

「は？」

奈穂は先に続く言葉が出てこなかった。バラバラになったお母さんが埋まっている？　頭のなかで何度も繰り返したが、意味がすんなりとは落ちてこない。亜矢子は足許を見つめたまましばらく黙り込み、ショートボブの黒髪を揺らしている。耐え難いほどの緊張が二人を取り囲んだとき、彼女はうつむきながらもはっきりと口にした。

「わたし、お母さんを殺した」

奈穂は反射的に息を飲み込んだ。

「もう我慢の限界だったから、勢いとか間違いとかじゃなくて殺意をもって殺したの。心の底から死んでほしかった。目の前から消えてほしかった」

「ま、待って。黙って。聞きたくない」

奈穂は耳を塞ごうとしたけれども、それよりも先に亜矢子は続けた。

「ここへ越してくる少し前に殺したの、東京で」

亜矢子の言葉が宙に浮いたようになって、頭には入ってこない。が、裏の畑では土を掘り返す音がひっきりなしに続いており、母親が埋まっているという事実を裏付けていた。

「い、意味がわかんない。わたしはお母さんの歌声を聞いたのに、あ、あれはいったい……」

「兄が音声を合成して作ったんだよ。村の人たちに疑われないように、定期的に流れるようにしていた。病んだ母親の存在を印象づけたの」

亜矢子は顔を上げずに終始うつむき、時折苦しげに眉根を寄せていた。奈穂はぶるっと身震いが起きて玄関へ後ずさりした。

「む、無理。ホント無理。なんでそんなことわたしに話すの？」

「心にしまっておきたかったよ、わたしだって。でも、この村の人たちはそれをさせてくれない。奈穂ちゃんだってこうやってここに来たじゃない」

亜矢子はようやく顔を上げて暗闇でも光る目を合わせてきた。それが今まで見てきた彼女のものとは違って見え、奈穂は言葉を失った。

「お願いだからわたしの話を聞いて。聞いてくれるまで奈穂ちゃんを行かせない」

「な、何それ、脅しのつもり？」

「違う。わたしをただの殺人者だとは思ってほしくないの」

めちゃくちゃな言い分だったけれども、奈穂を足止めするにはじゅうぶんだった。同情や好奇心などではなく、ただただ人を殺したという亜矢子が怖いのだ。

彼女は土を掘り返している畑のほうへ顔を向け、薄い唇を開いた。

「わたしはお父さんの顔を知らない。お兄ちゃんたちとは父親が違うの。見ればわかると思うけど、顔がぜんぜん違うでしょう」

亜矢子はたびたび息を吸い込んだ。

「お母さんはお酒に溺れてて、とにかく生活がめちゃくちゃだった。お金がないのにホストクラブへ行ったり、スマホでマッチングアプリに登録したり夜のクラブへ行ったり。恥ずかしい話だけど男の人にだらしなくて、だからわたしの父親はだれなのかわからない」

奈穂は畑にいる祖父たちを気にしつつも、亜矢子の話になんとか集中しようとした。

「母は家事もほとんどしないから、全部わたしたちがやってたの。わたしは、兄と姉に育ててもらったと思ってる。二人はわたしのためにバイトして学校にも行かせてくれて、自分たちの時間なんてほとんどなかったよ」

「もういい」

奈穂はそこで亜矢子の話を遮った。そうしなければ、自分の中にある倫理観が曲がってしまいそうだった。

「はっきり言って、同情を誘うエピソードとか気持ち悪さしかないよ。しかもそれは亜矢子の言い分でしかない。実際はどうだかわからない」

うろたえながらもはっきりと口にした。すると亜矢子はふふっと笑って口角を上げた。

「奈穂ちゃんらしいね。正義感が強くて感情に流されない。いや、流されまいといつも自分と闘ってる。同年代で、奈穂ちゃんくらい自分をもってる子は見たことがないよ。だから全部話したくなった」

「聞きたくないってば」

奈穂は顔を背けたけれども、亜矢子は話をやめなかった。

「あるとき、お母さんが男の人を家に連れ込んでね。その男がわたしとお姉ちゃんを嫌な目で見はじめた。そのときわたしは中三で、本当に気持ち悪くてたまらなかった」

「通報するなりなんなり、いくらでも追っ払う手段はあるじゃんよ」

奈穂が思わず正論を吐くと、亜矢子はひときわ能面のような面持ちをした。怒りをくすぶらせているのがわかる。

「真面目な両親がいて優しいおじいちゃんとおばあちゃんがいて、助けを求めればすぐ手を差し伸べてくれる人たちが近所にたくさんいる。奈穂ちゃんはそんな環境で育ってるから、想像ができないんだよ。本当の地獄なんて見たことも考えたこともないでしょう」

「地獄なんて人によって変わる。わたしだってじゅうぶん地獄を味わってんだよ」

「奈穂ちゃんが味わってるのは、地獄ですらない単なる平凡な日常だよ」

亜矢子はいとも簡単に奈穂を一蹴した。

「だれに助けを求めても、子どもの話はなかなか受け入れてもらえない。学校の先生も区役所の人も、民事不介入なんて言って最終的には家に戻される。あの気持ち悪い男がいる家に帰るしかなくなる」

亜矢子は語尾を震わせて、真っ暗な座敷で再び目を合わせてきた。

「そういう絶望的な生活を、奈穂ちゃんは考えたこともないよね」

奈穂はいささか気圧されてしどろもどろになった。

「か、考えたことはないよ。児童相談所のニュースがテレビでやってるのは見るけど……」

彼女は話の途中で遮った。

「まだ被害が出ていなければ、あの人たちは何もしてくれないの。わたしが襲われてぼろぼろになれば、ようやく話だけは聞いてくれる程度の人たちなの」

「警察に通報すればいい」

「警察も同じ。あの人たちは事件を未然に防ぐことが仕事じゃない。起きてしまったことを調べて裁くためにある組織なんだよ」

亜矢子の細い声が頭の中で反響するように駆け巡った。同い歳の言葉とは思えないほど強い。彼女は抑揚の少ない喋り方で淡々と続けた。

「わたしはあるとき、兄がお母さんと男を殺す計画を立てていることを知ったの。このままでは間違いなくわたしに被害が及ぶ。たとえ三人で家を出たとしても、行く先々に現れて必ず生活を妨害してくるはずだって。生きている限り、一生母親につきまとわれて人生をめちゃくちゃにされるって。法律は必ず親に味方するから、わたしもそう思ったよ」

亜矢子は当時を思い出したように苦しげな表情をした。

「でも、そのために兄が犯罪者になるなんて耐えられない。兄と姉はわたしのすべてなの。だから、わたしがお母さんを殺すことにした。そのときはまだ十五歳で、学校や区役所や警察にも母親の相談をしたことがある。アルコール依存の母と気持ち悪い男に追い詰められて、娘が母親を殺してしまった事件。もし発覚しても、未成年の悲しい事件に分類されるはずだから」

「ちょっと待ってよ。まさか全部計算して、お、お母さんを殺したの？」

「もちろんだよ。わたしがお母さんを殺しても、むしろ学校や警察の落ち度が問われるはずだからね。女子中学生の必死の訴えをスルーした結果なんだから。わたしは逮捕されるだろうけど、すぐに釈放されるのは想像できた。だってネットがある今の時代、世界中の世論が絶対に許さない」

奈穂は寒くて仕方なかったけれども、流れ出る汗は止まらなかった。

「わたしは男がいないとき、酔っ払って寝ていたお母さんを刺した。何度も何度も、死んでからも刺し続けたと思うけど、あんまりよく覚えてないの。気がついたら、体じゅう血だらけになっていた」

亜矢子は窓に当てられた段ボールの隙間を凝視しながら口を動かした。

「お母さんを殺したあと、わたしはすぐ警察へ行こうと思ってた。そのほうが同情が集まるからね。でも、兄と姉がそれを止めたの。こんなことで亜矢子の人生に傷をつけることはないって」

「こ、こんなこと？　お母さんを殺してるんだよ？」

「これはいくら説明しても奈穂ちゃんにはわかってもらえないと思う。死んだほうがいい親なんてこの世界には大勢いる。わたしの母もそのうちのひとりだっただけ」

当然のように言い切る亜矢子を恐々として見つめた。彼女が醸し出す大人以上に落ち着いた雰囲気や、世の中を見通しているような表情のない目。それらはどれも都会的に映り、奈穂は洗練されてかっこいいとすら思っていた。けれども、信じがたいほど過酷な経験のなかで心が疲弊し、物事に鈍感になっているだけだ。

そこで奈穂ははっとした。曾祖母が奈穂に語った言葉が思い出されたからだ。

——あの娘はおめさんと生きてる階層が違う。奈穂はこの先どうあがいても向こうの階層には近づけまい

奈穂は暗がりでよろめいた。

「ま、まさか、大ばあちゃんは全部知ってるの？」

そう問うなり、亜矢子はこくりと頷いた。

「この村の老人たちはすごいね。虫や動物の動きがいつもとは違う。土の色がどこか違う。そんな小さなことから、裏の畑に埋められたお母さんに行き着いた。越してきて何日も経たないうちにだよ」

そういうことだったのか。虫や動物はわけもなく増えないし、環境の些細な変化は巡り巡って農業に多大な影響を及ぼすから人一倍敏感に感じ取れるようになる。祖父はすべてわかったうえで、裏山に電気柵を設置したのだろう。イノシシなどの害獣が北方家の畑を掘り返さないように……。そして祖母は自家製の油を撒いた。あれにも動物避けの意味があるはずだった。

亜矢子は呆然としている奈穂をじっと見つめ、暗闇のなかで薄い唇を動かした。

「この村の人たちは怖い。認知症のおじいさんでさえ、生き物の動きがおかしいことに気づいて

駐在さんに警告した」

「駐在さんがそれを真に受けるとは思えない」

「わたしもそう思った。でも、駐在さんは明らかにわたしたち三人を監視してた。たまに裏の畑へまわったり、そのへんの裏山に入って見たりもしていたね。きっと、バレるのは時間の問題だったと思う」

ここで今さっきの曾祖母の話につながる。よそ者である亜矢子が地蔵と向き合ったことで、過去に災いを経験している曾祖母は彼女に手を貸さなければ内部落がたいへんなことになると考えた。呪いをかけられたと怯えた。駐在が事件に気づくであろうことを見越し、その前に川へ突き落としたのだ。

その事実に愕然としているとき、彼女はまっすぐの髪を耳にかけながら言った。

「お盆明けに、村のおじいさんたちが東京へ行ったのを知ってるよね。あれ、わたしたちを調べに行ったんだよ」

「嘘でしょ?」

「本当だよ。東京の友だちからメッセージが入ってびっくりした。学校の子からも話を聞いたみたい。きっと村役場の人が情報を漏らしたんだと思う。東京での住所とか、通ってた学校とか。母が入院しそうな病院も片っ端から調べたみたいだし」

そういうことなら合点がいく。今の時期に慰安旅行で東京へ行くなどどう考えてもおかしいし、いつもの老人たちの行動ではないと思っていた。

「きっと、母の素行の悪さは近所の人たちが証言してるはず。いつも呑んだくれて子どもはほったらかし。そして代わる代わる男を引き込んでいたからね。今、兄と姉が東京へ行って確認してるの。どこまで老人たちに知られたのかを確かめるために。でも、もう意味がないね。彼らはみんな知ってるんだから」

奈穂は亜矢子の顔を食い入るように見つめた。自分も含めて、村の者たちは彼女に惑わされていたのだろう。奈穂は胸がきりきりと痛んだ。

「や、やっとわかった。地蔵からお供え物を盗ったりユリの匂いをつけたり、吊るされた竹板の紐を切ったり、そういうことをしたのは亜矢子なんだね。わたしから話を聞き出して、この村の弱点を探った。地蔵を心から信仰してる年寄りを揺さぶるために、いろんなところに罠を張った」

「罠ではないよ。少しだけお地蔵さんの力を借りただけ」

奈穂は一歩踏み出して亜矢子の頬をひっぱたいた。許せない。立て続けにもう一発殴ると、鼻血がぱたぱたと畳に落ちて染みを作った。亜矢子は手の甲で流れ出る鼻血をぬぐい、血で汚れた顔をすぐに上げた。もっと殴ればいいと言わんばかりに、あくまでも静かに立っている。奈穂は顎を引いて亜矢子を睨みつけた。

「やっていいことと悪いことがある。人の気持ちを利用して、しかも年寄りの拠り所を利用して何やってんの。自分勝手な犯罪に巻き込んで何やってんの！」

「それは違うよ。この村の老人は、犯罪に手を貸すことをみずから選んだの。通報することもできたのにそれをしないで、今も土の中からお母さんを掘り起こそうとしてる。兄と姉がいないときをわざわざ狙って、今度こそ確実に葬ろうとしているの。わたしは、村の老人たちにそれを頼んだ覚えはない」

　奈穂は拳を握りしめた。曾祖母や祖父がそうしてしまった理由がわかる。眉を顰(ひそ)めたくなるような東京での生活を知り、そのうえで亜矢子と奈穂を重ねてしまったのも一因だ。孫と同い歳の子どもが母親を殺すしかなかった状況を心から憐れみ、地蔵の掟と重ねて意味を見出(みいだ)したのだ。

「亜矢子は地蔵に何を祈ったの？」

「母殺しを通報しようとした者が急死しますように」

　呪いだ。亜矢子は地蔵に呪いをかけている。奈穂は今もこの家にいるであろう逆さ吊りの女を思ってぞっとした。

「今まで何十年も内輪を大事にしながら静かに生きてきたのに、人生の終盤でこんな鬼みたいな集団に成り果てた。あんたが内部落をひっかきまわしておかしな方向へ向かわせたんだ」

　奈穂が声をうわずらせると、亜矢子はやや表情を緩めた。

「この村には、母を埋めるためだけに引っ越したの。ここは土に還して一から出直すための場所。母を殺した時点で夢も希望ももてなかったし、びくびくして生きることにも疲れてた。でも、ここへ来てみたら奈穂ちゃんがいた。強くて優しくて頼りになって、わたしは初めて本当の友だちができたと思ったよ」

　それは自分も同じだ。亜矢子は先を続けた。

「トウモロコシ畑で一緒に収穫したり、ヘビのいる河原へ花を摘みにいったり、田んぼと畑しかない畦道を歩いたり怖いトンネルに入ったり。お母さんを殺したときにわたしの心も死んだけど、ここに来てから息を吹き返すのがわかったの。こんな気持ちは、もう一生湧かないと思ってた」

亜矢子はすっとひと筋の涙を流し、暗い座敷のなかで薄い笑みを浮かべた。

「奈穂ちゃんには知られたくなかったけど、きっと気づくだろうなとも思ってた。だって、奈穂ちゃんは村を心から愛してるから」

奈穂は儚げな亜矢子を見つめながら、倒れそうな気持ちをなんとか立て直した。

「わたしは亜矢子に同情しない。じいちゃんたちを守るためならどんな証言でもするよ。亜矢子たちがやった殺人と死体遺棄。わたしなら内部落を結束させて、駐在さんの死も亜矢子になすりつけることができる。村の年寄りが手を貸したことを、なかったことにできる。の、呪いなんて吹き飛ばしてみせる」

「奈穂ちゃんなら、わたしに同情して一緒に泣くようなことはないと思ってたよ」

亜矢子は少し前から静かになっている畑のほうへ目をやった。もうすでに亡骸を掘り起こしたのだろうか。外に人の気配がしない。

亜矢子は天井を見上げて胸に手を置き、細く息を吐き出した。

「村の老人たちが、母を掘り起こしてるところを録画してるの」

奈穂は素早く窓のほうを振り返った。

「お兄ちゃんが家の周りにいくつも隠しカメラを仕掛けてる。ううん、村のいたるところに仕掛けてる。画質は悪いけど、駐在さんを川に突き落としてるところも録画されてるみたい」

奈穂は目をみひらいた。

「わたしはこの村を出て行かないよ。兄と姉はわからないけど、わたしはここに残る」

奈穂は唇を噛み締めた。

「な、なるほどね。運命共同体、自分たちに何かあれば村を道連れにするわけだ」

「うん。何かがあれば迷わずそうする」

亜矢子はきっぱりと断言した。脅しではなく、瞳は決意で満たされている。彼女はたびたび鼻血をぬぐいながら、奈穂に目をくれた。

「奈穂ちゃんは卒業したらこの村を出て行くんだよね。でも安心して。奈穂ちゃんが黙っててくれさえすれば、わたしが風習を継いで村を守っていくから」

「バカなこと言ってんじゃないよ」

奈穂は血で顔を汚している亜矢子に詰め寄った。

「わたしが内部落を陰支えする頭になることはもう決まってる。都会もんのあんたに務まるほど甘いもんじゃないんだよ。わたしは村を出ない。ここで亜矢子を監視する」

息苦しいほど蒸し暑い暗闇の座敷で二人は見つめ合った。最悪の状況で、皮肉にも初めて心から理解し合えたと奈穂は感じていた。

8

奈穂は制服を着て髪をポニーテールに束ね、お気に入りのクローバーを象（かたど）ったピンで後れ毛を留めた。夏休みの間じゅう、日焼け止めを顔や腕に塗りたくっていたというのに、効果は微々たるものだった。農作業で陽灼けした肌は小麦色を通り越しており、もはや美白効果の高い化粧水を使ったところで無駄な努力だ。

「奈穂！　お母さん、もう畑さ行くからね！」

母は今日も朝から騒々しい。机の脇から鞄を取り上げて階段を降りると、すでに玄関で長靴を履いている母がいた。いつものごとく野良帽をかぶり、襟の伸びたTシャツに派手な花柄の腕貫を着けている。世にこれ以上やぼったい格好があるのだろうか。

「朝ごはんはばあちゃんとこで食べさせてもらって」

「やだよ」

「お母さん寝坊しちゃったんだよ。畑さ持ってくお茶を作んので精一杯だったんだわ。お弁当もばあちゃんに頼んだから」

「やだって。ばあちゃんが作る弁当見たことあんの？　茶色いものしか入ってないんだよ。恥ずかしくて教室で開けないって。パン買うからお金ちょうだい」

母はズボンの裾を長靴に押し込んで立ち上がり、奈穂を振り返った。

「あんたは文句ばっか言ってんじゃない。お兄ちゃんなんて、いっつもなんにも言わずに学校さ持ってってたよ。ホントに優しい子だから」

「優しいんじゃなくて無関心なんだっつうの」

母はいつもの不愉快を示す面持ちをした。

「とにかくさっさと隠居さ行かっし。もたもたしてっと学校さ遅れっから」

そう言い残して母は荷物を抱えて小走りで出て行った。奈穂は唇を尖らせながら茶色のローファーに足を入れた。玄関にある姿見に全身を写して着崩れがないかをチェックする。そして表に出ると、今日も朝から痛いほどの日差しが照りつけていた。

今日から二学期が始まる。農作業から解放され、待ちに待った学校なのだが気持ちは浮かないままだった。朝起きるのがつらいとか野良仕事をやりたくないとか、その手のどうでもいい悩みに歯噛みしていたころにはもう戻れない。

表側から隠居への小径に入ると、ねずみ色の作業着を着た祖父が鉈やノコギリなどの道具を背負って出てくるところだった。

「じいちゃん、もう山行くの？」

奈穂が声をかけると、農協のキャップの下からちらりと目を合わせてきた。

「今日は一日下刈りだわ。まったく、夏場は草が伸びてどうしょもねえな」

「雑草との闘いだもんね。わたしもうんざりしてる」

祖父はにやりと笑い、「気いつけて学校いってこい」と言いながら山のほうへ足を踏み出した。奈穂は若干背中が丸くなった祖父の後ろ姿を見つめ、日に何度も頭をかすめていることをまた考えた。亜矢子の母親はどこにあるのだろう。

私道の角を曲がって見えなくなるまで祖父を見据え、奈穂は石垣を迂回して隠居へ入った。

「ばあちゃん」

玄関で声を上げて茶の間へ入ると、すでに湯気の立つ味噌汁が卓袱台に用意されていた。すぐ台所からあねさまかぶりをした祖母が顔を出す。

「今弁当箱包むかんない。まったく、弁当も朝ごはんもこさえねえで娘を学校さ行かす親がどこさいんだべ。おめさんの母ちゃんは、年がら年じゅう、寝坊だなんだ騒いでんな」

「低血圧みたいだよ。農家には向かない人だと思う」

「なあに言ってんだか」

祖母が台所へ引っ込み、ごはんを茶碗によそって戻ってくる。奈穂は座布団に座ってジャガイモの味噌汁に口をつけた。自家製の味噌はいつものように濃口だ。

「ばあちゃん、おかずとか何もいらないから。ここにあるものだけでじゅうぶんだよ」

奈穂は古漬けをごはんに載せて搔き込んだ。祖母は曲がった腰でせかせかと動きまわり、祖父のものとおぼしき大きなアルミの弁当箱を新聞紙で包んだ。

「イワシの煮付けが入ってっから、弁当箱横にしなさんな。汁が出っちまうから」

「はい、はい」と返事をしたものの、臭いは大丈夫だろうかとすぐ心配になる。

祖母は茶簞笥の前に座ってお茶を淹れ、奈穂のほうへ滑らせた。いつもと同じ表情、いつもと同じ会話、そしていつもと同じ面倒見のよい祖母がいる。奈穂は味噌汁椀に口をつけながら祖母を上目遣いに見やった。恐怖や不安、罪悪感などの片鱗(へんりん)は見えない。

「奈穂がいねくなっと寂しくなるわ」

「いや、学校行くだけだから」

「んだけど、小一日いねえべよ。昼間に一緒にカステラも食えまい」

妙な感傷に浸っている。奈穂は味噌汁を飲み干して熱い緑茶に口をつけ、ごちそうさま、と言って立ち上がった。するとそれを待ち構えていたように、奥から「奈穂はいたったのか?」というかすれ声が聞こえてくる。立ち上がって襖を開け、さらに奥の座敷に入ると曾祖母が骨と皮ばかりの腕を上げて手招きをしていた。

「今日から学校だべ。ほれ、大ばあちゃんが小遣いくれっかんな」

曾祖母は色褪せた革の小銭入れを枕の下から取り出し、小さくたたまれた一万円札を出して奈穂に握らせた。奈穂は目を丸くした。

「一万円も? いいの?」

「ああ。持ってかっし。娘っ子の時間はものすごく短いんだど。好きなもん買ってオシャレして、うんと楽しむといいわ。おめさんがおっきくなったら、川田を引っ張んなけりゃなんねえ。きっと苦しいこともあっぺけど、奈穂ならだいじょぶだ。安心してまかせられるわ」

「うん。わかってる」

奈穂は曾祖母の白く濁った目を見つめると、干からびたように小さくなった老婆は歯のない口を開けて嬉しそうに笑った。奈穂は立ち上がって部屋を出ようとしたけれども、ふいに襖に手を置いて振り返った。

「大ばあちゃん。ひとつ聞いてもいい?」

「なんだ」

「もし大ばあちゃんが大事なものを見つかんないように隠すとしたら、どこに隠すの？　家ん中？　それとも山ん中？」

曾祖母は足許のほうに立っている奈穂に目だけをやり、まばたきもせず長いこと見つめてから
ぽつりとひと言で返してきた。

「墓ん中」

奈穂はその言葉を聞いて隠居を後にし、夏草が繁る農道を歩いた。鞄のポケットからスマートフォンを出して時間を見ると、六時十五分と表示されている。伸びはじめた草を踏みながら小走りし、畦道を直角に折れて旧国道を目指す。父の管理する田んぼをまわり込むと、前方にひときわ大きな欅の木が見えてきた。

奈穂は小川を飛び越えて、田んぼの真ん中に浮かんでいるような遠山家の墓地に足を踏み入れた。欅の大木が枝葉を広げ、わずかな風を受けてざわざわと音を立てている。奈穂はいくつも並んでいる苔むした古い墓石を見つめた。

竹筒には背丈のある鮮やかなグラジオラスが活けられ、周りをミツバチが忙しく飛びまわっている。これは祖母が何度も植え替えをし、大切に育てていた花だ。切り花にするのを惜しがり、お盆にさえ仏壇には供えていなかった。

奈穂は目の醒めるようなピンク色の花弁を見つめて墓石に近づいた。長年の風雨によって削られた墓石は面取りされたように丸く、暗緑色の苔で覆われている。奈穂はいちばん端にあるひときわ小さな墓石の前に立ち、足許をじっと見つめた。この辺りの雑草だけ若干活きが悪い。最近

掘り返されたからだろう。奈穂が屈んで地面に触れようとしたとき、背後に人の気配を感じてがばっと振り返った。

「おはよう。奈穂ちゃんの後ろ姿が見えたから走ってきたよ」

亜矢子は星柄のハンカチを額に当て、桁違いに白い頬をわずかに上気させている。奈穂は踵を返して畦道へ出た。

「なんで普通に喋ってんの？」

歩きながら言い捨てた。亜矢子の告白から四日が経ったけれども、それ以来彼女とは話をしていなかった。メッセージのやり取りもない。

亜矢子は後ろから小股でついてきて、奈穂の横に並んだ。

「奈穂ちゃんとわたしはまだ友だちだよね」

奈穂は鼻を鳴らした。

「あれだけ脅しといて友だちとか笑えるわ」

「脅してないよ。事実を明らかにしただけ。奈穂ちゃんを失いたくないから、あのとき全部喋ったの」

「わたしは何も聞きたくなかったよ。それに、あんなことがあったのに何事もなかったかのようにいられるわけがない。亜矢子はどうかしてる」

奈穂は横目で彼女に視線をくれた。亜矢子のまっすぐな髪が肩の上で揺れ、切れ長の細い瞳は不安感でいっぱいになっている。奈穂は盛大にため息をつき、足を止めて彼女と向き合った。

「亜矢子が苦しみ抜いてお母さんを手にかけたことは理解できる。でも内部落の年寄りを手玉に取って、なんの罪もない駐在さんを死へ追いやったことは許せない。それ以上に年寄りが許せないよ。あれだけの人数がいて、だれも正常な判断ができなかったんだから」

奈穂は悔しさで息が上がった。もう今までのように、文句を言いながらも農作業をこなしていた平凡な日々には戻れない。これから死ぬまで忌々しい事実を抱えて生きていかなければならなかった。

秋の気配を感じさせる乾いた風が吹き抜け、草木が一斉に音を立てる。亜矢子は風になびく髪を耳にかけ、おもむろに奈穂の手を取った。

「わたしを許す必要はないから、近くで見張ってて。この村でずっと生きていく。村のためにがんばるから」

「調子のいいこと言ってないで、さっさとこの土地を出て行きなよ。わたしがいつ警察へ駆け込むかわかんないんだからね。それに川田の部落長になったら、よそ者をひとりも入れない掟を作る。死ぬまで村の掟で縛って、相互監視体制を強化する。亜矢子なんかどの道逃げ出すよ」

奈穂は彼女の手を荒々しく外してバス停へと歩きはじめた。禁忌を通じて亜矢子とは深く心が通じ合っている。それはずっと望んでいた親友というものではなく、もっと粘度のある生々しい何かだ。村を汚された怒りや悔しさに翻弄されているのに、なぜか亜矢子への愛おしさが一向に消えてなくならない。

「ひとつ聞いてもいい？」

奈穂は横をちらりと見やった。

「逆さ……」

そう言いかけたけれども奈穂は口をつぐんだ。あの日に見た逆さ吊りの女はまだ亜矢子の家にいるのだろうか。あの顔、皮膚の質感などを思い出して悪寒（おかん）が走った。亜矢子はそんな奈穂を見つめて訝しげな面持ちをした。

「どうしたの？」

「なんでもない」

奈穂は不気味な映像を必死に頭から追い払った。曾祖母の親兄弟は逆さ吊りの女によって屠られた。亜矢子たち兄妹も同じ道をたどるのだろうか。

「気をつけたほうがいいよ」

奈穂はなんの脈絡もなく言ったけれども、なぜか亜矢子には意味が通じているようだった。後ろから体温を感じるほどぴたりとついてくる。そして耳許で囁いた。

「奈穂ちゃんもアレに気づいたんだね。迎え火で家に入ったみたいなんだけど、うらんぼんが明けても帰ってくれないの。魔除けの籠も効かないよ。今も奥の六畳間にぶら下がってる」

再び総毛立って足がもつれたけれども、奈穂は何も語らずに畦道を歩き続けた。

本書は書き下ろしです。

本作品はフィクションであり、実在のいかなる組織、個人とも一切関わりありません。

川瀬七緒（かわせ・ななお）
1970年福島県生まれ。文化服装学院服装科・デザイン専攻科卒。2011年『よろずのことに気をつけよ』で第57回江戸川乱歩賞を受賞して作家デビュー。著書に、「法医昆虫学捜査官」シリーズ、『ヴィンテージガール　仕立屋探偵 桐ヶ谷京介』（ともに講談社）、『桃ノ木坂互助会』『女學生奇譚』（ともに徳間書店）、『二重拘束のアリア～賞金稼ぎスリーサム！～』（小学館）など多数。

うらんぼんの夜（よる）

2021年6月30日　第1刷発行

著　　者　川瀬七緒
発 行 者　三宮博信
発 行 所　朝日新聞出版
〒104-8011　東京都中央区築地5-3-2
電話　03-5541-8832（編集）
　　　03-5540-7793（販売）

印刷製本　共同印刷株式会社

ISBN978-4-02-251759-3
定価はカバーに表示してあります。